거꾸로 보는 세상에 내가 있었다

비보이 브루스리의 춤추는 세계 일주 476일

거꾸로 보는 세상에 내가 있었다

신규상 지음

STUDIO:ODR

목차

춤으로 인생이
다시 한번 180도 바뀌었다

어느덧 집을 떠난 지 1년이 훌쩍 넘어버렸고,
이번 세계 일주의 종착지인 브라질에 도착했다.

놀라운 건 이곳에서 일면식이 전혀 없는,
아직 이름도 채 외우지 못한 현지 비보이 친구들과
비보잉 공연을 한다는 것.

그것도 세계 3대 축제인
브라질 카니발 무대에서!

공연 준비한다고 5일 동안 연습실에서
피땀 눈물 흘리며 고생한 친구들 그리고 나.
주마등처럼 스치는 그 시간을 뒤로하고
이제 곧 있으면 우리가 무대에 설 차례.

"이제 우리가 흘린 땀방울에 대해 보상받을 시간이야.
무대에 올라가는 순간 아무 생각도 하지 마.
그냥 무조건 즐기는 거야, 알았지?"

"Are You Ready?"

"잠깐, 브루스리, 할 말이 있어.
네가 브라질에 온 건 우리에게 큰 선물이었어.
너와 함께 연습하고 무대에 선다는 것 모두
믿기지 않는 일의 연속이었지.
정말, 정말 진심으로 고마워. 진심으로…"

공연 2분 남았습니다!

할 말이 턱 끝까지 차올랐지만,
지금 중요한 건 무사히 공연을 마치는 것.

"자, 좋아! 다들 파이팅 하자!
원! 투! 쓰리! 브라질! 코리아! 으아아악!"

그렇게 우리는 서로의 심장 소리를 느끼며
무대로 발걸음을 옮겼다.

이 마지막 장면을 끝으로 나의 세계 일주는 끝났다.
그리고 이 모든 시간은
20년간 품어왔던 춤에 대한 내 생각,
지금까지의 내 인생을 송두리째 바꿔놓았다.

브루스리의
세계일주

독일 ㉑

네덜란드 ㉒
벨기에 ㉓
스위스 ㉕
스페인 ㉗
포르투갈 ㉘
㉖ 모로코

멕시코 ㉚   ㉙ 쿠바
엘살바도르 ㉛
코스타리카 ㉜
파나마 ㉝
콜롬비아 ㉞
에콰도르 ㉟
                                         ㊵ 브라질
                        ㊱ 페루
볼리비아 ㊲
칠레 ㊳
            ㊴ 아르헨티나

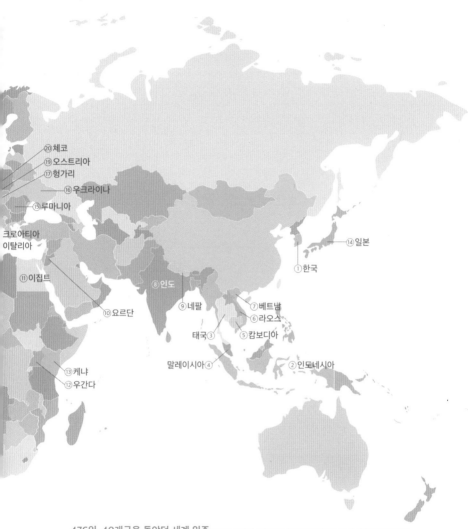

㉑체코
⑲오스트리아
⑰헝가리
⑯우크라이나
⑮루마니아
크로아티아
이탈리아
⑪이집트
요르단⑩
⑧인도
⑨네팔
⑭일본
①한국
⑦베트남
⑥라오스
태국③
⑤캄보디아
말레이시아④
②인도네시아
⑬케냐
⑫우간다

476일, 40개국을 돌았던 세계 일주

①한국 - ②인도네시아 - ③태국 - ④말레이시아 - ⑤캄보디아 - ⑥라오스 - ⑦베트남 - ⑧인도 - ⑨네팔 - ⑩요르단 - ⑪이집트 - ⑫우간다 - ⑬케냐 - ⑭일본 - ⑮루마니아 - ⑯우크라이나 - ⑰헝가리 - ⑱크로아티아 - ⑲오스트리아 - ⑳체코 - ㉑독일 - ㉒네덜란드 - ㉓벨기에 - ㉔이탈리아 - ㉕스위스 - ㉖모로코 - ㉗스페인 - ㉘포르투갈 - ㉙쿠바 - ㉚멕시코 - ㉛엘살바도르 - ㉜코스타리카 - ㉝파나마 - ㉞콜롬비아 - ㉟에콰도르 - ㊱페루 - ㊲볼리비아 - ㊳칠레 - ㊴아르헨티나 - ㊵브라질 - 다시, 한국

1년간 춤추지 않고
세계를 돌아다녀 볼래

세계 일주 첫날.

필요한 물건을 전부 싸고 나니 18킬로그램의 배낭과 9킬로그램의 가방이 눈앞에 놓였다. 유튜브를 시작한답시고 카메라와 노트북, 외장하드까지 몽땅 챙긴 탓이다. 도합 27킬로그램의 욕심의 무게를 짊어지고 부모님과 작별 인사를 나눈 다음 공항버스에 올랐다. 그리고 움직이는 버스 안에서 내내 창밖 너머의 하늘만 멍하니 바라보았다.

'막상 여행을 떠나는 날엔 어떤 기분일까 참 궁금했었는데…'

스펙터클할 거라는 기대와 달리 의외로 덤덤했다. 슬프지도, 기쁘지도, 불안하지도, 미친 듯이 설레지도 않았다. 뭐랄까. 내가 꼭 했었어야만 하는 일을 이제야 하는 기분이랄까. 어쨌거나 시작부터 너무 들뜨지 않는 건 좋은 거라 생각하며 멀어져가는 구름을 보다가 눈을 감았다.

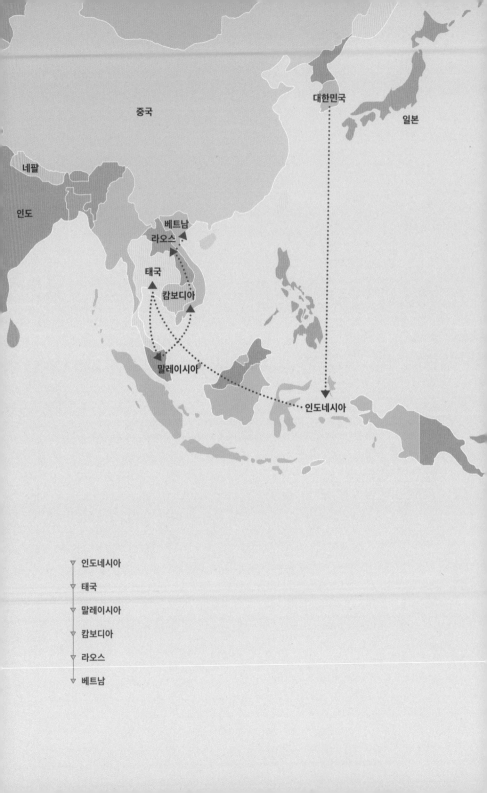

중국

네팔

인도

베트남
라오스

태국

캄보디아

말레이시아

인도네시아

대한민국

일본

▽ 인도네시아

▽ 태국

▽ 말레이시아

▽ 캄보디아

▽ 라오스

▽ 베트남

발리의 진한
'웰컴 드링크'

발리

　새벽 1시, 기분 좋은 긴장을 품은 채 발리 덴파사르에 위치한 응우라라이 국제공항에 도착했다. 공항을 빠져나와 발리 땅에 발을 내딛으니 12월의 뜨거운 바람*이 두 볼을 스쳤다. 숨을 한 번 깊게 들이마시려는 찰나, 순식간에 수많은 택시 기사가 내게로 모여들었고 온갖 호객 행위에 정신이 혼미해질 무렵, 그제야 비로소 내가 정말 발리에 왔음을 실감할 수 있었다.

　하지만 이렇게 둘러싸인 채로 정신을 놓고 있을 순 없다. 스마트폰으로 미리 예약해놓은 호스텔 주소 말고는 아는 것도, 아는 사람도 없는 상황이니까. 이제 진짜 나 홀로 여행의 시작이었다.

＊ 발리의 경우 사바나 기후에 속해 1년 내내 덥고 습하다. 12월은 우기이며, 최고 기온이 30도를 웃돈다.

택시 기사들은 내 가슴에 '초보 여행자'라는 명찰이 붙어 있기라도 한 듯 미리 알고 간 요금보다 3배가 넘는 금액으로 나를 호객했다.

홍정이라도 해볼까 싶은 마음으로 숙소를 표시해놓은 지도를 꺼내 그들의 얼굴에 들이대며 한화로 7,000원 정도를 불렀지만 돌아오는 건 한심하게 바라보는 표정뿐이었다.

결국 1시간 동안 거의 모든 택시 기사에게 홍정을 시도한 끝에, 나의 목적지가 자기 집 근처라는 인상 좋은 기사님을 만났다. 기사님의 선의에도 불구하고 우여곡절을 겪은 끝에 돌고 돌아 숙소에 무사히 도착했다.

공항에서 가장 가까운 꾸따 지역 시내에 예약한 것인데 첫 숙소부터 이렇게 험난할 줄이야(이건 험난한 여정의 축에도 못 끼는 시작에 불과했지만). 여행 첫날이라는 긴장감에 풀려버린 다리로 서둘러 체크인하고 한 사람이 겨우 누울 만큼 작은 침대에 몸을 욱여넣는 대신, 서둘러 숙소 바깥으로 뛰쳐나왔다.

꾸따 지역은 초심자가 서핑을 연습하기 좋은 해변이 있는 데다 지역 자체가 발리에서 가장 규모가 큰 유흥가이자 환락가여서 맥주를 마실 수 있는 장소가 널려 있었다. 세계 일주 첫날, 첫 맥주를 의미 있게 마시고 싶어서 저렴하며 조용하고 고단한 나의 마음을 씻어줄 신나는 펑크 음악이 나오는, 마음에 쏙 드는 펍을 찾아 대로변에 즐비한 가게들을 구경하며 걸었다.

그때 가슴 쪽이 푹 파인 짧은 원피스를 입은 여자 2명이 내게 다가왔다. 심상치 않은 기운이 느껴져 걸음을 멈추자 두 여자가 곧바로 달려들어 "옵빠, 마사지?"라는 어눌한 한국말로 말을 걸며 내 몸을 마구 더듬기 시작했다.

"엇, 엇, 왜, 왜 이러세요?"

당황하며 뒷걸음질을 치다 보니 어느새 골목 구석으로 몰렸고 그 순간을 기다렸다는 듯이 어디선가 건장한 남자 2명이 가세했다. 순간 내가 들고나온 가방에 들어 있는 카메라, 노트북, 지갑 등이 떠올랐고 물건들의 가격을 합산해보자 정신이 번쩍 들었다.

'날치기?'

여자들은 손으로 내 몸을 더듬고, 남자들은 내 주머니를 뒤지려던 찰나였다. 이들이 내 물건을 훔치려는 건 불 보듯 뻔했다. 위기를 느끼니 나도 미처 몰랐던 방어 본능이 머리끝까지 올라와 주머니를 뒤지던 남자의 가슴을 세게 밀치며 내가 알고 있는 모든 영어 욕을 내지르기 시작했다.

"왓 아유 ×× 두잉! 썬 오브 ×× ×× 빽거!"

그러자 당황한 무리들은 뭘 그렇게까지 화를 내냐는 표정을 짓더니 웃으며 유유히 사라졌다. 방금까지만 해도 맥주 마실 생각에 들떠서 걷고 있었는데, 불과 30초도 안 된 사이에 벌어진 일이었다. 만약 내가 정신을 차리지 않았다면 어떻게 됐을까.

사랑과 낭만의 섬 발리

…라고 누가 그랬냐.

카메라, 노트북, 지갑에 든 카드까지 그것만 해도 얼만가.

세계 일주 첫날부터 다 털린 거지가 되어 한국행 티켓을 알아볼 상상을 하니 정신이 아찔했다.

"맥주는 무슨 맥주냐. 그냥 호스텔로 돌아갈란다."

그렇게 어깨를 축 늘어뜨린 채 호스텔로 터벅터벅 걸어가는데 이번에는 어떤 택시 기사가 다가오더니 대뜸 내게 어깨동무를 했다.

"어디로 가? 내가 싸게 태워줄게."

이때 어깨에서 느껴지는 묵직함. 묘하게 기분 나쁜 손놀림이 느껴져 고개를 돌려 택시 기사의 손을 바라봤다. 어느새 그의 손은 은밀하게 움직여 내가 메고 있던 가방의 지퍼를 열고 있었다. 더는 화낼 힘도 없고 대놓고 훔쳐가려는 모양새가 하도 어이없어서 '장난하냐?'라는 눈초리로 그를 바라봤고 그는 미안한 기색 따위는 전혀 없이 내게서 손을 거두고는 머리를 긁적이며 사라졌다.

'같은 여행자라도 배낭 하나 있고 없고의 차이가 이렇게 하늘과 땅 차이란 말이야? 아니면 세계 일주가 원래 이런 거야? 앞으로 큰일 났네.'

사랑의 섬이라 불리는 발리에서 낭만적으로 여행을 시작하고 싶었던 나는 다정하기는커녕 야박하고 쌀쌀맞게 구는 발리에 제대로 뒤통수를 맞았다. 그리고 아마 이때, 앞으로 이어질 여행 또

한 쉽지 않을 것임을 어렴풋이 짐작했던 것 같다.

　나는 맥주가 즐비한 펍 대신 얌전히 호스텔로 돌아갔고, 이틀 간 숙소 밖으로는 한 발자국도 나오지 않았다.

"하, 내 배낭이 맛집이냐?
이럴 거면 차라리 줄을 서라, 줄을 서.
브루스리, 정신 차리지 않으면
강제 귀국행이 될지도 모르겠어!"

시작부터
국제 미아라니!!?

라오스

아찔했던 발리를 시작으로 태국의 방콕, 수린섬, 피피섬, 꼬 리페를 거쳐 말레이시아 페낭섬으로 배를 타고 국경을 넘었다(해당 선착장에서 출입국 카드와 여권을 제시하면 배를 타고 국경을 넘는 이른바 해상 국경 이동을 할 수 있는데 비행기와는 또 다른 묘미다). 그렇게 도착한 말레이시아에서 장비를 재정비하고 캄보디아에서 앙코르 문화의 대표적 유적인 앙코르와트를 관람했다.

그리고 세계 일주 68일 차, 라오스에서 슬리핑 버스를 타고 베트남 하노이로 국경을 넘을 계획이었다. 한국에서는 서울에서 대한민국 최남단인 땅끝 마을 해남까지 고속도로를 타면 편도 6시간 정도 걸리는데, 지도상으로 바로 붙어 있는 라오스에서 베트남까지 가는데 24시간이나 걸린다는 것이, 그것도 버스로 간다는 것이 좀처럼 상상이 되질 않았다. 특히 내가 타게 될 버스는 슬리핑 버스라는 것인데, 이름 자체도 생소하지만 버스 좌석들이 침대로 구성되어 있다고 해서 더더욱 놀라웠다.

'그런데 누워 있으면 안전벨트는 어떻게 하지?'

이런 엉뚱한 생각도 잠시, 배로 국경을 넘는 것만큼이나 버스로 국경을 이동한다는 것은 한국에서 해보지 못할 진귀한 경험이라 긴장 반 설렘 반으로 슬리핑 버스 계단에 발을 올려놓았다. 그 순간 나도 모르게 입에서 탄성이 흘러나왔다.

"어이쿠야…"

버스 복도를 기준으로 양쪽을 보니 좁은 공간에 의자를 얼마나 효율적으로 많이 넣을 수 있나 대결이라도 하듯 빼곡한 2층 의자, 아니 2층 침대들이 마주 보고 있었다. 그리고 그 침대 위에 어지럽게 놓인 세탁을 언제 했는지 알 수 없는 거무칙칙한 담요들. 무엇보다 승객들의 온갖 짐이 쌓인 버스 복도가 정말 가관이었는데, 발 디딜 틈이 없다는 말이 딱 맞았다. 철창에 갇힌 닭 여러 마리가 울고 있었고, 베트남으로 가져갈 과일, 채소, 향신료들이 뒤섞여 있었다. 흡사 음식물 쓰레기에서 날 법한 고약한 냄새마저 풍겼다.

'하아… 여기서 어떻게 24시간이나 버티지.'

복도의 광경을 보고 망연자실한 나는 버스 기사에게 힘없이 티켓을 보여주었다. 그러자 기사가 퉁명스런 표정으로 나를 머리부터 발끝까지 스캔을 하기 시작한다. 그러더니 나를 붙잡고 데려간 곳은 버스 가장 뒷좌석.

"네 자리는 여기야."

뒷좌석이 불편하다는 이야기가 떠올라 앞자리를 가리키며 옮기겠다고 말해봤지만 통할 리가 있나. 씨알도 먹히지 않을 나의 외침은 공허한 메아리가 되어 버스에 울려 퍼졌다. 그렇게 나는 기사가 특별히(?) 정해준 불편한 자리에 앉아 24시간의 버스 여행을 시작해야만 했다.

'그래, 뒷자리가 도난 걱정도 없고 좋을 수도 있어.'

나 나름대로 정신 무장을 하려는데, 좋게 생각하려 해도 뒷자리는 소문처럼 정말 불편했다. 아니, 불편하다는 정도가 아니라 정말 안 좋은 이유가 따로 있었는데, 일단 정해진 인원수만큼 타는 것이 아니라 사람이 계속 밀려 들어온다.

무슨 말인가 하면, 적어도 뒷자리를 제외한 모든 좌석은 1인 1석이었는데, 내가 누운 이 뒷자리는 그런 좌석 개념이 아니다. 몇 개의 의자가 큰 침대처럼 이어져 있는데, 인심을 후하게 써도 성인 4명이 누우면 꽉 차는 공간에 계속해서 손님을 밀어 넣는 것이다. 나는 그렇게 밀리고 밀려서 결국 오른쪽 어깨가 버스 창문에 닿았고, 급기야 왼쪽 어깨는 생전 처음 보는 아저씨와 부비부비를 하는 지경에 이르렀다.

그러나 여기서 끝이 아니었다. 뒷좌석은 다른 좌석에 비해 상대적으로 천장이 낮았고, 앉아 있고 싶어도 45도 각도에서 머리가 천장에 닿기 때문에 허리를 펴고 앉아 있을 수 없었다. 옆에는 사람이 바짝 붙어 있어서 움직일 수 없고, 앉아 있을 수조차 없기 때문에 24시간 동안 오로지 누워 있기만 해야 한다. 하아…. 지옥이 있다면 여기가 지옥인 걸까.

'이건 누운 게 아니라 찌그러져 있는 거잖아. 슬리핑 버스가 아니라 이건 그냥 움직이는 관이네. 그래, 관 버스라고 해야 맞겠네. 최소한 움직일 수는 있어야지!'

하지만 더욱 슬픈 건, 이 상황에 적응하지 못하는 사람은 나뿐이라는 사실이었다. 한참을 꾸역꾸역 버텼고, 한 10시간 정도 지났을까? 쉬지 않고 달리던 버스가 갑자기 시동이 꺼지더니 당최 움직이질 않는다. 처음에는 잠시 쉬었다 가는 줄 알았는데, 멈춰선 지 1시간이 지나도 움직이지 않았다. 그래서 내가 어디쯤 왔는지 짐작할 수 있었다.

'드디어 국경에 왔구나.'

새벽 3시쯤 되어 라오스와 베트남의 국경 지역에 도착한 버스는 조용히 아침을 기다리고 있었다. 나는 누군가 어깨를 톡톡 두드려준 덕에 다른 승객들을 따라 여권을 들고 버스를 나섰다. 인터넷도 되지 않고, 대화가 통하는 사람도, 아는 사람도 없으니 그저 남들이 하는 그대로 따라 하는 것이 내가 할 수 있는 최선이었다.

첫 번째로 들른 곳은 라오스 국경 검문소. 질서라고는 조금도 찾아볼 수 없는 광경에 넋이 나가 머뭇거리는 바람에 나는 가장 마지막 순서로 출국 도장을 찍게 되었다. 그런데 때마침 직원이 잠시 자리를 비운 탓에 시간이 꽤 지체되었다.

직원을 기다리는 동안 나는 나와 함께 탔던 사람들의 특이한 복장, 헤어스타일을 기억하며 창밖을 바라보았다. 그런데… 어라? 어느 순간부터 내가 기억하고 있던 사람들이 보이지 않았다. 그때 직원이 막 도착했고 불안한 마음에 서둘러 직원에게 도장을 받고는 빠른 걸음으로 밖으로 나갔다. 아뿔싸!

있어야 할 자리에 버스도, 사람도 없었다. 내 두 눈으로 확인할 수 있는 가장 먼 곳을 바라봐도 내가 서 있는 곳, 라오스 국경 검문소 말고는 아무것도 찾을 수가 없다. 그 순간, 심장이 요동치며 식은땀이 주르륵 흘렀다.

'헐, 지금 나만 빼고 출발한 거야?'

게다가 나는 맨몸이었고 나의 모든 짐은 버스 안에 있었다. 나를 기억하는 누군가가 내가 없다는 사실을 알아채고 버스를 되돌리진 않을까 잠깐 기대했지만, 내가 두 눈으로 보았던 전쟁통 같던 버스 복도를 떠올리니 그럴 수 없겠다 싶었다.

"어떡하냐, 진짜. 없다, 없어. 진짜 큰일 났다. 비상이야!"

이 허허벌판에서 어디로 가야 하는지도 모르겠고, 당황한 탓에 발만 동동 구르며 근처를 왔다 갔다 하길 수십 번, 직원들에게 영어로 질문도 해봤지만, 알아들을 수 없는 현지 언어로 된 대답만 돌아올 뿐이었다.

'자, 침착해. 천천히, 차근차근 생각해보자.'

심호흡을 몇 번 하고 주변을 둘러보았다. 혼자라고 생각했던 곳에 다음 편으로 도착한 버스 승객들이 보였다. 눈으로 그들을 쫓으니 사람들이 여권에 도장을 받고는 누가 봐도 아무것도 없을 것 같은 산길을 따라 삼삼오오 걸어가고 있었다.

'저 길은⋯ 너무 먼데⋯.'

불안한 마음이 앞섰지만, 그렇다고 마냥 혼자 서 있을 수도 없는 노릇이라 빠른 걸음으로 그들을 쫓았다. 조금이라도 빨리 올라가서 내가 탄 버스가 있는지, 물건은 그대로인지 확인하고 싶었지만, 그렇다고 그들을 앞질러 갈 수도 없는 노릇이었다. 여기서 한 번 더 길을 잃는다면 정말 나의 모든 살림살이가 담겨 있는 배낭과 영영 굿바이 인사를 하고 한국으로 돌아가야 할 것 같았기 때문이다.

얼마나 뒤쫓아갔을까. 사람들을 따라 한참을 걸었더니, 저 멀리 희미한 건물이 보이기 시작했다. 그리고 그 앞에 나란히 서 있는 버스들이 눈에 들어왔다. 산에서 심 봤다는 게 이런 기분일까.

'아! 저기다! 저곳이 베트남 국경 검문소구나! 사람은 걸어서 국경을 넘어가야 하고 버스는 저렇게 먼저 가서 사람들을 기다리는 거였어! 하, 괜히 쫄았네!'

지금 생각하면 다소 어이없는 이야기일 수 있지만 그때 당시 나는 국경 지역의 뜻을 제대로 알지 못했다. 비행기가 아닌 다른 교통수단으로 국경을 넘어본 적이 없는 나는 그저 텔레비전에서 본 어느 유럽의 국경처럼, 한 발자국만 내딛으면 이 나라에서 저 나라로 옮겨가는 것이라고만 생각했다.

'이 바보 같은 놈. 국경을 넘어 한참을 걸어가야 한다는 생각을 왜 못했을까? 저곳에 가면 분명 내 짐이, 아니 버스가 기다리고 있을 거야.'

입국 관리소에 도착해 베트남 입국 도장을 받은 후 밖으로 나와 내가 탔던 붉은색 버스, 창문에 달마 도사 스티커가 붙어 있는 버스를 찾기 시작했다. 그러나 30대 남짓 늘어서 있는 버스 사이에서 내가 탔던 버스를 찾는 건 쉽지 않았다.

'이 차는 좀 덜 빨간색이고, 이 차는 달마 도사 스티커가 없잖아. 이건가? 아, 이것도 아닌데….'

이 많은 버스 중에 내가 탄 버스 하나가 없겠냐는 생각에 모든 버스를 샅샅이 둘러봤다. 10분, 20분, 30분…. 그러나 차단기가 설치된 주차장 출구까지 다녀왔는데도 내가 탄 버스는 보이지 않았다.

"아니 왜 없는 거야, 도대체. 사람들이 죄다 여기서 기다리고 있는데 왜 내가 탄 버스만 없냐고!"

파란 하늘, 맑은 바다.
스노클링할 때만 해도
동남아가 짱이라고 생각했는데….

갑자기 현기증이 일면서 눈앞이 핑 돌았다. 나도 모르게 헛구역질까지 나왔다. 버스를 타기 전 라오스 화폐를 다 써버린 탓에 국경 지역까지 오는 중간중간 휴게소를 들렀음에도 아무것도 먹지 못했다. 20시간의 공복과 함께 찾아온 극심한 스트레스 때문에 나는 정말 제정신이 아니었다.

버스에서 나눠준, 엄지발가락만 간신히 튀어나오는 작은 슬리퍼를 신고 출구를 향해 달렸다가 입구로 돌아오기를 계속 반복했다. 힘껏 짜면 땀이 주르륵 흘러나올 정도로 티셔츠가 다 젖었다. 버스를 찾지 못하면 세계 일주고 뭐고 여기서 끝날 게 분명했고, 한국으로 돌아갈 방법도 없었다. 나는 내가 아는 모든 신에게 제발 버스를 찾게 해달라고 마음속으로 간절히 빌었다. 하지만 기도 한 방에 없는 버스가 튀어나올 리가. 눈을 씻고 찾아봐도 없었다. 내가 타고 온 버스는 어디에도 없었다.

'이렇게 국제 미아가 된다는 게 말이 되냐고….'

망연자실한 나는 찻길에 털썩 주저앉아 먼 산만 바라보았다. '나는 이제 어쩌지? 여기는 어디지? 망했다, 망했어.'라고 생각하면서….

그런데 그때!

저 멀리서 낯익은 얼굴이 나를 향해 달려오는 것이 보였다. 그 순간 나도 모르게 입이 터졌다.

"버스 기사다!"

책장 속에 숨겨두고 완전히 까먹고 있었던 비상금을 발견하면 이런 기분일까? 나는 자리에서 벌떡 일어나 버스 기사에게 달려갔다. 기사님의 얼굴을 마주하니 그도 나 못지않게 식은땀을 흘리고 있었다. 보아하니 나를 찾아 한참을 돌아다닌 모양이었다. 기사님은 서둘러 나의 팔목을 낚아채 내가 있던 반대편으로 걸음을 재촉했다. 조금 전까지만 해도 한 치 앞도 보이지 않는 안 갯속을 헤매는 것 같았는데 거대한 손이 다가와 내 몸을 번쩍 들어 그 안에서 꺼내주는 것만 같았다. 그만큼 그 순간 버스 기사의 손길이 위대하게 느껴졌다. 그의 손에 이끌려 10분쯤 힘껏 달리니 국경의 끝 부근에 설치된 차단봉이 보였다. 기사님은 나를 붙잡고 차단봉을 넘어 한참을 더 갔다.

"어서 타."

마침내 버스 앞에 도착한 기사는 이마에 흐르는 땀을 닦으며 내게 말했다. 뒷좌석 창문에 붙어 있는 커다란 달마 도사 스티커. 이제 보니 약간 검붉은 색을 띠는 버스. 나는 그렇게 내 인생에서 가장 반가운 버스를 다시 만났다.

버스에 올라타니 누군가는 나를 보며 안도의 한숨을 쉬었고, 누군가는 입꼬리를 실룩실룩하며 희미한 미소를 지었다. 말이 통하지 않아 물어볼 수 있는 사람은 없었지만, 나를 잊고 차단봉을 넘어 베트남으로 향하려던 버스를 누군가가 알아차려서 세웠을 것이고, 이 소식을 들은 기사가 다시 버스를 돌려 차단봉을 넘으려 했으나 그것이 어려워 차를 댈 수 있는 곳에 버스를 세워 두고 헐레벌떡 나를 찾으러 온 것 같았다.

슬리핑 버스라 도저히 부를 수 없는 지옥 버스. 죽은 듯이 누워 있어야 하는 버스 맨 뒷좌석. 퀴퀴한 냄새가 뒤섞여 코를 찌르고 내 왼쪽 어깨는 여전히 이름 모를 아저씨와 닿아 있었지만 이 모든 상황이 눈물 날 정도로 안심이 됐다.

'이게 뭐라고, 고맙고 그러지?'

누군가는 내가 없다는 걸 알아차렸을 테고, 기사님은 이마에 땀이 송골송골 맺힐 때까지 이리저리 뛰어다녔으며, 다른 승객들은 한참이나 이곳에서 나 하나를 기다려줬다. 모든 것이, 모두에게 너무나 고마웠다. 비좁고 불편해도 내 자리가 있다는 사실마저도 말이다. 국경 지역까지 오는 내내 최악이라고 생각했던, 몸을 움츠려야 겨우 누울 수 있었던 비좁은 공간은 순식간에 안락하고 감사한 공간으로 바뀌었다. 그렇게 25시간 만에 베트남 하노이에 도착했다.

풀가동된 버스 에어컨 덕분에 냉동 삼겹살이 되어서 그런지, 국경에서 겪은 엄청난 스트레스 때문인 건지, 나는 베트남에 도착하자마자 극심한 몸살에 걸려 이틀간 움직이지 못했다.

"국경을 어떻게 넘는지 미리 알았다면
이런 일은 없었을 텐데.
아이구, 이 바보 같은 브루스리는
오늘도 소 잃고 외양간을 고치네, 고쳐.
그래도 뭐 어때.
결국에는 고치는 게 중요한 거 아니겠어?"

제대로 앉을 수도 누울 수도 없었던,
지옥의 맛을 제대로 보여준 슬리핑 버스.
국제 미아가 될 뻔한 날 살려준,
안락하고 고맙기도 한 슬리핑 버스.

GPS와 함께 날아가 버린
100만 원짜리 순댓국

베트남

그렇게 어렵게 도착한 베트남에서 세계 몸살을 앓고 난 뒤 나는 다시 꾸이년, 나트랑, 달랏, 무이네를 순서대로 여행했고, 호찌민에 당도했다. 국제 미아가 될 뻔하고 나서 이보다 더 큰일은 일어나지 않을 것이라 생각했는데, 그건 나의 큰 착각이었다. 호찌민에서 나는 다시 한 번 잊을 수 없는 경험을 했다.

장시간 버스를 타고 와 몹시 피곤했기에 나는 나에게 근사한 저녁을 선물하고 싶었다. 근사한 저녁의 기준이란 각자마다 다 다르겠지만, 나 같은 경우 뼛속까지 토종 한국인이라 내게 근사한 저녁은 한식이었고 호스텔에 도착하자마자 한식당을 검색했다. 사실 세계 일주를 하면서 한식당을 몇 번 경험했는데, 어느 국가의 식당이나 한식 재료를 쉽게 구할 수 없는 탓에 한식당 메뉴가 거기서 거기(그래도 너무 감사했지만)라는 것을 깨달았다. 그래서일까. 아이러니하게도 한식을 먹으면서 한식이 그리웠다.

이날도 별생각 없이 순두부찌개나 하나 먹고 와야겠다는 생각으로 숙소에서 가장 가까운 한식당을 검색하고 있었는데 두 눈을 의심케 하는 식당 이름을 발견했다. '진순대.'

"와, 순댓국? 순댓국이라고? 순댓국은 내가 먹고 싶은 메뉴 중에서도 세 손가락 안에 드는 음식인데!"

10시간 이상 아무것도 먹지 못했던 까닭에 나는 가까운 곳으로 가 한식 메뉴라면 무엇이든 맛있게 먹을 수 있었지만, 이름만 들어도 위대한 '진순대'를 발견한 이상 다른 한식을 먹을 수는 없었다. '진순대'는 내가 묵는 숙소에서 꽤 멀리 떨어진 곳에 있었지만 나는 반드시 순댓국을 먹겠다는 일념으로 서둘러 그랩* 어플을 이용해 스쿠터 택시를 불렀다.

택시가 숙소 앞으로 도착하기까지 10분이나 남았지만, 설레는 마음이 자꾸 문으로 전력 질주를 하는 바람에 하는 수 없이 미리 나와 찻길에서 택시님을 영접하기로 했다. 호스텔 계단을 내려오는 길이 어찌나 가볍고 신나던지 100미터 달리기를 하면 우사인 볼트도 이길 수 있을 것 같았다.

그랩을 뚫어져라 보는데 조금씩 움직이는 나의 사랑스러운

---

* 베트남을 비롯한 몇몇 동남아 국가에서 쓰는 택시 어플로, 그중 스쿠터 택시는 가격이 매우 저렴해 여행 내내 자주 이용했다.

택시님의 GPS. 하지만 아직도 도착 예정 시간이 5분이나 남아 있었고 나는 대로변에 서서 스마트폰을 손에 쥐고 GPS만 바라봤다.

그런데 그때, 뒤에 계시던 현지 노점상 아주머니가 내 옷을 잡아당기며 언성을 높여 뭐라 뭐라 말씀하셨다. 그런데 도통 무슨 말인지 알아들을 수가 있나….

"아이 돈 언더 스탠드 쏘리(저 순댓국님 먹으러 가야 하니까 말 걸지 마요)!"

대충 그렇게 대답하고 다시 대로변으로 나가려는데 아주머니가 굳이 또 따라 나와 나의 옷깃을 잡아당기며 한숨을 쉬더니 작은 목욕탕 의자를 권했다. '아, 내가 서서 기다리는 게 안쓰러워서 앉아서 기다리라고 하신 거구나?'

"땡큐, 땡큐! 베리 머치! 벗 아이 돈 니드 잇! 땡큐우(나 순댓국님 먹으러 가야 돼요)!"

스마트폰에 찍힌 나의 택시님 GPS를 보니 곧 도착할 것 같았다. 이번에는 아주머니가 뭐라고 해도 뿌리치고 진짜 대로변으로 나가려는데 아주머니가 뒤에서 또다시 속사포 랩을 퍼부었다.

'아주머니가 나한테 뭘 팔고 싶은 건가? 왜 저렇게 나를 신경 쓰지?'

하지만 나는 곧 택시를 타고 순댓국을 먹으러 갈 생각에 정신이 팔려서 대로변으로 나갔고, 스마트폰을 바라보며 택시가 오길 서성거렸다. 나를 꿈과 희망의 나라 순대 월드로 데려다줄 고마운 스쿠터가 10초만 있으면 도착할 예정이었다.

그런데 그때, 오토바이 소리가 들렸고, 놀라서 소리가 난 쪽으로 고개를 돌리니, 어두운 색의 오토바이 한 대가 나를 향해 돌진하고 있었다. 앞자리에 탄 운전수가 뒤에 탄 동승자에게 무언의 사인을 보냈고 그가 고개를 끄덕이는 것이 슬로우 모션으로 보였다.

'뭐, 뭐지?' 내가 어리둥절하고 있는 사이 오토바이 뒷좌석에 타고 있던 사람의 손이 내 스마트폰을 향해 날아왔다. 나는 흠칫 놀라 스마트폰을 꽉 움켜쥐었지만 한 번 노린 먹잇감은 놓치지 않는 치타처럼 상대는 날카로운 발톱으로 내 스마트폰을 낚아채 갔다.

'부르르르르릉!'

사건은 그렇게 벌어지고 말았다. 어린아이가 소중해서 아껴 먹으려고 손에 꼭 쥐고 있던 사탕 같은 내 스마트폰, 내 손의 순댓국 GPS는 그렇게 내게서 멀어져가고 있었다.

그 순간 다른 생각보다 몸이 먼저 움직여 서둘러 달리기 시작했다. 방금 전까지 신이 나서 호스텔 계단을 가볍게 내려오던 내 다리를 이렇게 쓰게 될 줄은 전혀 예상하지 못했다. 어쨌거나 나는 미친 듯이 달렸고, 맹렬한 달리기에 신고 있던 슬리퍼는 진즉에 날아갔다.

나는 젖 먹던 힘까지 끌어모아 다시 한 번 내 스마트폰을 날치기한 그들을 향해 냅다 달렸다. 그때처럼 열심히 달렸던 때가 또 있었을까. 순간 200미터를 전속력으로 달린 것 같았다. 태어나서 그렇게 힘껏 달려본 적이 없었다. 나는 내가 낼 수 있는 최고 속력으로 그들을 향해 내달렸다.

'조금만 더, 조금만 더 가면 저놈들을 잡을 수 있다….'

도로에 차가 정체되어 있어 속도를 낼 수 없었던 오토바이가 마침내 내 손에 잡힐 듯 말 듯했고, 손을 뻗어 그놈들을 잡으려는 순간, "탁! 부르르르르릉." 소리를 내던 오토바이는 기어를 바꾸며 그렇게 내 눈앞에서 번개처럼, 완전히 사라졌다.

"으아아아아악!"

나는 분하고 억울하고 허탈한 마음에 소리를 내질렀다. 그리고 인도로 올라와 애꿎은 나무를 주먹으로 치며 펑펑 울어버렸다. 근처 슈퍼에 들어가 시원한 물을 하나 사서 옷이 다 젖든 말든 개의치 않고 벌컥벌컥 마셨다. 그제야 정신이 돌아왔다. 그리고 불현듯 조금 전에 나를 말리던 노점상 아주머니가 떠올랐다.

'그래서였구나….'

머리는 산발에 셔츠와 바지는 물론 온몸이 땀범벅이 되었다. 날려버린 슬리퍼 때문에 신발도 없이 터덜터덜 호스텔로 돌아가는데, 그런 내 모습이 그렇게 초라할 수가 없었다. 걷다 보니 며칠 전 여행하며 우연히 만난, 한국말을 잘하던 베트남 현지인 직원의 말도 떠올랐다.

"호찌민은 여귀랑 달라효, 많이 달라효. 정말 무서훠요. 스마트폰 다 가져가! 다 가져가!"

("호찌민은 여기랑 달라요. 많이 달라요. 정말 무서워요. 스마트폰 다 가져가! 다 가져가!")

맞다. 사실 난 알고 있었다. 인터넷으로 호찌민 여행을 검색했을 때도 날치기에 대한 우려의 글을 봤고, 나에게 걱정의 눈초리를 보내는 노점상 아주머니도 만났다. 그깟 순댓국이 뭐라고, 있는 대로 들떠서 주의해야 한다는 사실을 잊고 말았다. 그리고 그런 나는, 아주 가벼운 먹잇감이 되었다.

사실 내가 이렇게까지 화가 난 이유는 날치기 당한 스마트폰을 어렵사리, 비싼 돈을 주고 구했기 때문이다. 태국 여행 도중 항구에서 넋 놓고 바다를 구경하다 그 비싼 아이폰을 바닷물에 빠뜨려 사망시키는 바람에(잠수해서 찾았지만 켜지지 않았다), 한국에서 친구가 중고 거래로 같은 아이폰을 다시 구입해 내게 보내준, 소중하고 소중한 두 번째 스마트폰이었다. 그것도 받은 지 2달도 안 된 것이었고. 스마트폰 가격을 여행 경비로 환산하면 못해도 1 2달은 더 여행할 수 있는 돈이었다.

"이럴 때가 아니야, 경찰서부터 가봐야겠어."

영어를 할 줄 아는 호스텔 직원에게 부탁해 함께 경찰서로 향했다. 경찰에게 상황을 설명하니 내가 날치기를 당한 장소에 함께 가보자고 했다. 경찰들은 이곳저곳을 대충 둘러보더니 "이거 잡을 거야?"라고 물었다. 나는 당연하다는 듯 말했다.

"당연하지! 여기에 CCTV가 4대나 있는데 잡을 수 있는 거 아니야? 잡아줘!"

"음, 저 카메라들은 다 가짜야."

젠장. 그 길로 경찰서로 돌아가서 도난 리포트를 작성했는데, 경찰의 반응이 더 황당했다. 대뜸 내게 "스마트폰을 도난당해 접수는 했지만 날치기범을 잡지 않는다는 것에 동의했다고 적어."라고 말하는 게 아닌가.

"아니, 싫어! 난 잡고 싶어! 잡아줘! 이 말에 동의할 수 없어."

그러자 내내 퉁명스러운 경찰이 담배에 불을 붙이더니 인심 쓰듯 대꾸했다.

"좋아, 잡아줄게. 하지만 2달 걸려."

나는 3일 후면 인도행 비행기에 몸을 실어야 했다. 아니, 이미 예약한 인도행 비행기 티켓이 아니더라도 2달은 너무 길지 않은가. 2달이면 내 아이폰은 이미 어느 대륙을 떠돌고 있을지 모를 일이었다. 계속해서 설득해보고 미소를 보이며 간곡히 부탁했지만 경찰은 내 아이폰을 낚아채 간 놈들을 잡아줄 의지가 전혀 없어 보였다. 그렇게 난 어쩔 수 없이 "날치기범 수사에 불응한다."라는 서명란에 사인을 한 뒤 호스텔로 돌아왔다.

숙소에서 노트북으로 와이파이를 잡아 베트남에 오래 살았던 친구에게 전화해 자초지종을 설명했더니 친구가 콧방귀를 뀌며 말했다.

"그거 돈 달라는 거야. 돈 주면 아마도 내일? 잃어버린 아이폰이 네 손에 있을 걸?"

"얼마를 줘야 되는데?"

"글쎄, 한 100만 원?"

그 말을 듣자마자 노트의 빈 페이지를 찢어 배낭여행자의 관문이라 불리는 인도 파하르간즈Paharganj의 약도를 손수 그리기 시작했다. 그리고 스마트폰도 없이, 여행의 끝판왕이라 불리는 사기꾼의 천국, 인도에 도착했다.

100만 원이면 새로 나온 아이폰을 사겠다, 이 친구야.
인도에 가서는 어떻게 하지?
그 악명 높기로 소문난 인도 여행을
스마트폰 없이 어떻게 시작하느냐 말이야.
하, 미치겠다, 정말. 쉽지 않다, 이 여행.

세계 일주 전 마지막 세계 대회에서 우승 트로피를 하늘 위로 번쩍 들어 올린 그 날, 솔직히 말하면 별로 기쁘지 않았다. 대회를 마치고 숙소로 돌아가는 길에 어쩌면 나는 멤버들과 다른 생각을 하고 있었는지도 모르겠다. 기쁘다기보다는 뭐랄까. 끝이 없는 도로 위를 계속 달리고만 있는 기분이랄까.

댄서로 살아온 지 20년이 훌쩍 넘었다. 늘 하던 대로 열심히 연습하고 공연을 하고 대회를 나가면 그만이었다. 하지만 어느 순간부터 머릿속에 이런 질문이 맴돌았다.

'세계 대회에서 한 번 더 우승하면 그다음은?' 나는 제대로 대답할 수 없었다.

춤으로 세계 최고가 되고 싶었고, 그 목표 하나만 보고 지금까지 내달려왔다. 바람대로 세계 대회에서 여러 번 우승을 했다. 그런데 시간이 흐르자 허무한 생각이 들었다. 왜냐하면 난 그다음을 생각해본 적이 없었기 때문이다. 출구가 없는 짙은 안갯길을 하염없이 걷는 것 같았다. 그러자 춤추는 것도 재미가 없었고, 춤으로 이루고 싶은 꿈도 없었다.

'이제 나는 무엇을 위해 춤을 춰야 하지? 나는 정말 어떻게 해야 하는 걸까….'

사실 나의 가장 큰 고민은 춤이 싫어지는 것이었다. 더 이상 경쟁은 하고 싶지 않았고 내 청춘을 남김없이 바친 춤만은 계속 사랑하고 싶었다. 하지만 노력하면 노력할수록, 잡으려고 하면 잡을수록 차갑게 식어버린 심장은 뜨거워지지 않았다. 늘 내 옆에서 웃어주던 오랜 연인이 떠나면 이런 기분일까? 누가 봐도 열심히 살고는 있는데, 마치 좀비 같잖아.

그렇게 몇 년이 지나 어디서부터 잘못됐는지 알 수 없는 지경에 이르렀고 곧 나를 의심하는 행위로까지 옮겨갔다. 하루가 멀다 하고 무거워지는 발걸음이 나를 자꾸 멈춰 세웠다. 주저앉지 않으려면 방법을 찾아야 했다. 그래서 결심했다. 춤추는 것을 잠시 멈추기로.

'딱 1년만 비보이 브루스리가 아닌 인간 신규상으로 살아보는 거야. 어쩌면 내 인생의 그다음을 찾을 수 있지 않을까? 그래, 1년만, 딱 1년만 다녀오자.'

세계 일주는 바로 그런 고민의 시작점이자 내 삶의 답을 찾고자 하는 나름의 방법이었다. 인생에서 가장 아픈 시기를 보내고 있었으므로 짧게 며칠 다녀오는 여행은 강력한 투여약이 되지 않을 것 같았다.

1년을 다녀오자고 결심했지만 막상 여행 준비만 2년을 했다. 정확히 말하자면 마음의 준비를 하는 것이 절반 이상이었다. 비보잉의 특성상 며칠만 쉬어도 예민한 감각이 무뎌져 기술의 성공률이 현저하게 떨어진다. 그러니까 1년을 여행한다는 건 전속력으로 달리던 러닝머신 위에서 멈춰 서는 것과 같다는 걸 누구보다 잘 알고 있었다. 하지만 나는 오랜 시간 앞만 보고 달렸던 그 발걸음을 스스로 멈추기로 했다.

그 후로 매일같이 울었다. 은퇴식에 선 선수들이 왜 그렇게 우는지 이해하지 못했는데 이제야 조금 알 것 같다. 슬프지는 않은데 눈물샘이 고장 난 느낌이구나.

2장

슬럼프를 뒤집으니
진짜 행복이 보였다

중국

대한민국

네팔

인도

말레이시아

인도네시아

▽ 인도

▽ 네팔

정신을 쏙 빼놓은
파란만장 인도 입성기

세계 일주를 준비할 때 가장 주의해야 하는 국가는 인도라고 생각했다. "한 번도 가보지 않은 사람은 있어도, 한 번만 간 사람은 없다."라는 말이 있을 정도로 매력적인 나라지만 인크레더블 인디아Incredible India라는 별칭에서 알 수 있듯 우리가 생각하는 상식에서 벗어나는 일들이 빈번하게 일어나는 곳이기 때문이다.

베트남에서 인도로 넘어와 델리 역에 내린 나는, 노트를 찢어 열심히 그린 약도를 들고 두리번거리며 밖으로 나왔다. 그러나 열 발자국도 채 걷지 않아 인크레더블 인디아를 실감했다. 몇 차선인지 알 수 없을 정도의 자동차와 릭샤*가 도로를 가득 메우

---

* 오토바이나 자전거에 수레를 달아 만든 미니 택시를 말한다.

고 있었는데 마치 1인분 냄비에 4인분 음식 재료를 욱여넣은 것 같았다. 거기다가 앞으로 나갈 수 없는 정체 상황인 줄 알면서도 모두 한마음 한뜻으로 클랙슨을 누르고 있었다. 사람은 또 왜 그렇게 많은지, 내 몸만 한 가방을 앞뒤로 메고 크리스마스이브 날 명동 거리를 걸어가는 기분이었다.

그렇다고 사람들이 순순히 길을 내어주지도 않았다. 낯선 이가 내 옆에 바짝 붙어 "안녕! 너 신발이 너무 예쁘다. 어디서 왔니? 아니 그냥 신발만 한번 볼게." 같은 말로 가벼운 미끼를 던지며 대화를 시도하는데, 완곡히 거절해도 5분 이상 따라오며 말을 걸었다. 그렇게 5분이 지나면 새로운 사람과 또다시 5분을 실랑이해야 하는 일이 반복됐다.

그렇게 겨우 인도 여행의 관문이라 불리는 파하르간즈에 도착하니 델리 역 앞은 애교 수준이었다는 것을 알 수 있었다. 1년은 치우지 않은 듯한 쓰레기들이 거리를 뒤덮었고, 코를 찌르는 암모니아 냄새에 고개를 돌리니 문도 없고 물도 안 나오는 담벼락 화장실에 사내들이 일렬로 서서 볼일을 보고 있었다. 게다가 열정적인 장사꾼들은 나를 더 괴롭혔다.

처음 온 티를 내지 않으려고 최대한 익숙한 듯 걸으려 노력했지만 눈, 코, 입이 제정신이 아니었다. 마치 텔레비전에 바짝 붙어 앉아 화려한 액션 영화를 3배속으로 보는 것 같았다. 예전에 공연하러 몇 번 인도에 와본 적이 있었는데 늘 고급 호텔(눈앞에 펼쳐진 인도의 풍경과 비교하면 상당히 고급이다)에서 묵고 전용 승합차를 타서 그런지 그때는 미처 알지 못한 진짜 인도가 이곳에 있었다. 현지에서 먹는 인도 카레는 한국에서 먹는 것과 달리 향신료 향이 훨씬 강해 먹기가 쉽지 않은데, 내가 맞닥뜨린 인도가 딱 그 카레와 같았다. 진짜 인도가 향신료가 가득 들어간 매운맛 카레라면, 전용 승합차를 타고 고급 호텔에서 묵었던 인도는 순한 맛 카레였다.

그래도 나름 한 땀 한 땀 그려놓은 약도 덕분에 예약해놓은 숙소를 찾을 수 있었다. 나는 방에 들어가자마자 바닥에 배낭을 떨어뜨리듯 내려놓고 침대에 털썩하고 누웠다. 그러자 귀에서 윙윙 소리가 났다. 저녁에는 내가 오래전부터 맛탱이라고 불렀던 절친이 도착하기로 예정되어 있었다. '조금 쉬었다가 녀석을 마중해야지.' 나름 세계 곳곳을 돌아다녀 본 내가 이 정도 타격을 입었다면 맛탱이는 100퍼센트 중상일 터였다.

잠깐 누워 있었던 것 같은데 금세 저녁이 되었고, 처음 내가 인도에 도착했을 때 지었던 표정과 같은 표정을 한 맛탱이가 나를 보고 반가워하며 인사를 건넸다.

"야, 잘 지냈어? 여기까지 오는데 진짜 힘들었다. 그나저나 너를 인도에서 만나다니 진짜 웃긴다."

"응, 진짜 신기하다. 그런데 내 아이폰은?"

"어렵게 찾아온 사람한테 그게 먼저야?"

공연하러 왔을 때 탔던 자동차, 묵었던 고급 호텔은
내가 아는 인도가 아니었다.
이것이야말로 인크레더블 인디아…!

"응, 빨리 줘봐."

태국에서 스마트폰을 바다에 빠뜨려 고장 냈을 때 중고로 사서 해외 배송으로 보내준 것도 맛탱이였는데 이번에는 직접 사서 인도까지 가지고 왔다. 그런데 가방에서 아이폰을 꺼내는 친구를 보고 있으려니 이상하게 짐이 많다는 생각이 들었다.

"맛탱아, 짐이 왜 이렇게 많아? 인도, 네팔만 같이 여행하는 거 아니었어?"

"아… 나 그냥 나온 김에 세계 일주를 해보려고."

"뭐라고!?"

"이번 기회가 아니면 힘들 것 같아서… 시간에 구애받지 않고 다닐 수 있을 만큼 다녀보려고!"

내가 2년 동안 준비한 세계 일주를, 맛탱이는 한 달 만에 결정해버렸다.

"갑자기 세계 일주 파트너가 생겨버렸네, 하하하.
이걸 좋아해야 해, 말아야 해?"

세계 일주 100일,
춤 대신 취향을 알아가는 중

　도무지 적응이 되지 않을 것 같은 인크레더블 인도에 서서히 익숙해질 때쯤, 이곳에서 세계 일주 100일을 맞이했다. 100이라는 숫자는 집을 떠나온 지 100일, 장기 여행 100일이라는 기념비적인 숫자이기도 하지만 내 인생에서 가장 오랫동안 춤을 추지 않은 시간을 뜻하는 역사적인 숫자이기도 했다.

　한때는 이틀만 연습을 쉬어도 불안한 마음으로 잠을 설치던 나였는데, 일상에서 춤이 사라진 지 100일이 지났다. 랜드마크에서 에어트랙*을 하거나 불가피한 상황에서 장기 자랑처럼 보여줬던 한두 번의 춤을 제외하고는 댄서에서 배낭여행자로 완벽

＊ 기울어진 물구나무서기 자세에서 양팔만을 이용해 회전하는 비보잉 기술. 브레이킹 단일 동작 중 가장 고난도 동작이라 말할 수 있다.

하게 변신해 살고 있었다.

일단 춤에 대한 걱정에서 잠시 벗어날 수 있었던 것은 여행자로서의 삶이 녹록지 않았기 때문이다. 100일쯤 여행을 하면서 한 가지 확실히 깨달은 바는 한국에서 지낼 때보다 더 바쁘게 살아야 한다는 것이었다. 그러니까 세계 일주를 한다는 것은 '선택의 활을 당겨 결정의 화살을 쏘는 것'이었다. 활을 잡을 수 있는 유일한 사수는 나 자신뿐이었다. 눈뜨는 시간부터 잠이 들 때까지 모든 상황은 내가 어떻게 행동하느냐에 따라 달라졌고, 가만히 있다고 해서 짠, 하고 선물처럼 원하는 상황이 나타나거나 날 기다려주지는 않았다. 그러니까 내가 아무것도 하지 않으면, 정확히 아무 일도 일어나지 않았다.

이런 낯선 상황들은 나를 끊임없이 바쁘게 만들었다. 숙소 예약, 교통편 예약, 식당 조사, 언어 공부, 문화 공부, 관광지 할인 방법, 환전소 검색, 무료 ATM 기기 찾기 등 한국에서는 알아보지 않아도 익숙하게 할 수 있었던 것들을 이곳에서는 매 순간 찾고 뒤지고 검색을 해야만 할 수 있었다. 게다가 인터넷이 되지 않는 지역에서는 이마저도 어려웠다.

이런 점들이 피곤하긴 했지만 잔소리하는 사람도, 눈치 볼 사람도 없다는 점은 꽤 매력적이었다. 좋지 못한 결정을 했어도 나를 탓하는 사람이 없으니, '좋은 결정'을 연습하기에 이보다 좋은 환경은 없었다.

여행 초반에는 숙소를 고르는 데 몇십 분, 일정을 확정하는 데는 몇 날 며칠이나 고민해야 했지만, 지금은 10분이면 충분하다. 오롯이 내가 좋아하는 걸 알아가고 있기 때문이다. 물론 가끔은 빗나갈 때도 있지만, 그마저도 상관없다. 언젠가는 내 취향대로 맞아갈 테니까. 나는 지금 그 연습을 하고 있는 거니 시행착오쯤은 겪을 수 있는 거니까. 내가 내린 모든 결정을 스스로 사랑하는 날까지, 그때까지 계속해볼 거니까.

그뿐만 아니라 매 순간 새로운 경치를 보며 감탄하고, 현지 사람들과 소통하며 새로운 문화를 경험할 때 그 신기하고 재미있던 기억들 역시 여행자로서 하루하루 감사한 순간들이었다. 완벽한 이방인이 되어 배낭을 둘러메고 새로운 향기를 찾아 날갯짓을 하는 것이 너무나도 좋았다.

100일 전, 포장을 막 뜯어서 반짝거리는 새 배낭을 둘러메고
쫄랑쫄랑 걸음을 내딛던 햇병아리 여행자가 생각난다.
그 여행자가 100일이 지나 '성계'가 되었다고 말할 수는 없지만
머리 가운데 연붉은 벼슬이 살짝 올라온 수준은 되지 않았을까.
지난 100일을 돌아보니 우려했던 것보다는 나쁘지 않았다.
나는 처음 살아보는 여행자의 삶에 행복을 느끼고 있었고,
생각보다 빠른 속도로 댄서의 삶에서 멀어지고 있었다.

화장터에서 깨달은
진정한 행복의 의미

여행 전, 세계 일주를 결심하고 많은 여행지를 공부하면서 정말, 정말 꼭 가보고 싶었던 곳이 있었다. 바로 인도 바라나시에 위치한 갠지스강이다. 전체 인구의 약 80퍼센트가 힌두교를 믿는 인도인들에게 성스러운 강으로 불리는 이곳은 많은 여행자들 또한 '내면의 거울'이라 표현한 곳이다. 그 말을 들은 나는 그곳에서 나의 내면을 비추어보고 싶었다.

바라나시에 도착해 짐을 내려놓고 신비함이 느껴지는 강물을 따라 천천히 걸었다. 처음에는 한눈에 봐도 더러운 강물에서 어린아이들이 수영하고 있는 싯이 거정됐고, 거기서 불과 50미터 떨어진 곳에서 빨래를 하고 있는 아주머니들을 보며 저래도 되나 싶었다.

조금 더 내려가니 무릎을 꿇은 청년들이 간절하게 소원을 빌며 성수를 받들 듯 두 손으로 조심스레 강물을 받아 목을 축였고, 그곳으로부터 다시 멀리 떨어진 곳에 365일, 24시간 동안 꺼지지 않은 불꽃이라 불리는 야외 화장터가 보였다. 확연한 삶과 죽음이 불과 몇백 미터 사이의 갠지스강 주변에서 매일 이루어지고 있었다.

삶과 죽음이 한없이 가까운, 갠지스강은 그런 곳이었다. 어린아이가 걸음마를 막 떼고 세상 밖으로 걸어 나가는 순간부터 생명을 다한 인간이 한 줌의 재가 되어 갠지스강에 뿌려지는 그 순간까지 '삶의 모든 순리'가 이 강물에 있었다.

그날 밤, 나는 내가 가장 오고 싶었던 갠지스강, 아니 정확하게는 야외 화장터를 다시 찾았다. 도무지 대낮에 볼 수 있는 광경이 아니라고 생각했기 때문이다. 어둠이 드리운 갠지스강 주변을 천천히 걷다가 마치 거대한 산불 같은, 멀리서도 한눈에 들어오는 화장터를 향해 방향을 틀었다. 꽤 먼 거리였음에도 살면서 처음 맡아본 기분 나쁜 악취가 코끝을 찔렀다.

인도에서는 사람이 죽거든 훤히 보이는 갠지스강 주변에서 화장을 한다. 그러고 나서 유골은 강가에 뿌리고 화장을 할 수 없는 어린아이, 임신한 여자, 수행자, 여러 동물들의 사체는 돌에 매달아 수장시킨다.* 여름에는 가스가 차고 불어 물으로 떠오르는 사체를 떠도는 들개들이 먹는다고 한다.

그뿐만 아니라 힌두교를 믿는 인도인들은 갠지스강에서 목욕 재계를 하면 모든 죄악이 씻겨 내려간다고 생각하며 죽은 뒤 뼛가루를 흘려보내면 극락에 도착할 수 있다고 믿어 이곳에서의 죽음을 가장 성스러운 죽음이라고 한다. 그래서인지 연간 100만 명 이상의 순례자가 찾아오며 힌두교의 성지가 되었다.

근처에 도착해 적당한 곳에 걸터앉아 화장터를 내려다보니 몇 개의 불 무덤이 보였다. 거친 불 회오리를 자세히 들여다보니 시신으로 보이는 검은 물체가 눈에 들어왔다.

그런데 이때 등 뒤에서 요란한 소리가 났다. 고개를 돌려보니 좁은 골목길에서 10명 남짓한 청년들이 노래를 부르며 상여처럼 보이는 물건을 짊어지고 내려오고 있었다.

"설마, 시신인가?"

그들의 목소리가 가까워질수록 내 심장박동이 빨라지기 시작했다. 거리상 꽤 떨어져 있어 정확하지는 않았지만 사람 발바닥으로 추정되는 것이 보였기 때문이다.

바라나시 화장터에서는 장작에 불을 붙여 시신을 화장한다. 붉과 5미터밖에 떨어지지 않은 곳에 청년들이 큰 나뭇가지 몇

✳ 갠지스강에서 화장을 한다는 것은 영혼을 정화한다는 의미이다. 따라서 신과 가까이 있는 존재라고 믿는 임신한 여자, 수행자(성직자), 소, 개, 원숭이 같은 동물, 영혼이 맑은 어린아이는 화장하지 않고 수장하는 것이다.

개를 겨우 잘라 만든 것 같은 부실한 상여를 바닥에 탁 하고 내려놓자, 바닥에 부딪힌 상여는 그 반동으로 살짝 흔들렸지만 시신은 미동도 없었다. 그리고 몇 시간 전까지만 해도 따뜻한 숨을 내뱉었을 것 같은 한 할머니의 창백한 얼굴이 보였다. 바닥에 덩그러니 놓여 있는 할머니의 시신과 바로 옆에 성인 가슴 높이쯤 되는 나뭇더미. 아마 침대처럼 생긴 나뭇더미에 할머니를 눕히고 화장을 하려는 모양이었다.

곧이어 장례 지도사로 보이는 한 남성이 앞으로 나와 청년들에게 신호를 주니, 할머니의 시신을 평평한 나뭇더미 가장 높은 곳에 올려놓았다. 그러고는 작은 장작을 들어 나뭇더미 제일 아래쪽부터 불을 붙인 후 시신 주변을 돌았고, 작게 무언가를 읊조리며 시신과 나무를 번갈아 탁, 탁 치기 시작했는데, 아마도 힌두교인만의 의식인 것 같았다. 그리고 채 10분도 지나지 않아, 시신과 나뭇더미 전체에 기름을 붓고 불을 붙였다.

방금 전까지 내 눈앞에 있던, 얼마 전까지 따뜻한 숨을 내쉬었을 존재가 바로 앞에서 불타오르기 시작했다. 나는 아무 말도 할 수 없었다. 두 손으로 입을 막고 최대한 눈을 깜빡거리지 않으려고 노력했다.

가족으로 보이는 사람들은 할머니의 가장 가까운 곳에 둘러앉아 불에 타고 있는 나뭇더미와 할머니를 슬픈 얼굴로 지켜보고 있었지만 아무도 울지 않았다. 바라나시 화장터에서 울면 안 좋은 기운이 하늘로 전해져 돌아가신 분이 극락에 가지 못한다고 믿기 때문인데, 그래서 상대적으로 눈물이 많은 여자들은 화장 터에 올 수 없다고 한다.

시간이 지나고 장례 지도사가 숯덩이가 된 시신을 불쏘시개로 밀어 넣자, 시신의 팔이 뚝 하고 떨어져 나간다. 이에 아랑곳하지 않고 그는 시신의 몸을 뒤집으려 애썼고 할머니의 시신은 애초에 사람이었다고 상상도 할 수 없는, 그저 어떤 물체를 오랫동안 태운 흔적으로 바뀌어버리고 말았다. 눈앞에서 한생을 살아낸 사람이 잿더미가 되고, 흙으로 돌아가는 과정을 목격하는 건 이루 형용할 수 없는 감정을 불러일으켰다. 슬픔, 우울, 속상, 괴상, 안타까움, 무서움, 두려움…. 그 어떤 단어로도 내가 느낀 감정을 설명할 길이 없었다. 그저 살면서 처음 느끼는 감정이었다. 그렇게 한참을 앉아 있다가 천천히 자리에서 일어섰다.

평소와 같은 걸음으로 숙소를 향해 걸었지만 마음만은 전과 달랐다.

'산다는 것 그리고 죽는다는 것은 무엇일까?'

머릿속이 복잡해졌다. 흔히들 "어차피 한 줌의 재로 돌아갈 인생, 후회 없이 살자."라고 말하는데 이걸 말로만 하는 것과 두 눈으로 목격하는 것은 어마어마한 차이가 있다. 나는 정말 후회 없이 살고 있는 것일까? 세계 일주를 하는 것이 옳았던 걸까? 나는 나 자신에게 곧장 그렇다고 대답하지 못했다.

내가 살면서 정말로 잘하고 감사한 일 한 가지를 꼽자면, 14살 때 본 비디오테이프 속 이름도 알지 못하는 한 댄서를 마음 깊이 사랑한 일이다. 이것은 내 인생의 큰 선물이자 행운이었다(그것을 일찌감치 알아차린 나 자신이 매우 기특하다). 이 댄서를 통해 춤을 선택한 순간부터 내 인생은 180도 달라졌고, 남들이 중·고등학교 때 받는 학업 성적, 수능, 대학 진학, 취업 스트레스나 하다못해 미래의 대한 걱정도 전혀 없었다.

물론 춤을 추면서 가끔은 외롭고 답답하기도, 남의 시선을 의식해 의기소침해진 적도 있었지만, 내가 선택한 길이 잘못되었다는 생각은 한 번도 해본 적이 없었다. 나의 유일한 걱정과 고민은 '왜 남들보다 춤을 잘 추지 못할까?'였는데, 사실 이것도 답을 알고 있었다. 그래서 내 인생에 대해, 앞으로의 삶의 방향에 대해 별로 고민할 필요가 없었다. 난 이미 그 길이 정해져 있는 사람이었으니까.

숙소로 돌아오는 내내 생각이 많아졌다.

나는 왜 살아야 하지? 어차피 한 줌의 재로 돌아갈 인생, 열심히 살아야만 하는 이유가 뭐지? 열심히 일해서 돈을 많이 번다? 죽으면 사라지는데? 사람들에게 인정받고 명예롭게 사는 것? 그것도… 죽으면 사라지잖아. 사람들과 원만한 유대 관계를 유지하며 외롭지 않게 사는 것? 마찬가지야. 죽으면 사라지잖아. 결국엔 그 무엇 하나 영원한 건 없다.

광활한 우주 속 하나의 점에 불과한 지구, 세계 일주를 하며 내가 보는 아름다운 풍경들, 귀를 간지럽히는 자연의 소리들, 내가 사랑하는 모든 사람들, 내가 미워한 모든 사람들, 값지다고 여겼던 명예와 돈….

하지만 이 모든 건 내가 없으면 소용없는 거야. 그것들이 없어져서 없는 게 아니라 내가 없으면 그것들은 없는 거야. 삶에는 있고 죽음에는 없는 것들, 보고, 느끼고, 듣고, 나에게 영감을 주는 이 세상 모든 것들은 내가 사라지는 순간 함께 없어지는 거야. 그렇다면 무엇을 위해 열심히 살아야 하지?

바라나시 화장터에서 적잖은 충격을 받은 나는, 죽음 앞에서 모든 것이 무의미한, 허무주의의 세계에 빠져들었다. 한 사람이 흙으로 돌아가는 과정을 지켜보는 것은 이루 말할 수 없는 마음의 심해 끝자락까지 공허함을 가져다주었고, 그날 목격한 야외 화장터가 가슴속 깊은 곳에서부터 꼬이고 꼬인 마음의 짐이란 이름의 실을 단단히 매듭지어버렸다.

밥을 먹으면서도, 거리를 걷고 있으면서도, 사람들과 인사를 하면서도 내가 느낀지 알 수 없었다. 나는 40시간 동안 단 1분도 잠들지 못했다. 누군가 와서 이 매듭을 잘라내 주지 않으면 잠들 수 없을 것 같았다. 어쩌면 남들이 학창 시절이나 사회 초년에

하는 고민을 난 지금 하게 됐는지도 모르겠다. 인생은 선택의 연속이라고 하지만 아이러니하게도 인간의 탄생은 그 누구도 선택할 수 없다. 애초에 태어나면서 선택하지 못하는 인생을 잘 살아보기 위해 좋은 선택을 하며 살아야 한다는 것 자체가 모순인 것 같았다.

나를 사로잡은 질문, '이제 난 무엇을 위해 열심히 살아야 할까?'에 대해 스스로 답을 찾아야만 했다. 직업, 돈, 직위, 명예, 사회적 기여도, 나의 가치, 그 어떤 것을 상상해도 내가 앞으로 살아가야 할 삶의 '핵심적인 의미'로 삼기에는 우스워 보였다.

복잡한 머릿속을 비우고 처음부터 다시, 단순하게 생각해보기로 했다. 어차피 살아가야 할 인생, 누구라도 행복하고 싶지 불행하고 싶진 않을 것이다. 나라고 다를까. 이것이 내 인생의 의미를 찾기 위한 첫 번째 출발점이었다. 난 아이폰을 꺼내 메모장을 열어 이렇게 적었다.

"나는 앞으로 행복한 인생을 살 것이다."

내가 발끝부터 차오르는 행복을 느껴 온몸이 저릿저릿해지는 기분을 느낀 게 언제였지?

처음으로 세계 대회에서 우승했을 때, 비보이 종주국인 미국에서 아시아인 최초로 우승했을 때, 좋은 작품으로 인정을 받았을 때 온몸이 저릿저릿했던 것 같다. 하지만 더는 끝이 정해진 목표를 내 인생의 의미로 삼고 싶지 않았다. 물론 그 목표를 이루기 위해 열심히 산 덕에 지금의 내가 있는 것이긴 하지만, 그것 자체가 내 인생의 방향이 되어선 안 될 것 같았다. 끝이 있는 삶은 두 번 다시 살고 싶지 않았다.

그리고 1년간 춤을 추지 않겠다는, 살면서 가장 큰 결심을 한 이 타이밍에 춤이 아닌 다른 삶의 의미를 찾아보고 싶기도 했다. 춤 말고 뭐가 날 행복하게 해줄 수 있을까.

하지만 그 후로 오랜 시간 동안 춤을 대체할 만한 삶의 의미를 찾을 수가 없었다. 춤을 제외하고 행복했던 순간을 떠올리려니 아무리 노력해도 잠깐 스쳐가는 정도의 기억일 뿐 내 마음속 깊이 각인된 행복은 모두 춤과 관련된 것들뿐이었다. 그래서 나는 결국 춤이 없는 인생의 의미를 찾는 것은 불가능하다고 결론지었다.

하지만 그동안의 방식으로는 춤을 추고 싶지 않았다. 그동안의 방식이라는 건 피나는 연습을 통해 세계 대회에 진출하고 상대방을 꺾어 우승 트로피를 거머쥐는 것. 그러니까 미친 듯이 경쟁해서 최고의 자리에 오르는 것이었다. 물론 멋있는 일이었지만, 그것이 춤을 추는 주된 이유가 되지 않길 바랐다. 어쩌면 오늘의 내가 이런 생각을 하게 된 것도 대결을 하고 경쟁에서 이기는 춤을 추기 위해 전력 질주만 해온 나에게 지쳐서일지도 모른다.

하지만 지금까지 23년간 댄서로 살아오면서 최고가 되는 것이 가장 큰 목적이었다. 어떻게 그 이유를 바꿀 수 있을까.

그때 불현듯 머릿속을 강타하는 생각이 있었다.

'다른 목적을 가지고 춤을 추면 되잖아? 그토록 날 지치게 한 경쟁하는 춤 말고, 사람들과 나누고 춤을 추는 게 그 자체로 즐거운, 그런 춤을 추면 되는 거 아니야?'

내가 가장 행복한 순간은 땀을 흘리며 춤출 때, 다른 사람들과 생각이나 춤동작을 공유하고, 그들이 나로 인해 무언가를 얻거나 내가 그들로 하여금 무언가 영감을 받을 때, 서로 하이파이브하며 고맙다고 말할 때, 그리고 그것들이 모여 내가 추는 춤에 자연스러운 변화가 생길 때였다.

맞다. 나는 그때 정말 행복했다. 고마웠던 수많은 순간들, 함께하는 사람들에게서 영감을 받고 그런 것들이 모여 우승이란 결과를 만들어냈을 때 나는 행복했다. 그 과정 자체가 행복했던 것인데 왜 나는 우승이란 결과만 행복한 순간이라고 생각했을까.

'나는 왜 23년간 이걸 모르고 살았지?'

다시 아이폰에 글자를 입력하기 시작했다.

"이제는 사람들과 나누는 춤을 출 것이다."

그동안 나의 춤이 경쟁에서 이기기 위한 강력한 무기, 그러니까 경쟁의 춤이었다면 오늘부터 나의 춤은 나눔의 춤이 될 거다. 가볍고 부드러워 금방이라도 누군가의 옆에 닿을 수 있는 그런 춤을 출 거다. 14살부터 춤을 추며 마음 깊이 자리 잡아버린 '경쟁'을 떼어놓고 보니 비로소 내가 찾던 답과 함께, 엉켜 있던 생각의 실마리가 풀리는 느낌이다.

1년간 춤을 추지 않을 각오로 떠난 세계 일주. 나는 100일 만에 그 여행길에서 비로소 답을 찾았다. 앞으로 만날 사람들과 내가 사랑하는 춤을 나누고 교류할 생각을 하니, 가슴이 벅차올랐다. 재생된 RUN DMC 뮤직비디오를 바라보며 교복도 채 벗지 못한 채 눈 한 번 깜빡이는 것이 아쉬워 마른침을 꼴깍 삼키던 그때, 바로 그때의 기분이다. 눈시울이 붉어지며 무릎 위에 눈물 한 방울이 툭 하고 떨어졌다.

'처음 춤을 사랑하게 됐을 때, 그때의 떨림을 오랫동안 잊고 살았구나.'

첫 번째, 앞으로 행복한 인생을 살 것이다.

두 번째, 사람들과 나누는 춤을 출 것이다.

세 번째, 가족의 행복을 위해서 살 것이다.

이 3가지 인생의 의미 중 어느 것 하나 완벽하게 도달할 수 있는 목표가 없으니, 죽기 전까지 마음에 품으며 이루고 싶은 꿈이 생긴 것만 같다. 그리고 그것들을 메모장에 적으니 세상 모든 것이 아름다워 보였다. 이제 편안하게 발 뻗고 잠들 수 있을 것 같다.

무엇을 위해 열심히 살아야 하지? 춤 말고 무엇이 날 행복하게 하지?

하지만 춤을 떼어내고는 도저히 그 의미를 찾을 수 없었다.

그렇다고 지금까지처럼 우승을 위해 춤을 추고 싶지는 않았다.

그때 불현듯 든 생각,

'경쟁에서 이기는 춤이 아닌 사람들과 나누는 춤을 춰야겠다.'

나는 비로소 내가 행복해질 방법을 찾은 듯했다.

밤새 귀를 아프게 했던 릭샤의 클랙슨 소리, 발 딛을 틈도 없이 길에 널브러져 있는 소똥들, 뭐 하나라도 팔아보려 귀찮게 다가오는 상인들, 그냥 다 좋았다. 앞으로 평생 함께할 인생의 의미를 찾았는데 그쯤이야 우습다. 어차피 한 줌의 재로 돌아갈 인생사 그냥 막 살아? 아니, 난 앞으로 한 줌의 재가 되어도 행복한 인생을 살 거다!

인도의 특별한 축제,
'해피 홀리'!

세계 일주를 하면서 한두 번쯤은 내로라하는 세계인들의 축제를 경험해보고 싶었다. 액운을 씻어내는 태국의 송끄란 축제나 맥주광인 날 유혹했던 세계적인 맥주 축제 독일의 옥토버페스트, 정열과 낭만의 브라질 삼바 축제인 리우 카니발 등을 후보로 고려했었는데, 일정이나 여러 가지 여건상 리우 카니발만 가능할 것 같아 내심 아쉬웠다. 그러던 차에 인도에 오기 전 몇몇 여행자들을 만나 간단히 식사하는 자리에서 좋은 정보를 얻게 됐다.

"브루스리, 다음은 어디로 가세요?"

"인도로 가려고 합니다!"

"와우!! 홀리 축제* 가시나 보네요? 진짜 부러워요! 저도 꼭

가고 싶었는데!"

"네!? 그게… 뭐… 뭐예요?"

축제에 목마름을 느끼고 있던 나는 황급히 홀리 축제에 대해 검색했다.

"아니 이게 웬 떡이지?"

유튜브 영상까지 확인해보니 다른 국가의 축제보다 더 재밌어 보였다. 계획은커녕 들어본 적도 없는 축제였는데 이렇게 날짜까지 맞아떨어지다니. 설레는 마음으로 인도 일정에 홀리 축제를 추가했다.

축제 당일. 아침 9시부터 눈이 떠졌고, 가슴이 두근두근 설렜다. 전날 숙소 근처 시장에서 구입한 새하얀 옷 한 벌을 입고 형형색색의 가루를 비장하게 챙겼다. 만반의 준비를 마치고 숙소 계단을 내려오자 얼굴, 옷, 신체 곳곳이 알록달록 무지개 색으로 뒤덮인 사람들이 보이기 시작했다. 그사이로 얼룩 하나 없는 새하얀 옷을 입고 있으니 내가 더 튀어보였다.

양손 가득, 주머니 가득 형형색색 가루를 장전하고 어린아이처럼 웃으며 거리를 걷고 있는데 저 멀리 나를 발견한 청년 5명이 달려오는 게 보였다.

* 힌두교의 봄맞이 축제로, 다양한 색상의 가루와 물감을 서로에게 뿌리고 발라주며 '해피 홀리'라고 외치는데, 여기에서 축제의 이름이 유래되었다.

"응? 버… 벌써?"

"으악!!!"

외마디 비명과 함께 나를 에워싼 청년들은 얼굴, 팔, 옷 등 보이는 곳이라면 전부 형형색색의 가루를 뿌리고 발랐다. 조금 전에 목욕재계를 마친 나의 얼굴은 금세 얼룩덜룩해졌고, 어쩔 줄 몰라 하며 뒷걸음질을 치는 나에게 한 청년이 양팔을 벌린 채 웃으며 다가왔다.

"오… 오… 오지마… 난 아직 널 맞이할 마음의 준비가 안 됐단 말이야…."

또다시 공격을 무섭게 퍼부을 줄 알았는데, 예상과 다르게 그 청년은 인자한 미소를 지으며 나를 꽉 안아주었다. 그러고 나서 눈을 맞추며 얼굴에 물감을 문지르더니 이렇게 말했다.

"해피 홀리, 브라더!"

그 순간 묘한 감정이 들었다. 내 얼굴을 어루만지는 거친 표면의 손바닥, 무연의 사람이 내게 건넨 따뜻한 체온과 진심이 느껴졌다. 얼마 전 화장터에서 울컥한 뒤로 느끼는 바가 많아서인지 괜히 가슴이 몽글몽글해졌다.

'아, 홀리 축제는 단순히 색색 가루와 물감을 뿌리는 축제가 아니구나. 서로의 마음은 어루만져주고 해피(즐거운) 홀리(신성한)라고 말하며 진심을 나누는 축제구나.'

첫 번째로 내게 색색 가루를 묻힌 인도인들은 '홀리 축제'의 참뜻을 알려주었고, 이들과의 짧은 만남은 이 축제의 성격을 이해하기에 충분했다. 축제의 참뜻도 알았고, 가루와 물감의 사용 방법도 알았으니 이제 제대로 놀아볼까. 나는 신이 나서 함께 나온 맛탱이에게 말했다.

"이제 즐겨볼까?"

나는 겁도 없이 시장통을 방불케 하는 메인 거리를 향해 속도를 높였다. 하지만 메인 대로변에 도착하니 집 앞 작은 골목에서 겪었던 상황과 사뭇 달랐다. 새하얀 옷이 심각하게 더럽혀진 것은 기본이고 어디서 물고 뜯겼는지 너덜너덜해진 옷이 즐비했다. 그걸 입고 좀비처럼 돌아다니는 사람이 내 앞에 가득했다.

무지개 색으로 물든 바닥에 누워 5명의 어린아이를 상대하는 사람, 물감이 가득 찬 물풍선을 계속해서 던지는 사람, 오토바이를 타고 지나가며 흡사 람보 영화처럼 물 기관총을 난사하는 사람… 다양한 사람들이 이 축제에 열광하고 있었다. 이 축제에서 가장 많이 사용되는 물감의 색상은 빨강이었기 때문에 강렬한 BGM과 그 사이사이에 포탄 효과음을 몇 번 넣어주고 연막탄 몇 개를 터뜨리면 흡사 전쟁 영화의 한 장면이라고 해도 믿을 것 같았다.

그저 세상에서 제일 행복한 사람은 우리라며 따뜻한 숨결을 나누는 평화로운 축제인 줄로만 알았는데 시간이 흐르면 흐를수록 사람들의 행동은 대담해졌다. 그것도 모르고 어느 작은 골목길에 들어갔는데… 나와 맛탱이는 거기서 악마를 보았다. 그것도 대충 10명쯤은 되어 보이는 악마….

악마, 아니 인도인들은 전속력으로 우리에게 달려들었다. 그들의 눈을 보니 며칠을 굶은 맹수의 눈빛과 같았다.

"맛탱아, 튀어!"

생명의 위협을 느낀 우리는 그대로 뒤로 돌아 전속력으로 달렸다. 하지만 반대쪽에서도 인도인들이 다가오고 있었다. 이제 맛탱이와 나는 이 작은 골목에서 15명의 장정을 상대해야 한다. 웃으며 다가오는 그들의 얼굴은 빨간색 물감으로 얼룩지다 못해 피처럼 얼굴에서 물감이 뚝뚝 떨어져 새하얀 치아밖에 보이지 않았다.

"아오, 좀비 같아. 이거 진짜 무섭잖아…."

더 이상 움직일 수도 없이 사람과 사람 사이의 간격이 좁아졌을 때, 한 청년이 덥석 나의 옷을 잡았다. 생명의 위협을 느끼면 나도 모르는 사이에 괴력이 나온다고 했던가. 순간 나는 상대의 팔을 뿌리치며 사람과 사람 사이를 비집고 나가 탈출하는 데 성공했다. 그러고 나서 아무 생각하지 않고 앞만 보며 전속력으로 달렸다.

그 순간, '아 잠깐, 나는 혼자가 아니잖아.' 번뜩 맛탱이 생각이 났고, 그 자리에 멈춰 서 뒤를 돌아봤다.

얼핏 보면 어떤 의식을 치르는 것처럼 보였다. 바닥에 누워 있는 맛탱이 그리고 15명의 사람들. 그들은 맛탱이에게 물감을 뿌리고 물풍선을 던지고 맛탱이의 옷을 찢기 시작했다. 녀석을 도와줘야 할 것 같았지만 선뜻 다가가 도와줄 순 없었다(하하^^; 미안).

시간이 얼마나 흘렀을까. 거사(?)를 충분히 치른 맛탱이가 골목 밖으로 터덜터덜 나오는데… 이건 옷을 입은 건지, 팬티만 입은 건지 모를 정도였다. 나도 어딘가 시원한 느낌이 들어 입고 있던 옷을 살펴보니 괴력으로 맞서 탈출할 때 그랬는지 상의가 다 찢어져 있었다.

"이제 우리는 잃을 것이 없다."

제아무리 보이는 대로 찢어대는 사람들이지만 최소한의 매너는 있지 않을까. 솔직히 팬티는 남겨주겠지. 이때, 실오라기 하나도 걸치지 않은 나체의 남성이 우리 옆을 유유히 지나갔다.

"맛탱아… 와… 여기 팬티도 찢어버리는데…?"

정말 인도는 알다가도 모르겠다. 나체로 돌아다니다니. 정도라는 게 있다가도 없고, 상식이 통하다가도 통하지 않는다. 그렇게 2시간 정도 인도인들과 춤추다가 쫓아가고, 도망가고, 서로 안아주며 "해피 홀리."를 외치길 반복했다. 거의 대부분의 인도인들이 짓궂기는 했지만 그중에는 꽤 순한(?) 사람들도 있었다.

맛탱이(가운데), 왼쪽(나),
그리고 현지인 친구들과 홀리 축제에서!
인도의 최대 축제, '해피 홀리'를 한마디로 정리하자면
역시 인크레더블 인디아다!

어느 정도 공격을 하고 나면 나를 힘껏 끌어안아준 다음 눈을 맞추며 "해피 홀리."라고 부드럽게 말해주는 사람들도 있었으니까.

하지만 문제는 그것을 악용하는 사람들이 있다는 것이다. 힌두교인들은 종교적인 이유로 술을 마실 수 없지만, 1년 중 유일하게 용인되는 기간이 바로 이 축제 기간이다. 이 말은 곧 아주 오랜만에 술을 얼큰하게 마시고 눈이 반쯤 풀린 사람들이 거리를 돌아다닌다는 말이다. 그들은 내가 걷고 있으면 뒤에서 몰래 다가와 아무것도 입지 않은 내 상체를 향해 물풍선을 힘껏 던졌다. 한 번은 어떤 청년이 내 얼굴에 물감을 묻히다가 기분이 좋았는지 양 손바닥으로 따귀를 때리듯이 '짝' 소리가 나게 쳤다. 내가 눈을 흘기니 생긋 웃으며 "해피 홀리, 브라더!"라고 말하는 게 아닌가.

그 후 옷을 찢어도 "해피 홀리.", 날 아프게 해도 "해피 홀리.", 기분이 나빠도 "해피 홀리."라고 외치는 사람들을 만났다. 이 축제에서 '해피 홀리'라는 말은 그야말로 무적이다. 사건 사고가 나도 "해피 홀리."라며 생긋 웃어버릴 것 같았으니 말이다.

시간이 지나 오후 1시쯤 되니 사람들이 정말로 미치기 시작했다. 바닥에서 뒹굴고, 서로 뒤엉켜 안으며 벽에 몸을 부딪히고, 얼굴에 물풍선을 마구 던졌다. 도무지 제정신으로는 할 수 없을 것 같은 행동들을 해댔다. 그냥, 정말로 미친 사람들 같았다.

"맛탱아 이제 들어갈래? 더 이상은 위험할 것 같다."

"그러자! 나도 이제 좀 무섭다."

맛탱이에게 그렇게 말은 했지만… 내 손은 어느새 주머니로 향했다. 유종의 미를 거둔다는 마음으로 주머니 안에 남은 가루를 양손 가득 쥔 다음 맛탱이 얼굴에 힘껏 던졌다.

"에익! 퉤 퉤 퉤! 뭐 하는 거야?"

그런 너를 보며 나는 방긋 웃은 채로 이렇게 말했다.

"해피 홀리, 브라더!"

홀리 축제는 예상하지 못할 정도로 최고의 경험이었지만 그렇다고 선뜻 추천해줄 수는 없다. 정말 모든 것을 다 내려놓고 즐기지 않는 이상, 기분이 상할 수도 있고 위험하기까지 하니까(실제로 축제 기간 동안 거리에서 여성을 한 사람도 보지 못했다).

생애 첫 도전,
안나푸르나 등반

네팔

　　인도 바라나시 정션 기차역Varanasi Junction Railway Station에서 한화
로 따지면 3,000원짜리 최하 등급 기차를 타고 4시간에 걸쳐 고
라크푸르Gorakhpur로 이동, 국경을 넘었다. 그러고 나서 다시 에어
컨도 나오지 않는, 100마리의 모기가 살고 있는 현지 버스를 타
고 12시간 만에 네팔 포카라에 도착했다. 인도에서 네팔로 국경
을 넘을 때 단 한 걸음 차이로 분위기가 드라마틱하게 바뀌었다.
첫 번째는 길에 소똥이 없다는 것, 두 번째는 맥주 그림이 그려
져 있는 술집이 하나둘씩 눈에 띈다는 것이었다. 맥주를 너무나
사랑하는 나에게 인도에서의 반 강제 금주령은 여행을 힘들게
하는 이유 중 하나였는데 드디어 시원한 맥주를 마실 수 있다는
생각에 벌써부터 기분이 좋았다.

이것 말고도 내가 네팔 포카라를 찾은 이유는 따로 있었다. 바로 히말라야 ABC 트레킹*때문이다. ABC 트레킹에 도전해보고 싶다고 결심한 건 여행을 준비할 때 우연히 보게 된 여행 유튜버 '여행자메이Traveler May'의 영상 때문이었다. 그녀는 가녀린 몸을 하고 한눈에 보아도 버거울 것 같은 배낭을 둘러맨 채 세계 여행을 하는 여행자인데, 매일 6시간에서 8시간 정도 고된 산행을 하면서도 힘든 내색 하나 없이 생긋생긋 웃으며 트레킹을 성공해냈다. 나는 그런 그녀가 너무 대단하고 멋있어 보였다. 하지만 나의 마음을 결정적으로 흔든 건 그녀의 이 말 때문이었다.

"등산이라고는 동네 뒷산 가본 것이 전부인데, 많은 사람들이 왜 등산을 하는지 알게 되었어요. 산을 사랑하게 된 것 같아요."

등산을 해본 적이 없다고? 그런데 이렇게 해맑은 모습으로 정상까지 간다고? 그렇다면 나도 해볼 만한 거 아니야?

그렇게 막연하지만 뭔가에 '도전'할 생각을 하니 괜히 뿌듯해졌다. 물론 내가 도전하려는 곳은 뿌듯한 마음 하나만으로 오를 수 있는 곳은 아니다. 만반의 준비가 필요하다. 그래서 내가 마지막으로 언제 등산을 했는지 떠올려보았는데, 생각해보니 정상에 도달하려는 목적으로는 산행을 제대로 해본 적이 없었다.

＊ ABC 트레킹이란 해발 4,130m 안나푸르나 베이스캠프까지 가는 코스를 말한다. 네팔, 중국, 인도, 부탄, 파키스탄 등에 걸쳐진 거대한 히말라야산맥에 위치하며, 랑탕 히말라야 트레킹과 에베레스트 트레킹과 함께 네팔 3대 트레킹 코스로 꼽힌다.

기껏해야 제주도에서 성산 일출봉을 보려고 계단을 올랐던 정도랄까. 아니면 아주 어릴 적 가재를 잡으려고 동네 뒷산에 있던 개울가까지 올랐던 것…? 그것도 아니면 차를 타고 정상 직전까지 올라갔다가 내려서 몇 분 정도만 걷고 정상에 올라간 게 전부였다.

'아… 나는 산을 정말 모르고 살았구나.'

ABC 트레킹을 하기 전에는 반드시 준비해야 할 것이 있다. 포카라에 위치한 사무실에 방문해 팀스TIMS*와 퍼밋Entry Permit을 발급받는 것이다. 팀스는 일종의 여권 같은 것으로, 트레킹 여행자의 정보가 기재된 카드다. 또한 발급받을 때 짐을 대신 들어주는 포터와 길 안내를 도와줄 가이드 고용 유무를 표시하게 되어 있는데, 이때 둘을 고용할 경우 함께 등반하며 짐을 들어줄 포터와 가이드의 보험 역할도 한다. 만약 포터와 가이드를 고용하지 않아도 팀스는 반드시 구입해야 하고 퍼밋은 여권번호, 이름, 주소가 적힌 입산 허가증 정도로 생각하면 된다. 트레킹을 시작하면 곳곳에 위치한 체크 포인트에서 이 카드로 입산 기록을 남기게

---

* 팀스는 트레커 정보 관리 시스템(Trekker's Information Management System)을 의미하는데, 여행자가 트레킹을 하다가 위험에 처했을 때 신변 확인 및 동행한 포터와 가이드의 보험 처리도 할 수 있게 해주는 카드다. 카드 색마다 용도가 다른데 파란색은 가이드와 포터를 고용할 경우 사고 시 팀스에 가입된 보험회사에서 처리하며, 초록색은 가이드와 포터를 고용하지 않은 개인이 사고 시 모든 비용을 감당한다는 것을 의미한다.

된다. 만약에 사고가 날 경우 트레커의 시간, 동선, 위치를 파악하기 위함이니 본인 보호 차원에서 반드시 가입해야 한다.

트레킹 당일, 며칠 전 한국인이 운영하는 게스트 하우스에서 우연히 만난 정현이와 등산 고수라는 등고 형, 맛탱이 그리고 나는 우리를 첫 번째 목적지까지 데려다줄 지프_{Jeep}에 올랐다. 시간이 지나고 비포장 산길을 오르기 시작하는데 덜컹대는 지프의 마음이 어찌나 내 마음 같던지. 우리는 푼힐*에서 ABC까지 가는 코스를 택했는데 2일 차에 3,210미터 높이의 푼힐 정상을 찍고 ABC로 향하는, 빠르면 6박에서 여유롭게 움직인다면 8박 정도의 기간이 소요되는 코스였다.

우리를 내려준 곳, 첫 번째 포인트는 울레리였다. 이곳을 출발점으로 삼아 우리는 앞으로 약 일주일간 산행을 하게 될 것이다. 나의 첫 ABC 트레킹. 처음이라는 것은 우리가 살면서 경험하는 것들 중 가장 아름답고 소중한 것이 아닐까. 단 몇 초의 순간이지만 다시는 오지 않을 시간, 처음. 그래서 나는 처음이라는 단어를 참 좋아한다. 오늘은 산과의 첫 만남이 이뤄지는 날. 나는 내가 제일 좋아하는 처음이라는 순간을 만끽하며 ABC 트레킹을 시작겠다.

---

* 푼힐은 네팔에서 가장 짧은 트레킹 구간으로, 보통 푼힐까지 3박 4일 코스로 다녀온다.

트레킹 직전,
이때까지도 해맑았다.

불과 몇 시간 뒤
이렇게 될 줄 누가 알았을까….

포카라 822m ▽

울레리 1,960m ▽

고라파니 2,860m ▽

푼힐 3,210m ▽

촘롱 2,170m ▽

데우랄리 3,200m ▽

MBC(마차푸차레 베이스캠프) 3,700m ▽

ABC(안나푸르나 베이스캠프) 4,130m ▽

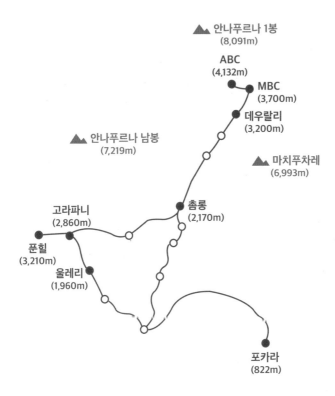

🔺🔺 안나푸르나 1봉
(8,091m)

ABC
(4,132m)

MBC
(3,700m)

데우랄리
(3,200m)

🔺🔺 안나푸르나 남봉
(7,219m)

🔺🔺 마치푸차레
(6,993m)

고라파니
(2,860m)

촘롱
(2,170m)

푼힐
(3,210m)

울레리
(1,960m)

포카라
(822m)

30분쯤 올랐을까? 생각보다 다리는 금방 아파왔고 숨도 헐떡였다. 산행할 때 꼭 필요한 물건만 넣었는데도 10킬로그램이 넘는 배낭은 내 어깨를 짓눌렀고, 2시간 30분쯤 되자 옷은 땀으로 젖어 색마저 변해버렸다. 주위를 둘러볼 여유는커녕 그저 한 발 한 발, 조금이라도 어깨에 무리를 주지 않고 걸으려 노력했다. 그렇게 걷고, 걷고, 또 걷고… 그러다 저 멀리 끝이 보이지 않는 돌계단이라도 보이면 한숨부터 나왔다.

'사람들은 도대체 등산을 왜 하는 거지…. 이해할 수가 없네.'

하지만 목적지까지 6시간은 더 걸어야 했다.

"하, 이제 정말 한계야. 더 이상은 힘들겠는데."라고 중얼거리는 순간 저 멀리 첫 번째 목적지인 고라파니(2,860m) 입구가 희미하게 보였다. 마을 이름이 적힌 입간판이 뭐라고 힘이 불끈 솟아올랐다. 조금만 더 걸으면 내 어깨를 짓누르던 배낭을 내팽개칠 수 있고, 뜨거운 물로 샤워도 할 수 있다. 정말 그 생각밖에 나지 않았다.

ABC 트레킹을 하다 보면 약 2시간마다 한 번씩 마을이 나오는데 그곳에 롯지가 모여 있다. 롯지란 트레커를 위한 숙박업소를 말하는데 식사와 샤워를 할 수 있고 따뜻한 난로가 준비되어 있어 땀이나 비에 젖은 옷, 신발 등을 말릴 수 있다. 숙박료는 보통 1,000원에서 2,000원으로 가격이 매우 저렴한 편이고 ABC와 가까워지면 가까워질수록, 해발이 높아지면 높아질수록 가격이 오른다(전기 요금, 와이파이, 온수 값도 따로 받는다).

힘들게 롯지에 도착해 따뜻한 물로 샤워하고 식사까지 마쳐 배가 부르니 감사하게도 올라오느라 힘들었던 기억이 싹 잊혀졌다. 분명 아까까지만 해도 "이런 걸 왜 하는 거야."라며 구시렁거렸지만 여기까지 무탈하게 올 수 있음에 감사한 마음과 함께 산이 내게 알려준 깨달음을 떠올려보았다.

'비싼 등산복을 입고, 좋은 등산화를 신은 사람들도 힘들어하더라. 아무런 준비 없이 온 나와 다를 게 없어 보였어. 그리고 보면 산은 참 공평한 거 같아.'

등산을 할 때는 옆에서 같이 오르는 사람과 경쟁하려는 마음부터 버려야한다고 한다. 자기 페이스를 잃어버리면 더 이상 산을 오를 수 없기 때문이다. 다른 사람의 속도에 맞춰 걸을 필요도 없고, 오롯이 나에게 집중하며 한 발 한 발 천천히 걷는 게 중요하다. 그러다 보면 어느새 목적지에 도착해 있다. 이런 매력 때문에 사람들이 등산하는 걸까? 솔직히 그러기에는 너무 힘들잖아….

산에서 만난
산타클로스

트레킹 3일 차 오후. 첫날부터 매일 오후가 되면 쏟아지던 비가 오늘도 어김없이 내렸다. 햇살 머문 산자락, 새하얀 설산, 세상의 모든 별이 쏟아지는 밤하늘 같은 로맨틱한 상상만 했지 우비를 챙길 생각은 전혀 하지 못했다.

등산에 일가견이 있는 등고 형님은 조난 위험과 부상을 고려해 호루라기, 비상 상황에서 헬기를 타야 할 경우 비용을 지불할 신용카드까지 준비해왔다며, "너희가 잘 몰라서 그러는 거 같은데, 여기 꽤 위험한 곳이야."라는 말을 덧붙이셨다.

어쩐지 그 말을 듣는데 고개를 들 수가 없었다. 나는 복장만 불량한 것이 아니라 산에 대한 기본적인 지식조차 없었다. 산이 얼마나 무서운지 전혀 알지 못했기 때문이다.

오전에는 걷고, 오후에는 처음 본 크기의 거대한 우박을 온몸으로 받아냈다. 중간에 구름을 가르는 천둥 번개라도 치면 심장이 쫄깃해지기도 했다. 트레킹을 마친 저녁에는 롯지에서 옷을 말리며 오들오들 떠는 게 하루의 마무리였다.

그리고 마침내 마의 구간이라 불리는, 2,800개의 계단으로 이뤄진 악명 높은 코스 '촘롱'에 진입했다. 이 구간은 지도에 표시된 바로는 목적지가 바로 옆에 있는 것 같지만 실제로 걸어보면 엄청난 협곡을 내려갔다 다시 올라와야 하기 때문에 심적 고통이 매우 큰 코스다. 저 멀리 목적지가 보이지만 쉽게 닿을 수 없는 일종의 희망 고문 코스라고나 할까?

누군가 다리를 놔주었다면 얼마나 좋았을까….

그나저나 3일을 연속으로 산에 오르니 서서히 몸이 익숙해지는 기분이 들었다. 그저 한 발 한 발 묵묵히 내딛다 보면 어느새 목적지에 도착한다는 것도 알게 되었다. 하지만 문제는 다른 곳에서 찾아왔다. 비보이의 특성상 일반인들에 비해 비정상적으로 관절을 많이 움직이기 때문에 무릎, 손목, 어깨, 허리, 인대와 연골 상태가 매우 좋지 않다. 나 역시 다를 바가 없었고, 촘롱의 계단을 오를 때 무릎에서 느껴졌던 찌릿찌릿한 통증이 결국 내리막길에서 폭발하고 말았다.

처음 통증을 느꼈을 땐, 갑자기 오래 걸어서 생긴 단순 통증인 줄 알았다. 하지만 함께 출발한 친구들과 점점 거리가 벌어지면서 사태의 심각성을 깨닫게 됐다. 우리는 각자의 속도로 산행하고 가장 앞장선 사람이 1시간에 한 번씩 뒤이어 오는 친구들을 기다렸다가 모두 모이면 함께 출발하는 방식으로 트레킹을 하고 있었다. 하지만 내 몸 상태 때문에 속도가 더뎌 시간이 지날수록 친구들이 나를 기다려주는 시간이 길어지고 있었다.

첫 번째 포인트에서는 15분, 두 번째 포인트에서는 30분, 그러다가 이제는 거의 1시간 가까이 차이가 났다. 1시간마다 걷던 것을 멈추고 기다려주는데 1시간을 더 기다려야 한다니. 친구들이 기다린다는 생각만 하면 미안해져서 두 다리에 힘이 불끈 들어갔지만 좀처럼 다리를 굽힐 수가 없었다. 한인 게스트 하우스에서 빌려온 스틱에 기대어 온몸의 체중을 싣고 한 발 한 발 나아가봤지만 이제는 정말 1도도 굽힐 수 없는 최악의 상황에 이르렀다. 쉽게 말해 한쪽 다리에 깁스를 한 것처럼 계단을 내려와야 하는 상황이 된 거다. 게다가 고장 난 오른쪽 다리를 지탱하려고 왼쪽 다리에만 계속 힘을 실어 산행했더니 어느새 왼쪽 무릎에도 통증이 느껴졌다.

나보다 앞서 걷던 친구들은 이미 오래전부터 안 보이기 시작했다. 친구들이 나를 계속 기다리고 있을 텐데. 하지만 나의 다리 상태만 놓고 보면 빨리 가는 것이 문제가 아니라, 친구들이 있는 곳까지 갈 수 있느냐 없느냐를 논해야 했다. 한 걸음, 두 걸음, 세 걸음, 그러다가 3분 휴식. 이런 식으로 계속 반복하다 보니 이미 너무 뒤처질 수밖에 없었다. 지도를 보니 만나기로 한 곳까지 아직 반도 못 온 상황이었다.

'이대로는 진짜 ABC까지 못 갈 수도 있겠어.'

ABC 트레킹을 중도에 포기하는 방법은 여러 가지가 있다. 빨리 하산해야만 하는 상황이라면 헬기를 이용하면 되는데, 비용은 한화로 150~200만 원 정도다. 그보다 덜 위급한 상황이라면 말이나 당나귀를 이용해 하산할 수도 있는데 이 경우에는 20~30만 원 정도 든다. 그리고 마지막 방법은 내 두 발로 왔던 길을 되돌아가는 것이다.

체력적으로 힘든 거라면 이를 악물고 어떻게든 해볼 텐데, 양쪽 무릎이 고장 나버려 한 걸음, 한 걸음이 버거웠고, 결국 하산을 결정해야 되는 것이 아닌가라는 생각까지 들었다. 무엇보다 함께 산행을 하고 있는 친구들에게까지 민폐를 끼치고 있으니 고장 나버린 두 무릎이 원망스러웠다.

세계 일주를 준비하며 반드시 해보고 싶었던 ABC 트레킹. 내가 세운 많은 계획을 통틀어 체력적으로 가장 어려운 도전이라고 생각했지만, 매일 밤마다 ABC 정상에 올라 에어트랙을 하는 나의 빛나는 모습을 상상하며 마음을 다잡았다. 그런데 이대로 포기해야 할지도 모른다니….

지난 기억을 떠올리자 나는 이대로 포기하고 싶지 않았다. 또 앞으로 여행을 계속하며 나에게 닥칠 시련과 도전이 무수히 많을 텐데 여기에서 무너질 수 없었다. 어떻게든 롯지까지만 가자. 가서 친구들에게 양해를 구하고 휴식을 취한 다음 무릎이 괜찮아지면 혼자서라도 트레킹을 다시 해보자. 나는 그런 마음으로 다시 한 번 이를 악물었다.

그렇게 어려운 한 발 한 발을 내딛고 있는데 저 멀리 누군가가 빠른 걸음으로 나에게 다가왔다. 맛탱이였다. 기다린 지 1시간이 지나도 소식이 없자 걱정이 돼, 그도 힘들게 걸어간 길을 되돌아온 것이다.

"배낭 이리 줘!"

내 배낭을 달라며 빼앗듯 가져가려는 맛탱이에게 나는 안 된다며 끝까지 뺏기지 않으려 버텼다. 애써 땀을 흘리며 오늘 목표한 트레킹 코스의 절반이나 되는 거리를 되돌아온 맛탱이의 호의를 거절하려니 나 역시 마음이 불편했지만 나는 그를 극구 말리며 거절할 수밖에 없었다.

사실 난 이곳에 혼자 오려고 계획했었다. 하지만 인도에서 만난 맛탱이가 갑작스레 세계 여행을 계획하면서 ABC 트레킹을 함께 오게 된 것이다. 그러니까 맛탱이가 세계 일주를 계획하지 않았으면 죽으나 사나 혼자서 롯지까지 가야만 하는 상황인 셈이다. 만약 여기에서 맛탱이에게 배낭을 넘긴다면 평생 내 머릿속에 이런 문장이 맴돌 것 같았다.

'내가 예정대로 혼자서 도전했다면⋯. 그래, 만약 내가 혼자였다면⋯ 아마 실패했을 거야.'

그래서 친구의 부축도 받을 수 없었다. 나의 세계 일주 중 가장 어려울 것 같았던 이 도전을 다른 사람의 도움을 받아 성공하고 싶지는 않았다. '아픈데 무슨 똥고집이람.' 맞다. 어떻게 보면 쓸데없는 자존심일 수도 있지만 난 그것을 지키고 싶었다. 혼자 힘으로 성공하지 못할 거라면 차라리 포기하는 것이 낫다고 생각했다.

"진짜 미안해, 맛탱아. 나 혼자 할 수 있게 도와줘."

"그래, 알았어."

내가 몇 번이나 맛탱이의 도움을 거절하자 그도 어쩔 수 없다는 듯 포기하고 롯지로 먼저 돌아갔다. 그렇게 나는 나의 속도로 다시 한 번 힘을 내어 한 발 한 발 내딛었고, 한참 후에 겨우 데우랄리 롯지에 도착할 수 있었다.

그날 저녁, 나는 식사를 마치고 함께 산행하는 친구들을 불러 모은 다음 중대 발표를 할 예정이었다.

"먼저 가줬으면 좋겠어. 난 여기서 2일이고 3일이고 쉬었다가 다시 도전할게. 포카라에서 만나자." 하지만 이렇게 말하면 친구들 마음도 편치 않을 거라는 생각에 밥이 입으로 넘어가는지, 코로 넘어가는지 알 수 없었다.

무거운 마음으로 식사를 하고 있는데 때마침 웅성웅성하는 소리와 함께 한국인 어르신 몇 분이 식당으로 들어오셨다.

"어이구! 한국 청년들을 여기서 다 만나네?"

우리는 자연스럽게 어르신들과 대화를 하게 됐고, 이런저런 정보를 알게 되었는데, 어르신들은 모두 47년생 동창이시고 오래된 우정을 기념하고 싶어 다 함께 안나푸르나로 등반을 하러 오신 거였다. 우리 아버지보다 연세가 많으신데 우정을 기념하고 싶어서 그 힘든 안나푸르나 등반을 계획하셨다니…. 더 놀라운 건 그중 리더로 보이는 어르신은 이번이 개인적으로는 10번째 등반이라고 하셨다.

"와, 정말 대단하세요! 저희는 처음인데 이렇게 힘든 걸 10번이나 하셨다니, 너무 멋있어요!"

"에이 뭘, 산이 좋아서 다니다 보니 그렇게 되었네. 어디 아픈 데는 없고?"

"사실, 저는 양쪽 무릎이 고장 나서 거의 못 걷는 상태예요. 정말 힘드네요."

베테랑 산악인을 만났으니 혹시 이런 상황에서 어떻게 대처하면 좋을지 조언을 구할 수 있을까 싶어 부상을 당한 일에 대해 운을 떼웠다.

"가만 있어보자…. 내가 한의사 친구 불러줄 테니까 한번 봐달라고 해보자고!"

"네? 한의사요?"

해발 3,200미터 데우랄리 롯지에서 한국인 한의사라니….

"이번에 같이 온 내 친구가 아주 유명한 한의사야. 전국에서 알아주는 침술사이기도 하고. 거 잠깐만 기다려 봐, 자고 있는 것 같으니 깨워올게."

기적이 일어나도 이런 기적이 일어날 수 있을까? 역시 사람이 죽으라는 법은 없구나 싶었다. 그렇게 10분쯤 기다리자 잠이 덜 깨셨는지 부스스한 어르신 한 분이 눈을 비비며 식당으로 들어오셨다.

"딱 보니까 자네가 아프구먼! 거, 자리에 앉아보게."

자리를 잡고 앉은 나는 아픈 곳의 무릎을 손가락으로 가리켰지만, 한의사 어르신은 대뜸 무릎 뒤쪽 근육을 덥석 잡으셨다. 나는 느닷없는 공격에 통증을 느끼며 고래고래 소리를 질렀다.

"이게 무릎이 아픈 게 아니고, 사실은 무릎 뒤쪽 인대랑 근육이 아픈 거야. 무릎이 아프다고 생각할 수 있는데 여기에 침놓으면 거짓말같이 좋아질 걸세. 이 정도는 심각한 게 아니야! 만수무강하는 데 지장 없는 상태라니까."

"정말요, 선생님? 저 ABC까지만 제발 가게 해주세요."

돋보기안경을 쓰고 한 땀 한 땀 침을 놔주신 어르신은 알고 보니 침술 연구 1세대 장인이라 칭할 만한 분이셨다. 침을 놓으실 때마다 어찌나 그렇게 아픈 곳만 골라 놓으시는지, 덕분에 식당

전체에 나의 비명이 울려 퍼졌고 이에 관심을 보이는 외국인들이 하나둘씩 모여 구경했다. 그렇게 30분 정도 지났을까.

"자, 무릎 굽혀봐."

침을 맞으며 시원한 느낌은 있었지만 설마 이렇게 바로 효과가 있다고? 반신반의한 마음으로 식사하며 앉았던 높은 의자에 무릎을 굽혀 올라가봤다.

"어? 선생님, 안 아파요!"

"거 보게, 그 정도는 바로 좋아진대도."

정말 믿을 수가 없었다. 조금 전만 해도 깁스를 한 다리처럼 전혀 구부러지지 않았던 무릎이 어떻게 이렇게 될 수 있을까. 높은 의자에 무릎을 굽히며 올라갔는데도 통증이 전혀 느껴지지 않았다. 놀라운 변화에 한껏 신난 나는 기마 자세를 하고 식당 복도를 왔다 갔다 하며 고래고래 소리를 질렀다.

"얘들아, 진짜 믿기지가 않아. 대박이야. 하나도 안 아파!"

침술이 아니라 이 정도면 마술이다. 나에게는 그야말로 기적의 순간이었다. 이곳에서 우연히 한국인을 만날 확률, 그중에서도 각종 침, 약, 테이핑을 가진 명의를 만날 확률이 과연 얼마나 될까. 지금 같은 마음으로는 로또 당첨될 확률보다 더 낮은 확률일 것 같았다.

"선생님, 정말 진짜 완전 감사합니다. 제가 뭐라도 대접해드리고 싶어요."

"대접은 무슨 대접인가. 됐네. 그냥 연이 닿으니까 이렇게 된 거라고 생각하게. 나한테는 별일 아니니."

산에서 만난 귀인 덕분에 나는 친구들에게 하려고 했던 트레킹 중단 발표를 취소했다.

선생님, 저도 앞으로 제가 가진 능력으로 누군가를 도울 수 있다면 기꺼이 돕겠습니다. 감사합니다. 진짜 감사합니다.

다음 날 오전, 일어나자마자 내가 가장 궁금했던 건 무릎 상태였다. 행여나 어젯밤만 일시적으로 통증이 사라진 거였다면 트레킹을 다시 고민해봐야 했기 때문이다. 칫솔과 치약을 들고 방에서 나오자마자 긴장된 마음으로 무릎을 굽혀봤다.

"안 아파. 안 아프다고! 나 ABC 갈 수 있을 것 같아!"

기적을 만들어주신 어르신께 다시 한 번 감사 인사를 드리고 싶어 숙소를 찾아갔지만 어르신들은 이미 떠나고 안 계셨다. 그렇게 나는 해발 3,200미터 데우랄리 롯지에서, 바람처럼 왔다가 바람처럼 떠난 최고의 산타클로스를 만났다.

산행할수록 무릎이 점점 아팠지만, 그만큼 좋은 순간들도 많았다.
특히 숨이 턱 끝까지 차올라 바닥에 털썩 주저앉으면
어디선가 시원한 바람이 불어 머리칼을 흩날렸는데
그때 포기하고 싶은 마음도 바람과 함께 날아갔다.
그리고 나도 누군가가 힘들거나 지칠 때
그의 괴로움을 날려줄 바람이 되어야겠다고 다짐했다.

거꾸로 보는 세상에 내가 있었다

세계 최초 4,130미터
눈물의 에어트랙

다음 날은 MBC(3,700m)까지 가기로 결정했다. MBC는 마차 푸차레 베이스캠프의 약자로, ABC 직전의 베이스캠프이며 보통 이곳에 도착해 1박을 하고 다음 날 이른 새벽, ABC를 등반하는 것으로 트레킹을 마친다. 하지만 마지막 코스라는 아쉬움과 정상을 밟을 수 있는 기대감에 취해 간과해선 안 될 것이 있다. 바로 이곳이 고산병 증세가 나타나기 시작하는 코스라는 점이다.

고산병은 보통 3,000미터 이상의 고지대에서 산소가 부족해 몸에 이상 반응이 생기는 것인데, 사람마다 증세는 다르지만 일반적으로 호흡곤란, 체력 저하, 구토, 어지러움 등의 증상을 보인다. 심한 경우 사망에 이를 수 있기 때문에 더 이상 걷지 못하는 상태에 이르거나 호흡곤란이 심하게 오면 무조건 하산해야만 한다. 그저 의지로 우길 수 있는 문제가 아니다. 우리가 할 수 있는 방법은 고산병을 최대한 잘 관리하는 것이고 빠르게 걷지 않기, 세수를 삼가며 몸을 따듯하게 해주는 것 정도다.

고산병 말고도 트레킹을 계획할 당시 특별한 이슈가 있었는데, 그건 바로 17년 만에 안나푸르나에 이례적인 폭설이 내린 것이었다. 그 때문에 ABC 롯지는 폭설의 무게를 버티지 못하고 무너져버리고 말았으며, MBC에서 ABC까지 가는 구간의 트레킹 코스도 폐쇄되었다. 이런 상황 때문에 우리는 산행을 하면서도 롯지에서 현지인들의 정보를 계속해서 입수했고, 만일 불가피한 경우 최종 목적지를 MBC로 변경할 생각까지 했었다. 그리고 마침내 MBC로 향하는 날이 온 것이다. 상황에 따라 오늘 트레킹이 종료될 수도, 고산병이 생겨 하산하게 될 수도, 어마어마하게 쌓인 눈 때문에 더 이상 진행이 어려울지도 모르는 상황이었다.

우리는 트레킹을 계획해놓고 바보같이 그 흔한 우의도 사 오지 않았고, 매일 쏟아지는 장대 같은 비를 맞으며 산행을 지속했지만 그래도 아이젠만큼은 잊지 않고 구입했다. 17년 만의 폭설을 이겨내려면 아이젠은 선택이 아닌 필수였다. 비장한 마음으로 입술을 꾹 깨물며 등산화에 아이젠을 장착했다. 아이젠을 장착한다는 것은 이제부터 편하게 걸을 수 없다는 말이기도 하다.

블로그에서 찾아봤을 때는 MBC 가는 길이 '축복의 길'이라고 불릴 정도로 아름답고 순탄하다 했는데 눈앞에 나타난 현실은 한 걸음 전진하기가 힘들었다. 쌓인 눈의 양은 내가 가진 스틱의 길이를 넘어섰고 신발, 양말, 바지까지 모두 다 흠뻑 젖었다. 젖은 상태로 매서운 바람과 맞서며 푹푹 꺼지는 눈길을 걷다 보니 순간순간 발가락 끝에 강한 저림이 느껴졌는데 살면서 처음 느껴보는 통증이었다. 경험은 없지만 동상 초기 증세라는 걸 예상할 수 있었다.

숨이 턱 끝까지 차올라 잠시 앉아 쉬려고 하면 온통 키를 넘는 눈더미뿐이라 앉아 쉴 수가 없었다. 그저 발끝에서 올라오는 통증을 느끼며 선 자세로 심호흡을 몇 번 하는 것이 최선의 휴식이었다. 그 상태가 너무 고통스러워 내가 아는 나쁜 단어들을 조합해 구시렁거렸다.

그러다가 주위를 둘러보니 나의 두 눈은 금세 행복해졌다. 고개를 들면 양쪽으로 끝없이 펼쳐진 설산들과 봉우리에 걸려 있는 새하얀 구름이 보였고, 다량의 석회가 들어 있어 우윳빛으로 보이는 계곡을 따라 걸을 때면 미지의 세상을 탐사하는 마법사가 된 것 같다. 마치 판타지 영화 속의 주인공이 된 것 같달까. 높게 쌓인 눈 때문에 더 이상 제구실을 하지 못하는 스틱을 들어 빙글 돌리며 얍! 하고 외치면 무지개와 함께 이름 모를 예쁜 꽃들이 하늘하늘 떨어질 것만 같았다. 한참을 걷다 체력이 한계에 다다랐을 때 고개를 돌리면 언제 힘들었냐는 듯 새하얀 캔버스에 조심스레 그려놓은 발자국이 그간의 힘듦을 보상해주었다.

예뻐도 너무 예뻤다. 지금까지의 트레킹은 고통이 풍경을 지배했다면 이곳은 풍경이 고통을 지배했다. 영하의 날씨에도 이마에는 송골송골 땀방울이 맺혔지만 고개를 들면 미소가 절로 번졌다. 걸을 때마다 누군가가 안나푸르나의 위대함을 계속해서 속삭이는 것 같았다.

"너무 좋다! 힘든데 너무 좋아. 이 맛에 등산하는구나."

등산을 좋아하지 않았던 내가 4일 만에 처음으로 이곳은 나중에 다시 찾아와야겠다는 생각이 들었다. 하지만 다시 곧 고통이 찾아왔고, 그러다 다시 행복이 찾아왔다. 그리고 그것이 5시간 동안 반복되었다.

MBC 롯지에 도착해 가장 먼저 한 일은 ABC까지 등반이 가능한지 알아보는 것이었다. 때마침 하산하려는 트레커들이 보였고, 떨리는 마음으로 질문했다.

"혹시 ABC 다녀왔어?"

"그럼! 베이스캠프는 무너졌지만 갈 수 있어! 대신 눈이 얼어붙는 이른 새벽에 출발하는 게 좋을 거야! 아, 참! 그리고… 아니다, 이건 가서 보는 게 좋겠어. 그냥 지금 시기에 ABC를 찾은 게 큰 행운이라는 것만 알아둬!"

본인들이 다녀온 ABC를 상상하는 것만으로도 입가에 미소가 번진다는 듯 여행자들이 환하게 웃으며 말했다. 그들이 아낀 말이 무엇인지 궁금했지만 더 이상 묻지 않았다.

대망의 ABC 정상으로 향하는 날.

새벽 3시, 맞춰 놓은 알람이 요동치며 울렸다. 가장 좋은 컨디션으로 정상에 오르고 싶어 전날 저녁 7시부터 잠자리에 들었지만, 영하 15도의 날씨에 난방이 전혀 안 되는 침대에서 자는 건 결코 쉬운 일이 아니었다. 그동안 쌓인 피로 때문인지, 살갗을 파고드는 영하의 바람 때문인지 모르겠지만 온몸이 굳어 삐걱거리고 있었고 최소한의 장비만 챙겨 서둘러 밖으로 나왔다.

"와, 저게 뭐야?"

한 치 앞도 보이지 않는 어둠 속, 우리의 길을 밝혀주듯 반짝이는 하늘에 시선이 갔다. 우리의 힘찬 걸음을 응원이라도 해주듯 마중 나와 있는 무수히 많은 별들, 그리고 신비한 보랏빛과 오묘한 붉은색의 하모니가 뿜어져 나오는 은하수.

순간 나의 눈을 의심할 정도로 아름다운 풍경이 내 눈앞에 펼쳐졌다. 너무나 선명한 은하수. 한때 사진에 푹 빠져 카메라를 공부할 때 은하수 사진을 찍어본 적은 있지만 이렇게 선명한 은하수를 올려다보는 것은 난생처음이었다. 반짝거리는 별에 취해, 오묘한 색채의 은하수에 반해 걸으니 마치 우주 속을 탐험하는 기분이 들었다. 그 순간만큼은 내가 네팔에 있다는 사실도, ABC

트레킹을 하고 있다는 것도 까맣게 잊어버릴 정도였다.

하지만 우리는 반드시 ABC 정상에서 일출을 보기로 마음먹었기에 속도를 내서 걸었다. 어제 만난 트레커가 조언해준 대로 영하 20도 날씨에 깊이 쌓인 눈은 꽁꽁 얼어붙어 있었고 그 덕분에 걷는 것이 한결 수월했다.

MBC에서 ABC에 이르는 구간은 평균 약 2시간 정도 걸리는 코스이다. 그동안 트레킹 코스와 비교하자면 4분의 1 정도밖에 안 되는 시간이지만 앞서 말했듯이 고산병이라는 복병이 있다. 그렇지만 정상을 코앞에 두고 되돌아갈 수는 없었다. 나는 나만의 걸음으로 아주 천천히, 한 발 한 발 소중하게 걷기로 했다. 고산병에 대한 우려 때문이기도 했지만 목적지와 가까워지고 있다는 사실이 내심 아쉽기도 해서다.

30분쯤 걸었을까?

저 멀리 거대한 안나푸르나 남봉이 보이기 시작했다.

"벌써 남봉이 보이다니! 생각보다 더 쉬운 코스구나."

1시간쯤 걷고 나니 조금 전 내가 얼마나 미련한 생각을 하고 있었는지 깨달았다. 남봉이 보이기 시작했을 때부터 30분간 쉬지 않고 더 올라왔는데도 남봉은 여전히 그 자리에 있었기 때문이다. 가도 가도 가까워지지 않는 사막의 오아시스 같은 안나푸르나 남봉. 백두산 높이가 2,744미터인데 지금 내가 4,000미터 근처에 있다는 것이 믿기지 않았다.

MBC에서 나와 올려다본 하늘,
너무나 선명한 은하수에 넋을 잃고 말았다.

그러나 곧 살면서 가장 높은 곳에 올랐다는 것을 온몸으로 느낄 수 있었다. 급격히 높아진 해발고도로 인한 산소 부족 때문에 숨 쉬는 것이 일처럼 느껴지기 시작했기 때문이다.

그동안 10킬로그램이 넘는 배낭을 메고도 잘도 올라왔으면서 고작 5킬로그램도 되지 않는 가방이 왜 이렇게 무겁게만 느껴지는 걸까. 양발에 모래주머니를 찬 것처럼 너무나 무겁게만 느껴졌다. 평소에는 아무런 의식 없이, 아무런 신경 쓰지 않아도 되었던 나의 호흡과 걸음이 얼마나 고마운 일이었는지 깨닫는 순간이었다.

1시간 30분이 지나자 양 발가락 신경이 온통 마비되었지만, 도무지 가까워지지 않을 것 같았던 남봉은 점차 가까워지고 있었다. 이 말은 곧, 정말 조금만 더 걸으면 꿈에 그리던 정상이라는 말과 같았다. 30분쯤 더 걸어, 출발한 지 2시간쯤 지났을까. 날은 서서히 밝아오고 있었고 저 멀리 작은 마을이 보이기 시작했다. 트레킹을 하느라 녹초가 된 몸을 눕히고 하루를 마무리할 수 있는 곳. 최고의 행복감을 선사했던 롯지. 그리고 ABC 트레킹의 마지막이기도 한 ABC 롯지.

롯지를 발견한 건 기쁜 일이었지만 17년 만에 내린 폭설과 눈사태로 인해 마을이 절반 가까이 눈으로 뒤덮여 있었고, 롯지는 거의 붕괴되어 마치 오래된 음산한 폐가를 보는 것 같았다. 뉴스로만 봤던, 이례적인 폭설의 현장. ABC 트레킹 구간 폐쇄의 현장을 눈으로 직접 확인하는 순간이었다. 만약 내가, 지금보다 며칠이라도 이곳에 일찍 도착했다면 ABC에 오를 수 없었겠지. 그리고 데우랄리 롯지에서 극적으로 만난 한의사 어르신의 도움이 없었다면 역시 하산을 고민했을 테고. 이 모든 것이 우연을 가장해 필연처럼 내게 다가와 주었기에, 내가 정상에 올 수 있었던 게 아닌가 싶다.

ABC 롯지를 지나자 아주 가까운 곳에 내가 그토록 원하던 표지판이 눈에 들어왔다. 앞으로 열 발자국, 딱 열 발자국만 가면 정상에 도착한다. 갑자기 온몸이 뜨거워지기 시작했다. 그동안 무수히 맞았던 우박, 가슴을 철렁이게 했던 천둥 번개, 해맑은 미소를 선물로 주었던 산에 사는 어린아이들, 나를 도와주려 애썼던 동료들…. 그간의 기억이 주마등처럼 스쳤다.

하나, 둘, 셋, 넷, 다섯, 여섯, 일곱… 터질 것 같은 울음을 참으며 여덟, 아홉, 그리고 드디어 열!

"나마스테, 안나푸르나 베이스캠프NAMASTE, ANNAPURNA BASE CAMP 4,130미터."라고 써진 푯말이 가장 먼저 눈에 들어왔다. 그리고 그 옆에는 "축하합니다! 우리가 해냈어요!Congratulation! We achieved!"라고 써져 있었다. 나는 그 말을 조용히 읊조렸다.

"그래, 우리가 해냈어! 난 이제, 어떤 것도 두렵지 않다! 다 할 수 있어!"

두 눈에 눈물이 고인 채로 마지막 힘을 다해 크게 외치고 나서 눈밭에 대자로 누워버렸다. 체력의 한계로 더는 미친 듯이 기쁨의 탄성을 내지를 수 없기도 했지만, 뭔가 미안하고 행복하고 성취했다는 뿌듯함이 다 뒤섞여서 아무것도 할 수 없었기 때문이다. 그저 지금은 이 순간을 온전히 느끼고 싶었다.

집 떠난 지 114일. 정신을 차리고 보니 정말 내가 이곳에 있었다. 꽤 오랜 시간이 걸렸고 꽤 몸과 마음이 아팠다. 23년간 춤밖에 모르고 살았던 나. 그리고 도망치듯 배낭을 메고 떠난 세계일주. 산이라고는 동네 뒷산도 오르지 않았던 등산 무경험자의 ABC 트레킹.

더 이상 오를 곳이 없는 정상에 누워 새벽의 붉은 햇살을 받으며, 나를 감싼 안나푸르나를 온몸으로 느끼며 바라보았다. 신기루처럼 도무지 거리가 좁혀지지 않아 얄미웠던 거대한 봉우리 안나푸르나 남봉(7,219m)은 손만 뻗으면 닿을 것 같은 거리에 있었고, 고개를 돌리자 정상을 포근하게 감싸 안은 모양을 하고 있는 안나푸르나 제1봉(8,091m)이, 그 옆에 귀여운 닭 벼슬 모양의 히운출리(6,441m)가, ABC 트레킹의 상징이자 네팔인들의 신성한 봉우리, 히말라야 지역의 유일한 미 등반 지역, 마차푸차레(6,993m) 우뚝 서 있었다.

이 모든 봉우리를 가장 가까이서 볼 수 있는 곳은 내가 지금 있는 이곳, 바로 안나푸르나 베이스캠프뿐이다. 혼을 쏙 빼놓을 정도로(이미 혼은 반쯤 나가 있었지만) 보고 있어도 또 보고 싶은, 아름다운 설산들을 보고 있자니 문득 이런 생각이 들었다.

'등산도, 인생도 중요한 건 딱 한 발자국이구나.'

우리가 이 땅에 태어난 것, 그것만으로 우리는 충분히 완벽하지만, 자연이라는 위대함 앞에 우리 모두는 나약한 존재일 수밖에 없겠구나. 어깨를 강하게 짓누르는 무거운 배낭을 저마다 짊어지고 있지만, 걱정이라는 무거운 신발 끈을 단단히 매고, 그 나름대로 감사함을 찾으며 딱 한 발자국, 그 딱 한 발자국을 내딛는 것이 결국 중요하겠구나.

소중한 한 발자국이 모이고 모여 결국 내가 원하는 곳에 도착한다는 믿음을 갖는 것. 그것만으로 나는 충분히 내 인생에 도리를 다한 것이고, 고작 한 발자국이지만 원하는 방향으로 가기에는 충분하다. 이런 생각이 들자 더 이상 누워 있고 싶지 않았다.

'그래, 에어트랙. 에어트랙을 해야 해.'

그동안 가는 국가마다 랜드마크에서 에어트랙 영상을 찍었던 나는 ABC 정상에서도 도전해보기로 했다. 굳은 의지로 몸을 일으켜 세우는데 현기증이 나 순간 머리가 핑 돌았다. 고지대에서 가장 위험한 행동은 급격한 운동을 하는 것과 갑작스럽게 혈액순환이 되는 것. 어떤 트레커는 고산병 증세가 전혀 없었는데, 풀린 신발 끈을 묶고 고개를 들면서 고산병이 찾아왔다고 했다. 비장한 눈을 하고 고개를 돌리니 안나푸르나 남봉이 정면으로 보이는 곳이 가장 평평하게 눈이 얼어 있었다.

아이폰을 삼각대에 꽂아 잘 보이는 곳에 설치하고, 성큼성큼 카메라 앵글 가운데로 들어갔다. 나는 어깨를 앞뒤로 돌리기 시작하면서 다리 근육을 풀었다. 영하 20도에 이미 온몸은 얼음장 같았고 관절은 삐그덕 소리를 내고 있었다.

숨을 크게 한 번 들이마신 다음 조심스럽게 물구나무를 서보니 역시 머리가 핑, 하고 돌았다. 무릎에 손을 올린 채 고개를 떨어뜨리고 심호흡을 했다. 좋아. 딱 한 걸음만. 몸은 강하게 거부하고 있었지만 정신력을 집중하고 온 힘을 다해 시도한다면 3바퀴쯤은 가능하겠다는 생각이 들었다.

"지금이다!"

전 세계 최초, 유일한 시도이자 성공한다면 앞으로 쉽게 깨지지 않을 기록. 한국에서 온 비보이 브루스리의 해발고도 4,130미터 안나푸르나 베이스캠프에서의 에어트랙 도전. 다리를 벌리고 차가운 얼음 바닥에 손을 대며 온 힘을 다해 바닥을 딛고 있던 발을 차 몸을 거꾸로 일으켜 세웠다. 그리고 곧이어 반대 손이 따라오며 물구나무 자세에서 힘차게 회전! 하지만 3바퀴는커녕 나는 차가운 얼음 바닥 위에 그대로 내동댕이쳐졌다.

그렇지만 다시 일어났다. 눈인지 얼음인지 분간이 안 되는 것을 털어내고 다시 한 번 도전했다. 이전의 시도 역시 최선을 다했지만 이번에는 더 강한 힘으로 에어트랙을 시도했다. 아마도 이건, 힘의 차이가 아니라 의지의 차이이지 않았을까. 물구나무를 선 채로 강한 원심력을 이용해 다리를 위로 보내며 다시 한 번, 그러나 역시 꽈당! 나는 한숨을 크게 한 번 쉰 다음 다시 일어났다. 다시 시도하고 꽈당, 다시 시도, 다시 꽈당! 그 후로 4~5번 더 시도했지만 나의 에어트랙은 고작 1바퀴도 돌지 못했고, 몇 번이나 차가운 얼음 바닥에 내동댕이쳐졌다.

"그래, 여기는 4,130미터잖아. 안 되는 건 안 되는 거구나."

비록 세계 최초 안나푸르나 베이스캠프에서의 에어트랙 도전은 실패했지만, 설치되어 있던 카메라로 향하는 나의 발걸음은 그 어느 때보다 가벼웠다. 안 되는 건 안 되는 것이었고, 게다가 여긴 눈밭, 아니 얼음 밭. 그리고 더 무리했다가는 고산병이 심각해질지도 모르는 상황이었다.

"실패." 평소에 정말 듣고 싶지 않았던 이 말이 오늘은 이상하게 기분 좋게 들렸다. 실패했다는 건, 시도를 했다는 것이고 그것이야말로 남들이 두려워하던 딱 한 발을 내딛는 일인 것 같았다.

유튜브 채널 '비보이의 세계일주 [브루스리 TV]'
세계 최초로 해발 4,120m에서 에어트랙(비보이)을 해봤다. ABC정상에서.
세계 여행 중인 한국 비보이 네팔 히말라야트레킹. (세계 일주 +114)

안나푸르나 베이스캠프에 도달하기까지,
힘들었지만 그래서 더 오래 기억에 남을 인생의 명장면.

난 더 이상 이곳에 미련이 없었다. 고개를 돌려 나를 환영해준 표지판들과 눈부신 설산에 인사를 건넸다. 그런 다음 고개를 돌려 내가 걸어온 발자국을 따라 내려갔다.

고장 나버린 두 무릎을 부여잡고 올라왔던 이 길, 끝을 보려고 해도 구름에 가려 보이지 않았던 이곳을 매일 조금씩, 아주 천천히 나만의 속도로 걷다 보니 어느새 '내 것'이 되어 있었다. 남은 나의 세계 일주도, 앞으로의 나의 인생도 매일 조금씩 그리고 천천히 내 것이 되겠지.

"난 이제, 두려울 것이 없다."

"널 보러 여기까지 왔는데 가려고 하니까 살짝 아쉽네.
아마도 다시는 널 볼 수 없을 것 같아.
인생에서 힘든 일이 있을 때마다 네가 생각날 거야.
정말 고마웠어. 안녕! 잘 있어. 안나푸르나!"

춤추는 즐거움을 다시금
깨닫게 해준 네팔 비보이들

ABC 정상을 밟은 것으로 트레킹을 잘 마무리했다며 자축한 것은 섣부른 판단이었다. 뭔가를 이뤄냈다는 성취감은 하산과 동시에 다시 시작이라는 절망감을 안겨주었고, 트레킹을 하는 동안 괜찮았던 나의 무릎 통증은 거짓말처럼 다시 찾아오고 말았다. 그나마 다행인 점은 우리가 4박 5일간 올랐던 그 높이를 단 2일 만에 내려오는 쾌거를 거두었다는 거고, 너덜너덜해진 발걸음으로 미리 예약해두었던 호스텔에 도착했다.

배낭 어딘가 깊숙한 곳에서 며칠간 홀로 외로웠을 대한민국 여권을 꺼내 호스텔 직원에게 건넸는데 그가 화들짝 놀라며 내 팔의 타투를 확인했다.

"오, 마이, 갓! 너 진짜 브루스리야?"

아니 이건 무슨 상황이지? 여기는 네팔이고 난 그저 따듯한 물에 샤워하고 싶은 손님에 불과한데 처음 보는 현지 사람이 나의 이름을 외치다니.

우연인지 운명인지 그 직원은 네팔 비보이로, 처음 춤을 추게 된 것이 한국 비보이들의 영상을 보고 나서라고 했다. 그중 내가 속한 팀인 '갬블러 크루'를 가장 좋아했으며, 매일 몇 시간씩 배틀 영상을 시청하고 연구했다는 말도 덧붙이면서 말이다. 춤 하나만으로는 먹고살기가 힘들어 저녁 시간에는 호스텔 직원으로 아르바이트를 하는 중이었는데 어제도 유튜브에서 본 낯익은 얼굴이 갑자기 나타나서 깜짝 놀랐다고 했다.

"브루스리, 정말 부탁인데 내일 우리 연습실에 같이 가줄 수 있어? 다른 멤버들에게도 너를 보여주고 싶어."

나는 쉽게 대답하지 못했다. 일단 지칠 대로 지쳐 휴식이 간절했고, 2일 동안 쉬지 않고 하산하느라 무리한 까닭에 '시내로 들어가면 정말이지 먹고 자기만 할 거야.'라고 굳게 다짐했기 때문이다. 그래서 진심으로 내일만큼은 피하고 싶었다. 걷기도 힘든데 그들 앞에서 내 춤을 보여줄 자신이 없었다.

"저기… 미안한데… 내일은 말이야…."

나는 사정을 설명하고 정중하게 거절하려고 입을 뗐다. 하지만 그 순간 머릿속에 데우랄리 롯지에서 만난 한의사 어르신이 떠올랐다. 앞으로 내 능력을 발휘할 기회가 생긴다면 기꺼이 사람들을 돕겠다고 마음먹은 나의 모습도 함께 말이다. 나는 재빨리 대답을 바꿨다.

"응, 좋아! 내일 몇 시에 만나면 될까? 같이 연습하자!"

"내일 6시에 팀원들이 너를 데리러 올 거야! 고마워, 진짜 고마워, 이건 기적이야."

다음 날, 4대의 스쿠터가 내 앞에 멈춰 섰고 스쿠터 주인들은 호스텔 직원이 나를 처음 마주했을 때와 비슷한 반응을 하며 악수를 청했다. 스쿠터 뒷좌석에 올라타, 약 20분쯤 달리자 작은 골목길 앞에 멈춰 섰다. 그들을 따라가긴 했지만 머릿속에는 한 가지 의문이 계속 떠다녔다.

'이런 곳에 연습실이 있다고?'

양옆으로 펼쳐진 논밭, 작은 골목들 사이로 빼곡히 들어서 있는 가정집… 무엇보다 한참을 걷는 동안 지나가는 사람을 단 한 명도 만나지 못했다. 이곳은 누가 봐도 춤을 출 만한 '연습실'이 존재하지 않을 것 같은 그런 곳이었다. 우리는 곧 초록색 대문 앞에 도착했고, 팀의 리더로 보이는 친구는 그 문을 활짝 열며 이렇게 말했다.

"우리 연습실에 온 것을 환영해."

대문을 지나자 형형색색의 빨래들이 걸려 있었고, 한편에는 장작을 넣어 불을 뗄 수 있는 야외 주방이 보였다. 조금 더 들어가니 오래된 작은 유리문이 있었고 그 문을 열자 먼저 와서 연습하고 있었던 비보이, 비걸들의 열기가 내 얼굴을 스쳐 밖으로 빠져나갔다. 나는 놀라서 입을 다물 수 없었다.

가로 5미터, 세로 7미터쯤 되어 보이는 작은 공간은 10명의 댄서들이 연습하느라 꽉 찼고, 테이프로 간신히 고정시켜 놓은 노란색 장판이며 벽면에 아슬아슬하게 붙어 있는 작은 거울, 비보이들이 그려놓은 것 같은 댄서들의 역동적인 그림, 손을 높게 뻗으면 닿을 정도로 낮은 천장이 차례로 눈에 들어왔다. 춤 연습실이라고 부르기에는 턱없이 열악한 상황이었다.

나중에 알게 된 사실이지만 이곳은 가정집인데 팀원들끼리 십시일반 돈을 모아 빈방을 구해 월세로 들어오게 되었고 주인의 허락을 받아 다 함께 조금씩 연습실로 개조했다고 한다. 그리고 팀의 리더로 보이는 친구는 다소 흥분한 어투로 연습하고 있는 친구들에게 말했다.

"여기 세계 최고의 비보이이자 갬블러 크루를 대표하고, 파워무브Powermove를 엄청나게 잘하는 비보이 브루스리가 왔어! 이건 믿을 수 없는 일이야! 다 같이 인사할까?"

간단하게 내 소개를 하자 비보이들과 비걸들의 환호성이 쏟아졌다. 나는 반갑게 맞이주는 한 명 한 명에게 악수를 청하며 고맙다고 인사했고 바로 본론으로 들어갔다. 본래 댄서들은 말보다 춤으로 대화하는 법이니까.

"자 우리 음악 틀고 같이 연습해볼까?"

나는 군데군데 찢겨진 애처로운 장판에 다리를 양쪽으로 길게 펼치며 스트레칭을 시작했다. 불과 어제 ABC 트레킹을 마치고 와 온몸에 알이 배겨 있는 상태였기 때문에 오랜 시간 동안 충분히 스트레칭하며 그들의 연습 과정을 지켜보았다.

보통 연습실이라 함은, 게다가 몸을 바닥에 많이 부딪힐 수밖에 없는 비보이 연습실이라면, 매끈한 바닥 아래에 태권도용 매트를 깔거나 나무 자재들을 활용해 공간을 만들어 충격을 완화시켜줘야 하는 것이 필수다. 하지만 이곳은 시멘트 바닥 위에 노란색 장판을 간 것이 전부였다. 그들이 연습하며 무릎을 바닥에 세게 찍거나 어려운 기술을 시도하다 온몸을 시멘트 바닥에 내던지는 모습을 보고 있자니 내 가슴이 다 철렁 내려앉았다.

'저렇게 연습하면 분명히 부상당할 위험이 클 텐데….'

하지만 이런 걱정은 오롯이 나만의 것이었다는 것을 알 수 있었다. 그들은 바닥이 딱딱해도, 거울이 작아도, 습기가 가득 차 바닥이 스케이트장처럼 미끄러워도 상관없었을 것이다. 눈이 오나 비가 오나 춤을 추며 자신을 알아가고 춤으로 사람들과 소통하는 것이 더 중요했을 테니까. 그 어떤 것도 그들의 열정을 막을 수 없을 것 같았다. 애처로운 눈빛으로 그들을 바라보는 것은 오로지 나뿐이었다.

그들은 어린 시절 내가 꿈꾼 것처럼 세계 최고가 되어 우승 트로피를 거머쥔 자신의 모습을 상상하며 오늘도 구슬땀을 흘리고 있었다. 그렇게 그들은 매일 조금씩 강해지고 있었고, 황폐한 사막에서도 아름다운 꽃을 피우는 선인장과 같았다.

스트레칭을 마친 나는 재빨리 사이퍼*를 만들었다. 어쩌면 내가 잃어버리고 살았던, 가슴이 뜨거워지는 무언가를 보여준 그들에게 고마움을 표현하고 싶었고 나의 시그니처 무브들을 그들에게 선물하고 싶었다.

네팔 비보이가 한 번, 브루스리가 한 번. 이렇게 우리는 첫 만남에 몇 마디 대화도 나누지 않았지만, 춤을 춘다는 서로에 대한 존경심에 순식간에 하나가 되었다. 몇 번의 릴레이 춤을 이어가던 중 한 비보이 친구가 내게 다가와 조심스럽게 질문했다.

"브루스리, 혹시 내 에어트랙 좀 봐줄 수 있어?"

그는 가벼운 눈인사를 한 다음 강하게 다리를 돌리며 원심력을 이용했다. 곧이어 물구나무를 서고 위로 다리를 회전하려는 그때, 그의 상체가 중심을 잃고 바닥에 꽈당! 하며 떨어졌다.

"혹시, 여기에서 에어트랙 할 수 있는 사람 있어?"

내 질문에 아무도 대답하지 않았다. 에어트랙이 난도가 높은 기술이긴 하지만 그래도 대중적인 기술로 바뀌고 있는데, 이곳에서는 에어트랙을 하는 사람이 아무도 없었다. 나는 그동안 많

---

* 동그랗게 원을 만들어 한 명씩 춤을 추며 자신의 스타일을 공유하는 것.

은 세계 대회에 참가했고 기술이 뛰어난 비보이들을 경험했기 때문에 연습실에 있는 댄서 중 아무도 에어트랙을 할 수 없다는 사실에 좀 당황했다. 아마도 이들은 그동안 한 번도 에어트랙을 누군가에게 정식으로 배워본 적이 없는 것 같았다.

나는 벽에 다리를 올리고 에어트랙에 대한 이론부터 설명했다. 이론이 정확해야 연습을 올바르게 할 수 있고 가장 중요한 부상의 위험을 줄일 수 있기 때문이다. 어느새 비보이들은 내 말을 주의 깊게 듣고 있었고, 하나둘씩 내가 알려준 방식대로 에어트랙을 시도하고 있었다.

그렇게 시간이 지나자 그들이 처음에 시도했던 에어트랙보다 훨씬 더 안정적인 에어트랙으로 바뀌었고, 몇 번의 시범과 말에도 이렇게 빨리 변하는, 스펀지처럼 알려준 것들을 빠르게 자기 것으로 만드는 이들을 보여 놀라움을 감출 수 없었다.

어느새 사이퍼는 수업으로 바뀌었고, 나는 내가 할 수 있는 최선을 다해 그들에게 내가 알고 있는 것들을 알려주었다. 수업을 마치고 단체 사진을 찍으며 그들은 나에게 고맙다고 말했고 나역시 그들의 열정을 깊이 존경한다고 답했다.

숙소로 돌아가는 길, 근육이 회복되지 않아 발걸음은 무거웠지만 미소는 좀처럼 떠나지 않았다. 자꾸만 네팔 비보이들이 생각났기 때문이다. 내 노하우를 알려줬을 때 초롱초롱한 눈빛으로 날 바라보던 친구들, 그들의 해맑은 표정이 떠올랐다. 몇 달

동안 차갑고 단단한 시멘트 바닥 위에서 끙끙 앓아가며 연습했을 그들에게 뭐라도 도움이 됐다는 생각에 뿌듯했고 절로 미소가 나왔다. 어쩌면 나의 한마디 말이 그들에게는 동기부여가 될 수도 있다는 생각이 들었다.

나는 허름한 가정집을 개조한 네팔 비보이 연습실에서 어릴 적 내 모습을 발견했다. 세계 최고가 되겠다는 일념 하나로 공원에서 과자 봉지를 깔고 연습했던 나. 매일 새벽마다 지하철역에 나가 홀로 춤을 추며 외로운 싸움을 했던 나. 주변의 사람들이, 환경이, 신조차도 안 된다고 할지라도 그 말마저 듣지 않았던 패기와 열정 넘치던 시절의 나. 그때의 내가, 바로 그곳에 있는 것 같았다.

몸은 힘들었지만 나는 그 어떤 날보다 행복했다. 내가 찾고 싶었던 춤을 출 때의 그 가슴 떨림을, 그들의 열정을 보고 다시금 느꼈기 때문이다. 이것이야말로 인도 바라나시 화장터에서 굳게 결심한 내 인생의 의미, 진정한 '행복'이라는 생각이 들었다. 이것이 바로 내가 추고 싶었던 나누는 춤이라는 것을 깨달았다. 이런 방식이라면 앞으로 길을 잃지 않고, 내 인생의 의미를 찾으며 춤을 출 수 있을 것 같았다. 그 길이 조금씩 보이는 것 같아 다행이었다.

처음 비보잉과 사랑에 빠지게 된 건 RUN DMC의 it's like that이란 곡의 뮤직 비디오를 보면서였다. 매서운 눈빛을 한 남녀 무리가 금방이라도 주먹을 휘두를 것처럼 달려왔고, 서로의 얼굴이 코앞까지 왔을 때 반전이 일어났다. 격한 주먹질 대신 한 명씩 춤을 추는 게 아닌가.

이때는 '배틀'*이라는 단어를 몰랐기에 '폭력을 휘두르지 않고도 아름답게 패싸움(?)을 할 수 있구나.' 정도로 생각했다. 그러다 누군가 내 뒤통수를 세게 후려치는 것 같은 장면이 나왔다. 난생처음 보는 기묘한 자세로 얼어버리듯 멈추는 동작. 나중에야 알았지만, 이것이 바로 '프리즈'**였다. '사람이 어떻게 저런 형태로 멈춰 있을 수가 있지?' 그 모습이 너무 아름다워 춤을 춘다기보다 마치 '꽃이 핀 것' 같았다. 그리고 그 순간 나는 삶의 방향을 정해버렸다. 그 후로 제대로 된 보호 장구와 교육체계도 없이 혼자서 특훈을 했다. 놀이터 바닥에 과자 봉지를 깔고 매일 헤드스핀***연습에 몰두한 나머지 나의 정수리에는 늘 피고름과 500원짜리 2개만 한 땜빵이 있었다.

*   한 명 혹은 한 팀씩 춤의 기량을 선보이며 대결하는 것.
**   춤을 추다가 순간 동작을 멈추는 브레이킹 요소.
*** 머리로 중심을 잡으며 회전하는 기술.

그러던 어느 날 학교에서 담임 선생님이 내 머리에 난 상처를 발견하고 깜짝 놀라 이유를 물으셨고, 친구들은 "쟤 헤드스핀에 미쳐서 그래요, 선생님!"이라며 대답했다. 선생님은 오랫동안 침묵하시더니 "오늘부터 너는 수업 들어오지 말고 무용실로 등교해라!"라고 말씀하셨다. 덕분에 나는 반년 동안 무용실로 등교했고 친구들이 공부할 때 마음껏 춤출 수 있었다.

그러다 첫 번째 정식 비보이 팀인, 롯데월드 전속 팀 '드림스'에 들어가게 됐다. 한번은 롯데월드에 초청받은 프로 선배님 한 명이 날 보고 "오른쪽 다리 좀 더 들어야지!"라고 조언해줬는데, 난 그것을 몇 날 며칠, 아니 몇 년 동안 연습했다. 사실 그 말이 맞고 안 맞고는 나에게 중요하지 않았다. 곧 함께 반짝일 예쁜 별의 조언이라고 생각하니 그 한마디의 말이, 그저 한마디의 말이 아니었다.

고등학교에 진학하고 나서도 나의 열정은 여전히 하늘을 찔러, 쉬는 시간에는 간단한 동작들 위주로, 점심시간에는 비교적 어려운 기술을 연습했다. 하루는 교과서에 춤추는 그림을 그리며 잘 안 되는 기술을 어떻게 연습해야 할지 고민하고 있는데, 문득 이런 생각이 들었다.

'내가 지금 여기서 뭐 하는 거지? 이곳은 내가 있을 곳이 아닌 것 같아.'

3장

그래, 가슴이 시켜서
추는 게 진짜 춤이지

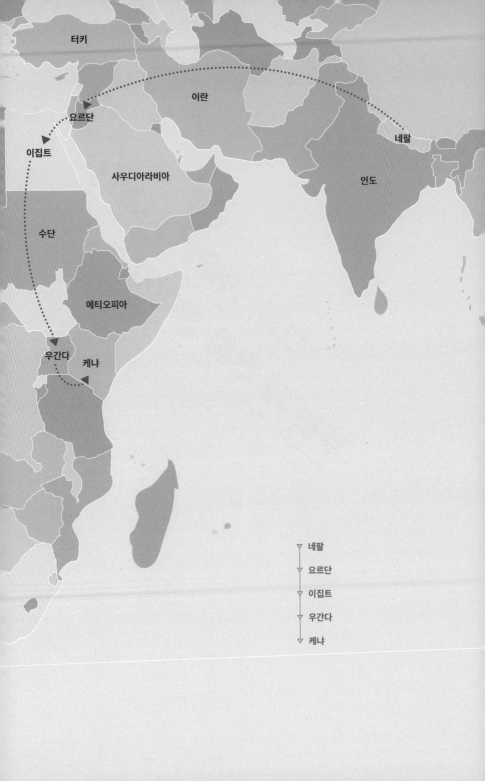

터키

이란

요르단

네팔

이집트

사우디아라비아

인도

수단

에티오피아

우간다   케냐

네팔
요르단
이집트
우간다
케냐

비보잉은 어려운 게 아니라
재미있는 거라고요!

네팔 여행을 마치고 요르단으로 건너갔지만 현지인들과 관광객 사이의 물가 차별이 심하고(세계 7대 불가사의인 페트라 입장료만 따져봐도 관광객이 현지인보다 50배 정도 비싼 값을 치러야 한다), 식당, 택시 모든 것이 비싸서 하루 여행 예산을 3만 원으로 잡았던 내게 요르단은 부담스러운 여행지였다. 그곳에서 탈출하고 싶은 마음이 굴뚝같던 참에 요르단 아카바 항구에서 배로 국경을 넘어 이집트 '다합'에 도착했다.

다합이라 하면 한번 들르면 떠나지를 못해 '여행자들의 블랙홀'이라 불릴 만큼 배낭여행자들 사이에서는 입소문이 난 곳이다. 이집트라고 하면 사막을 떠올리기 쉬우나 다합은 에메랄드빛 바다, 별똥별이 쏟아지는 밤하늘이 매력적인 곳이다. 또한 프리다이빙의 성지라 불리는 블루홀이 있고, 갈라파고스나 멕시코의 세노테에서 스쿠버다이빙을 하려는 사람들이 이곳에서 미리 연습하고 자격증도 저렴하게 취득하고 가는 경우가 많다.

그뿐만 아니라 다합은 물가가 저렴해서 방 2~3개에 운이 좋으면 정원까지 딸린 독채 숙소를 30~50만 원 사이로 한 달간 빌릴 수 있다. 나도 방 2개에 넓은 주방, 거실이 딸린 독채 숙소를 한 달간 사용하는 데 30만 원을 냈는데 함께 간 친구 맛탱이와 룸메이트 2명을 더 구하니 1인당 7만 5,000원에 한 달짜리 숙소를 구한 셈이 됐다. 거기다가 음식 가격도 싸서 다합에 처음 들어와 먹은 현지 음식 가격이 한화로 650원이었다. 고급 레스토랑이 아닌 보통의 식당에서는 2,000~3,000원이면 식사를 해결할 수 있고 4인이 먹고 남을 크기의 손질된 토종닭은 불과 2,600원. 풍족한 식사와 아름다운 자연경관에 빠지니 "다합에 발을 들이는 순간 빠져나올 재간이 없다."라는 말이 왜 나왔는지 알 수 있었다. 그러니 여행자들의 블랙홀이라 불릴 수밖에.

그뿐만 아니라 지프를 타고 작은 사막을 건너면 나오는 돌산에서 사람들과 술을 마시며 캠프파이어를 하고 별 구경을 했던 '베두윈 카페', 8만 원에 배 한 척을 빌려 즐겼던 선상 낚시, '블루홀'에서 배를 타고 약 15분 정도 가면 나오는 은하수와 별똥별의 천국 '라스 아부갈룸' 등 나는 이렇게 저렴한 물가와 만족할 만한 풍경이 주는 매력에 빠져 헤어 나오지 못 하고 있었다.

다합에서 지내다 보면 일과의 대부분이 물놀이를 하거나 여행자 친구들과 시간을 보내는 것이다. 일단 아침에 눈뜨면 다이빙 교육을 받고, 잠시 쉬었다가 스노클링을 즐긴다. 그러다 보면 저녁이 되고 각지에서 모인 여행자들이 한집에 모여 저녁 식사를 함께하면 하루가 끝난다.

물론 이렇게만 지내는 것도 즐거운 일이지만, 한 달 내내 이렇게만 지내면 따분한 날도 있다. 그래서 다합에 온 한국인 여행자 사이에서 재미있는 문화가 생겼는데, 바로 장기 여행자들이 자신의 재능을 다른 여행자들과 나누는 것이다. 예를 들면 한국에서 미용을 하던 여행자는 자기가 머무는 숙소에 여행자들을 불러다가 머리카락을 잘라주었고, 요리사였던 여행자는 한식을 만들어 팔기도 했다. 또 요가를 잘하는 여행자는 고급 호텔의 요가실을 빌려 수업을 열었고, 격투기를 하던 여행자는 주짓수 수업을, 현대무용을 전공한 사람은 무용 수업을 열기도 했다. 그리고 더 놀라운 것은 장소 대관부터 수강생 모집, 수업 진행까지 이 모든 것을 여행자 스스로 한다는 것이다. 말도 잘 통하지 않는 이집트의 한 시골 마을에서 이 모든 것을 혼자 하기가 쉽지 않았을 텐데 의지의 한국인들은 역시나 대단했다. 여행자들이 이렇게까지 하는 까닭은 물놀이하는 것 말고 즐길 거리를 더 늘려보자는 심산이기도 했겠지만, 여행자들끼리 다 함께 땀을 흘리고 이야기도 나누며 친목을 도모하기 위함이 아닐까.

그렇게 다합에서 지내던 어느 날, 동료 여행자들과 저녁 식사를 하는 자리에서 나의 유튜브 채널을 종종 보며 비보잉에 꼭 도전해보고 싶다던 어국이가 신선한 제안을 했다.

　"형도 여기서 비보이 수업해보는 거 어때요? 그렇게 오랫동안 춤을 췄는데 몸이 근질근질하지 않아요? 형도 한번 해봐요! 사람들 반응 좋을 것 같은데요?"

　나는 잠시 고민했지만 인도에서부터 나누는 춤을 추겠다는 결심, 네팔을 여행할 때 비보이 수업을 하면서 진정으로 춤을 즐기고 사람들과 그것들을 나누면서 내가 얼마나 즐거웠는지를 떠올려보니 망설일 필요가 없었다. 여행을 하면서 내 춤을 나누는 것이야말로 내가 정한 새로운 인생의 의미와 같기 때문에 더는 고민할 필요가 없었던 것이다.

　"한번 해볼까? 그런데 비보잉은 어렵다는 인식이 너무 강해서 아무도 신청하지 않으면 어떡하지?"

　"아니에요, 형! 잘될 거예요! 다합에 있는 사람들이 얼마나 심심해하는데요."

　"그래…? 오픈 채팅방에 모집한다는 글이나 한번 남겨볼까?"

　나는 어국이의 말을 듣고 곧장 오픈 채팅방에 글을 올렸다.

　"안녕하세요! 세계 일주 중인 갬블러 크루의 브루스리라고 합니다. 혹시 비보이 수업을 진행한다면 참여하고 싶은 분이 계실까요?"

글을 올리고 10분 정도 지났을까. 침대 위에 내팽개친 휴대전화를 확인한 나는 깜짝 놀랄 수밖에 없었다. 하나, 둘, 셋⋯ 무려 18명이 신청했다. 어안이 벙벙한 얼굴로 다시 인원을 세어보는 사이 또 1명이 늘었다. 한국에서 레슨을 열어도 이렇게까지 안 모이는데 여행자들은 역시나 도전적이었다. 그러나 여기에서 인원이 더 늘면 연습실 대관에 문제가 생길 것 같아 서둘러 모집을 마감했다.

나는 일단 지난달 이곳에서 현대무용 수업을 진행한 댄서에게 자문을 구했다. 친절하게도 수업할 만한 장소 몇 군데를 소개해 줬고, 직접 발품을 팔며 이곳저곳을 돌아다녀본 결과, 거울이 작다는 게 단점이기는 하지만 꽤 많은 인원을 수용할 수 있는 요가 스튜디오를 빌릴 수 있었다.

2시간을 대관하는 조건으로 5만 원을 냈고, 원활하게 수업을 진행하고자 물티슈와 물을 구입했다. 1인당 수업료를 3,000원으로 책정했으니 신청한 사람들이 모두 와야 적자를 겨우 면할 수 있었다. 하지만 수강생이 다 안 와서 적자가 난들 어떠리. 내가 제일 사랑하는 춤을 사람들과 함께 나눌 수 있는 게 중요한 거지. 새로운 여행자들과 만나는 건 언제나 새롭고 재미있는 일이고 그들과 함께 춤을 춘다는 건 더없이 행복한 일이었으므로 내게 수익이나 적자 같은 건 중요하지 않았다.

나는 숙소로 돌아가 꽤 오랜만에, 배낭 깊숙이 넣어두었던 구겨진 트레이닝 바지를 꺼내 입었다. 차가운 비닐 재질의 바지가 허벅지에 닿고 느슨해진 신발 끈을 조이니 내 몸 어딘가에 비보이라는 스위치를 탁, 켠 것 같았다. 세계 여행을 하면서 비보이 수업이라니, 그것도 놀고 먹기의 최고봉이라는 다합에서 수업을 하게 될 줄은 상상도 못 했다.

스튜디오에 먼저 도착해 조용한 재즈풍 힙합 노래를 재생시키고 스트레칭을 하고 있으니 수강생들이 하나둘씩 모이기 시작했다. 다합에 살면서 프리다이빙 강사로 일하는 사람, 전 세계를 돌고 있는 여행자, 한국에서 살사를 전문으로 췄던 사람, 휴가를 내고 놀러온 평범한 직장인, 다합으로 출장 온 사람, 부모님을 따라온 어린아이 등 다양한 사람들이 오로지 내게 비보잉을 배우려고 이 자리에 모였다. 우리는 오늘 처음 만났지만 한국 사람이라는 동질감이 스튜디오를 메운 어색한 기운을 살짝 거둬내 주는 듯했고, 무언가를 배워보겠다며 양손을 불끈 쥐고 반짝거리는 눈으로 나를 보는 사람들 때문에 가슴이 두근거렸다. 사정이 생겨 빠진 몇 명을 제외하고 총 모인 사람은 15명. 오늘부터 이 15명은 비보이와 비걸이다.

"안녕하세요! 처음 뵙겠습니다. 저는 갬블러 크루의 멤버이자 세계 일주를 하고 있는 비보이 브루스리, 신규상이라고 합니다. 오늘 저와 함께 비보잉을 배워보실 건데요. 아주 쉽고 재미있게 알려드릴 거니까 걱정하지 마시고 천천히 따라와 주시면 감사하겠습니다."

내 말에 수강생들은 기어들어 갈 듯한 목소리로 대답했다. 처음 보는 사람들을 모아놓은 수업은 시작할 때 분위기가 굉장히 중요하다. 오늘 처음 만난 것도 어색한데 그 앞에서 처음 시도해 보는 춤까지 추는 것이 얼마나 어려운지 잘 알고 있다. 다행히 한국이나 해외에서 비보잉 수업 경험이 많았던 터라 나는 수업 때마다 먹혔던 치트키를 써보기로 했다. 스피커로 성큼성큼 걸어간 다음 일시 정지 버튼을 누르자 잔잔하게 흐르던 재즈풍 힙합 음악이 일순간 멈췄다. 그러고 나서 나는 말을 이었다.

"비보잉에는 크게 4가지 요소가 있는데요. 첫 번째는 바로 '탑락Toprock'입니다. 쉽게 말해 서 있는 상태에서 스텝을 밟는 것인데, 본격적으로 춤을 추기 전 자기 자리를 확보하기 위해 준비하면서 가볍게 스텝을 밟던 것에서 유래되었습니다. 하지만 지금은 비보잉에서 절대 빠져서는 안 되는 중요한 요소로 꼽히죠."

간단하게 탑락의 유래를 설명한 다음, 강렬한 드럼과 화려한 관악기가 어우러진 비보잉 음악을 틀었다.

"바로 이게 탑락입니다."

나는 설명보다 몸으로 탑락이 뭔지 보여주었고, 평소보다 팔은 화려하게 움직이고, 발은 빠르게 스텝을 밟으며 수강생들 사이를 돌아다녔다. 이때 수강생들의 시선을 사로잡는 핵심은 동작을 멈추지 않고 계속 설명하는 것이다. "지금 보시는 것처럼 많은 사람이 모여 있을 때 사람들 사이사이를 돌아다니며 스텝을 밟으면 나만의 공간이 생기죠? 그때 이렇게 기술을 들어가는 겁니다."라고 말을 내뱉으며 현란한 기술을 선보였다.

그러자 수강생들의 더 큰 환호성이 튀어나왔고, 나는 분위기를 이어가려고 곧바로 다음 설명으로 넘어갔다.

"그다음 요소는 '풋워크Footwork'인데 말 그대로 '다리로 걷는' 동작입니다."

처음 동작을 설명할 때는 최대한 간단하고 명료하게 말하는 것이 중요하다. 그런 다음 바로 풋워크를 보여줬다. 엎드려뻗쳐 자세로 양팔과 다리를 번갈아 움직여 마치 벌레가 기어 다니는 듯한 기묘한 자세로 화려한 풋워크를 하기 시작했다. 그리고 바로 다음 동작으로 이어나갔다.

"그리고 이건 프리즈인데요. 프리즈란 영어 단어로 보면 '얼다, 얼리다'라는 의미인데, 비보잉에서도 뜻이 비슷합니다. 순간적으로 멈추는 동작을 프리즈라고 하거든요."

나는 프리즈 중에서도 가장 대중적으로 알려진 한 팔로 물구나무서기를 한 다음 나이키 로고 모양으로 다리를 뻗어 그대로 멈춘 상태에서 버티는, 나이키 프리즈를 선보였다.

"그리고 이번에 보여드릴 건 파워무브라는 건데요. 원심력을 이용해 회전하는 모든 기술을 통칭해서 파워무브라고 부릅니다.

여러분들이 잘 알고 계시는 '헤드스핀', '윈드밀Windmil'* 등이 이 파워무브에 해당하죠."

그러고는 말이 끝나기가 무섭게 공중에서 회전하는 텀블링을 선보인 다음, 나의 트레이드마크이자 가장 화려한 기술 중 하나인 '에어트랙'을 하기 시작했다. 양팔의 힘과 중심을 유지하면서 쉬지 않고 회전해야 하는 기술이라 비보잉 기술 중에서도 어려운 기술로 손꼽히는데, 내가 이 기술을 선보이자 수강생들은 놀라다 못해 제자리에서 방방 뛰며 난리가 났다. 그도 그럴 것이 비보잉을 하고 있는 나조차도 에어트랙을 처음 본 순간 저건 말도 안 된다며 무릎을 탁 쳤는데 이 사람들도 그때의 나와 같은 마음이지 않을까.

나는 모든 동작을 보여준 다음 자리에서 일어나 말했다.

"이제, 배워보고 싶은 마음이 생기셨죠?"

그러자 사람들이 한목소리로 크게 대답했다.

"네!"

사람들의 긴장감과 어색함을 녹이고 싶을 땐 백 마디 말보다 한 번의 행동이 효과적일 때가 있다. 그것이 무언가를 알려줘야 하는 강사의 입장이라면 더욱 그렇다. 나는 미리 준비해간 기본 스텝을 시작으로 스텝 응용 버전, 기본 풋워크와 프리즈까지 수

---

* 등과 팔을 이용해 바닥에서 풍차처럼 회전하는 기술.

강생들에게 알려줬다. 조금 어려워하긴 했지만 활동적인 여행자들이 모여서 그런지 곧잘 따라 했다.

나는 한 가지 동작에 시간을 투자해 집중적으로 알려주기보다 첫 수업에 조금은 무리하더라도 여러 가지 동작을 맛보기 식으로 알려줬다. 앞으로 남은 다합 생활 중 수업을 할 수 있는 시간은 많아야 2~3번이라고 생각해서다. 내가 이 강좌를 열면서 바란 것은 비보잉에 관한 최대한 많은 것을 경험하게 해서 '비보잉이란 재미있는 거구나.' '나도 할 수 있구나.' 느끼게 해주는 것이었다.

사실 일반 사람들에게 아직도 비보잉은 나와 다른 세계 사람들이 추는 초고난도 춤이라는 인식이 강하다. 하지만 뭔가를 배울 때 다 그렇듯 기본을 알면 충분히 즐길 수 있는 것들이 있지 않나. 비보잉도 마찬가지다. 지속적으로, 제대로 된 교육을 받으면 부상을 입지 않고도 어려운 파워무브까지 1~2개쯤은 할 수 있다. 그전에 물론 흥미를 느끼는 것이 먼저겠지만 말이다. 그래서 나는 내 수업에서만이라도 비보잉은 어렵다는 인식을 깨고 비보잉은 재미있는 것이라는 걸 사람들이 느꼈으면 했다.

나는 사람들과 함께 열정적으로 신나게 수업했고, 2시간은 눈 깜짝할 사이에 지나갔다. 수업을 마치고 수강생들과 단체 사진을 찍은 다음 뒷정리를 하려는데, 집으로 돌아가려던 수강생들이 멈춰 서서 "비보잉이 이렇게 재밌는 건지 몰랐어요! 다음에 또 수업해주세요!"라고 인사를 건네왔다. 그 말을 듣는데 기분이 묘하면서 왜 그렇게 가슴이 찡하던지. 내가 간절히 전하고자 했던 마음이 사람들에게 잘 전달된 것 같아 그랬던 것 같다.

그동안 여러 곳에서 사람들에게 춤을 알려줬었지만, 이상하리만치 오늘은 좀 색달랐다. 뭐랄까, 그동안 내가 해왔던 수업 방식이 오래된 자동차를 수리하는 일이었다면, 오늘은 근사한 자동차를 타고 예쁜 길을 드라이브하는 기분이 들었다. 경쟁하고 이기려고 자랑하듯 춤을 추는 게 아니라 춤 그 자체가 즐겁고 좋아서, 춤을 좋아하는 사람들과 나누고 즐기고 싶어서 춤을 추니까 생각도, 춤을 추는 순간도, 그 순간의 내 태도에도 많은 변화가 일어나고 있었다. 나는 조금씩 서서히 나 혼자만의 춤에서 우리, 다 함께 즐기는 춤을 추며 변하고 있었다.

나는 그 어느 때보다 기분 좋게 수업을 마치고 수강료를 정산했다. 연습실 대관 비용을 제외하니 맥주 3캔 정도는 사 먹을 수 있을 것 같았다. 2시간 동안 땀을 삘삘 흘려가며 움직인 대가에 비하면 터무니없이 적은 수입이지만, 나의 이런 움직임이 누군가에게 좋은 영향을 줄 수 있다는 생각에 기뻤다. 그리고 그 영향이 결국에는 다시 내게로 돌아올 거라고 확신한다.

유튜브 채널 '비보이의 세계일주 [브루스리 TV]'
해외에서 갑자기 춤을 알려 준다고 해봤다. 몇명이나 올까?
다합 한달살기 하면서 비보이 수업해보기. (세계 일주 +136)

다합에서, 친구들과 함께한 비보잉 수업!

자연보다 더 아름다웠던
다합의 친구들

다합에서 한 달 살기를 하며 참 많은 일이 있었다. 비보잉 수업을 2번이나 진행했고 그사이 나의 다이빙 자격증은 오픈 워터에서 어드밴스드 오픈 워터로 업그레이드가 됐으며, 거의 매일 밤 라스 아부갈룸에서 1박 2일을 함께 보낸 친구들인 '라스 아부갈룸 패밀리'를 만나 해변에 앉아 게임을 하면서 농담을 하거나 속 깊은 이야기들을 나누었다.

그렇게 시간이 흘러 3주 정도 지났을까. 각자의 일정 때문에 하루에 한 명씩 여행자 친구들이 다합을 떠나게 됐고, 우리는 매일 밤 대화를 나눠던 해변에 모여 낮에 몰래 산 선물을 나눠주며 그동안 너무 고마웠고 앞으로 남은 여행을 잘 마무리하라는 당부의 말을 건넸다. "잘 가."라는 인사 한마디로는 우리의 이별을 쉽게 설명할 수 없었다.

그렇게 11명에서 10명으로, 다음 날에는 10명에서 8명으로, 다시 5명으로 친구들을 떠나보냈다. 우리는 매일 이별하며 내년에 한국에서 꼭 다시 만나자고, 라스 아부갈룸 패밀리는 진짜 잊지 말자고 크게 외쳤고 떠나는 사람들은 뒤를 보지 않고 달리곤 했다. 평생 못 볼 사이가 아니라는 사실을 알고 있었지만 이별하는 순간은 꼭 우리가 마지막인 것만 같았다. 그렇게 모든 라스 아부갈룸 패밀리를 보내고 마침내 내가 다합을 떠날 순간이 왔다. 그동안 꽤 오래 함께 여행했던 맛탱이는 우크라이나로 가기로 했고 나는 이집트의 수도인 카이로를 거쳐 우간다로 갈 예정이었다. 다시 완벽한 혼자인 채로 내 여행을 꾸려가야 했다.

밤 11시, 카이로로 가는 야간 버스를 타기 위해 한 달 만에 무거운 배낭을 앞뒤로 짊어졌다. 동네 친구이자 세계 일주 동반자였던 맛탱이, 다합에서 비보이 수업을 할 수 있게 용기를 줬던 어국이, 떠나기 일주일 전 새로운 룸메이트로 합류한 지현이가 나의 여행길을 배웅해줬다. 기다리고 있었던 버스 짐칸에 배낭을 무심하게 던져놓고 맛탱이에게 악수를 청했다. 어떻게 보면 나를 따라 세계 여행을 결심한 친구인데 아직 해외여행에 익숙하지 않은 그를 혼자 둔다는 것이 어린아이를 물가에 내놓은 것 같아 못내 마음에 걸렸다.

"맛탱아. 너 진짜 조심히 다녀야 돼! 알았지?"

맛탱이와 그렇게 인사하는데 그 모습을 옆에서 조용히 지켜보던 어국이가 대뜸 내게 무언가를 내밀었다.

"형, 이거 편지인데요, 차 타고 한참 가면 그때 펼쳐보세요. 또 만나기를 기대할게요!"

남자한테 손 편지를 받다니. 중학생 이후로는 처음인 것 같아 "남자 놈이 손 편지는."이라며 마음에도 없는 소리를 하고 버스에 올라탔다. 적당한 곳에 자리를 잡고 앉으니 버스가 출발했고 창문을 내다보며 멀어지는 친구들을 향해 연신 손을 흔들었다.

"이제 다시 혼자구나…."

149일 동안의 세계 일주를 하면서 많은 친구들과 작별 인사를 했지만 이렇게 이상한 기분이 드는 건 처음이었다.

"아! 편지!"

나는 그제야 어국이에게 받은 편지가 생각나 가방 앞주머니를 열어 편지를 꺼내 들었다. 손 편지는 참 오랜만이라 떨리는 마음으로 열어봤는데, 편지를 여는 순간 편지에 달려 있던 작은 스피커에서 음악이 흘러나왔다. 트럭이 후진할 때 나던 그 익숙한 음악이었다.

나는 순간 깜짝 놀라 주위를 살피며 편지를 접었다. 그러나 어느새 나도 모르게 입꼬리가 올라가 있었다. 나는 당황스러운 마음을 추스르고 다시 조심스레 편지를 열었다. 하지만 이번에도 마찬가지로 "띠리 디리 띠리리리링." 소리가 울려 퍼졌고, 주변에 앉아 있던 여행자들을 의식하며 다시 닫을 수밖에 없었다.

"아오, 이놈이 끝까지 장난이네…."

나는 몇 번 숨을 고른 다음 시끄러운 트럭 후진 음악이 나오지 않게 아주 살짝만 편지를 열었고 두 눈을 가까이 가져갔다. 그 편지는 얼핏 봐도 정성이 가득 담겨져 있었다. 항상 웃는 얼굴이라 실없어 보이긴 했지만 첫 만남에 나에게 수업을 제안하고 말도 통하지 않는 현지인 카페에서 아르바이트를 할 정도로 긍정적이고 도전적여서 참 멋있는 사람이라고 생각했던 어국이. 나는 그의 다정한 마음을 읽어 내려갔다.

TO. 세상에서 제일 멋있는 브루스리 형에게

형, 규상이 형의 가장 큰 팬이자 사랑스러운 동생 어국이에요. 편지 열자마자 조금 놀라셨죠? 자그마한 서프라이즈 선물입니다. 다합에서 지내면서 제게 가장 큰 영감을 안겨주었던 형을 정말 잊을 수 없어서 이렇게 글로나마 저의 마음을 표현합니다. 형이 제 말에 동의해 비보잉 수업을 해주시고, 그로 인해 저 역시 느낀 점이 많았다고, 감사했다고 다시 한 번 말하고 싶었어요. 형을 보면서 저도 사람들과 제가 가진 걸 나누고 함께 느끼며 살아가고 싶다고 마음먹게 됐어요. 앞으로 저도 다른 사람에게 동기부여가 되는 삶을 살아가겠습니다.

(중략) 지구는 둥그니까 언젠간 꼭 다시 만날 수 있을 거라고 믿어요. 여행하시면서 공연도 하고 사람도 많이 만나겠지만, 항상 건강 챙기면서 조심히 여행하셨으면 좋겠습니다. 브루스리 TV, 여행하는 어국이, 둘 다 파이팅입니다!

브루스리를 가장 응원하는, 여행하는 어국이가

반쯤 열린 편지에 고개를 묻고 가까스로 글을 읽어가던 나는, 어국이의 고마운 마음이 마음속 깊이 전해져 편지를 두어 번 쓰다듬었다.

나는 이집트의 한 시골 마을 다합이 왜 '여행자들의 블랙홀'이라고 불리는지 궁금했다. 그리고 그것을 피부로 느껴보고 싶었다. 처음에는 저렴한 물가, 눈부신 에메랄드빛 바다와 밤하늘의 쏟아질 것 같던 별들, 맛있는 음식 뭐 그런 것들 때문이라고 생각했다. 하지만 다합이 내 가슴속에 평생 남게 된 이유는, 나에게 다합이 블랙홀 같았던 이유는, 바로 사람들이었다. 이곳은 그동안 내가 배우고 느낀 여행과는 많이 달랐다. 은하수를 볼 때나 별똥별을 보며 함께 소리를 지를 때, 끝이 보이지 않는 깜깜한 바닷속을 맨몸으로 내려갈 때… 그 모든 순간마다 소중한 사람들이 곁에 있었다.

베두윈 카페에서 친구들과 하던 캠프파이어,
라스 아부갈룸에서 본 별이 쏟아질 것 같던 하늘까지
친구들과 함께여서 더 최고였던 그날의 밤.

누군가 감동받은 표정을 지으면 나도 입꼬리가 올라갔고, 내가 기분이 좋을 때면 누군가 맥주를 들어 건배를 외쳐주었다. 이곳은 바로 '사람들'의 여행지였다. 그런 소중한 사람들이 함께한 곳이었다. 나는 다합에서 보냈던 모든 시간을 '우리'라고 부르고 싶다. 내가 그들에게서 보고, 느끼고, 공유하고, 배우고, 받았던 모든 것을 마음속 깊은 곳에 담아두었다가 외로울 때마다 꺼내 볼 거다. 고마웠어, 다합 그리고 친구들.

한 수 배웠습니다!
충격의 우간다 힙합 문화!

다합에서 카이로를 거쳐 우간다로 오기 며칠 전, 뉴욕에서 오랫동안 힙합 문화를 찾아다니며 사진작가로 일해온 '모니카' 누나에게 연락이 왔다. 이런저런 이야기를 나누다 곧 우간다에 갈 것이라 하자 굉장히 흥미로운 소식을 전해주었다.

"3년 전쯤 '크레이지 렉스Crazy Legs'*와 몇 명의 O.G** 비보이들이 우간다에 갔었어. 그들이 비보이를 꿈꾸는 많은 우간다 친구들에게 수업도 해주고 공연도 만들었는데, 그 계기로 꽤 성장한 비보이들이 많이 생겼다더라. 그 친구들한테 연락해보면 어

---

 * 비보잉이라는 장르를 개척하고 놀라운 발전을 이룬 '락 스테디 크루'의 전 멤버이자 전 세계 비보이 붐에 크게 일조한 인물.

** 어떠한 문화나 장르의 1세대를 가리키는 오리지널 제너레이션(Original Generation)의 약자.

때? 우간다 비보이들 만나보고 싶지 않아?"

우간다 비보이라…. 24년간 춤을 추면서 그들을 한 번도 마주친 적이 없었다. 독일에서 열리는 비보이 월드컵 '배틀 오브 더 이어'에서는 최근 몇 년간 아프리카 대표로 남아프리카 공화국 비보이들이 선발되어 출전했고, 다른 비보이 세계 대회들도 유럽, 아시아, 아메리카 대륙을 중심으로 이뤄져 아프리카 비보이들을 만나는 것은 꽤 어려운 일이었다.

비보이 문화로 따지면 미지의 세상과도 같은 우간다 비보이들을 실제로 만날 수 있을지도 모른다고 생각하자 가슴이 두근거렸다. 내가 여전히 숨 막히는 경쟁의 춤에 집착했다면 미지의 세상에는 관심이 없을 테지만 춤의 목적을 바꾼 지금, 실력과는 무관하게 최대한 다양한 비보이들을 두 눈으로 확인하고 싶었다. 그리고 무엇보다 그들과 함께 나누고 즐기고 싶은 마음, 그 마음이 나를 설레게 했다. 나는 곧장 누나에게 받은 우간다 비보이 리더의 인스타그램 계정으로 메시지를 보냈다.

"안녕! 나는 한국의 갬블러 크루 멤버인 비보이 브루스리야. 지금은 세계 여행을 하고 있고 이제 곧 우간다로 갈 거야. 너희들이 날 알고 있을지는 모르겠지만 기회가 된다면 만나고 싶어."

그러나 한참을 기다려도 답변을 받을 수 없었다. 그들이 우간다의 수도인 캄팔라에서 활동한다는 이야기를 들었지만 연락도 주고받지 못했는데 무작정 캄팔라에 가서 그들을 찾기란 모래사장에서 바늘을 찾는 격이었다. 며칠간 간절히 그들의 답장을 기다렸지만 메시지의 읽지 않음 표시는 없어지지 않았고, 나는 할 수 없이 캄팔라를 지나 진자라는 마을로 이동했다. 그리고 시내에서 유심을 구입한 다음 휴대전화를 켰는데, 이게 웬일이람….

"와우, 브루스리! 메시지를 이제 봐서 미안해! 너 정말 우간다에 올 거니? 네가 온다면 모든 사람들이 좋아할 거야!! 제발 와줬으면 좋겠어. 그리고 가능하면 수업을 부탁해도 될까?"

그토록 기다렸던 메시지였지만 마냥 기쁘지가 않았다. 공항에서 1시간이면 도착할 캄팔라에서 81킬로미터를 달려 이제 막 진자에 도착했는데… 그리고 다음 날 세계 3대 래프팅을 하려고 예약까지 해놓은 상황인데… 이곳에서 캄팔라로 다시 이동하려면 일정도 어그러지고 왕복 교통비까지 들었다.

나는 시내 한복판에 우두커니 서서 인스타그램 메시지 창에 글을 썼다 지우기를 반복했다. 빠른 답변을 주고 싶었지만 뭐라고 답해야 할지 알 수 없었다. 하루만, 딱 하루만 일찍 연락을 해줬더라면…. 그렇게 한참 시간이 흐르고 나서야 나는 휴대전화 자판을 두드리기 시작했다.

"나도 진심으로 너희를 만나고 싶어. 그런데 난 이미 진자에 와 있어. 수업을 해줄 테니 나를 데리러 왔다가 진자로 다시 데려다줄 수 있겠니? 실은 아직 이곳에 대해 잘 알지 못해서 거기까지 갈 자신이 없어. 대신 수업료는 바라지 않을게."

그러자 기다렸다는 듯이 답변이 왔다.

"물론이지. 숙소, 음식, 차량은 다 준비해놓을 테니 걱정하지마. 무료로 수업해준다고 말해줘서 고마워! 우리 친구들에게도 좋은 경험이 될 거야. 내일 직원을 보내서 널 데리러 갈게."

리더의 대답 덕분에 순식간에 나의 고민은 해결됐고, 곧 우간다 비보이의 실체를 두 눈으로 확인하는 최초의 한국 비보이가 될 것이라 생각하니 무척 설렜다. 소풍을 앞둔 어린아이의 마음이 이런 것일까. "네가 4시에 온다면 난 3시부터 행복할 거야."라고 말했던 어린왕자의 기분이 이런 걸까. 뭐, 아무렴 어때. 오늘이 지나면 난 굉장한 것들을 보게 될 텐데. 그들과 함께 춤추면서 또 얼마나 많이 배우고 느끼게 될까. 마음을 진정시키려 무릎에 덮어둔 이불을 가슴까지 끌어 올렸다.

다음 날 12시에 만나기로 한 우간다 비보이 직원은 1시가 돼서야 숙소에 도착한다는 메시지를 보내왔다. 나는 차량과 숙식을 제공해준다는 말이 떠올라 멋진 승용차까지는 아니어도 마음편히 갈 수 있는 자동차를 몰고 올 것이라 예상했다. 그런데… 직원으로 추정되는 한 사람이 흠뻑 젖은 티셔츠 차림으로 헐레벌떡 내게 달려와 반갑게 인사하는 게 아닌가.

"자, 캄팔라로 가자!"

"응, 가자! 그런데 뭐 타고 가는 거야?"

"버스 타고 가야지!"

순간 나의 귀를 의심했다. 버스?! 버스!!!??

둘 다 영어가 서툴러서 소통이 안 된 것이라 믿기에는 '버스'라는 그 단어가 내 귀에 때려 박혔다.

나는 어색한 미소를 띄우며 버스로 가면 얼마나 걸리느냐고 물었고, 그는 해맑게 웃으며 5시간이 걸린다고 대답했다. '5시간 이라니…' 막막함이 제일 먼저 마음속으로 밀려들었지만 날 데려가기 위해 5시간이나 달려와 준 친구의 젖은 셔츠를 보니 도저히 싫은 내색을 할 수가 없었다.

"좋아! 캄팔라로 가자!"

우리는 버스 터미널로 이동한 다음 진자에서 출발해 캄팔라로 향하는 승합차에 탔는데 정원을 넘어선 승차 인원은 물론이고 20분마다 한 번씩 갓길에 멈춰 서며 사람이 타고 내리기를 반복했다. 덜컹거리는 비포장도로 탓에 스펀지가 다 벗겨진 의자 철근에 자꾸 부딪혀 엉덩이는 이미 뇌사 상태에 빠졌다.

두 눈을 질끈 감은 고통의 5시간이 지나자 드디어 목적지에 도착했다. 이름 모를 대학교 정문을 지나 직원을 따라 들어가니 시설 좋은 농구 코트에서 농구를 하는 젊은 친구들이 보였고 조금 더 안으로 들어가니 남녀노소 할 것 없이 많은 사람이 모여 아프리칸 댄스를 연습하고 있었다. 그리고 어느 건물의 모퉁이를 돌자 놀라운 광경이 펼쳐졌다.

건물 앞 매끌매끌한 넓은 바닥에 사이퍼를 만들어 각자의 춤을 공유하고 서로의 춤을 관찰하는 비보이들이 모여 있었던 것이다. 사이퍼는 무려 3개가 만들어져 있었고, 사이퍼를 둘러싼 구경꾼들, 부모님으로 보이는 사람들, 친구들까지 합하면 족히 50명은 되는 사람들이 비보잉을 즐기고 있었다. 경쾌한 비보잉 음악이 귀에 꽂히니 발걸음과 함께 심장박동이 빨라졌다. 드디어 우간다 비보이들을 만났다. 나는 그들의 실력이 너무나 궁금했다. 철근에 부딪힌 엉덩이의 고통도 잊은 채 사이퍼 옆 테이블 밑에 가방을 내려놨다. 이 순간만큼은 스트레칭마저 사치라고 느껴져 재빨리 신발 끈을 매고 사이퍼 근처로 다가갔다. 그러자 한 우간다 비보이가 말을 걸었다.

"너 혹시 비보이 브루스리니?"

"응, 맞아! 날 알아?"

"당연히 알지!! 유튜브에서 많이 봤어. 영국에서 열린 세계 대회에 나간 것도 보고 독일 배틀 오브 더 이어에 나갔던 거랑 다른 수많은 대회에 나갔던 영상들까지 찾아봤어! 대박, 네가 여기 있다니 정말 놀라운걸!"

하지만 정작 놀란 건 나였다. 전 세계적으로 한국의 비보이들이 인기가 많은 건 알고 있었지만, 우간다에서 날 알아볼 줄은 상상도 하지 못했다. 이런 이야기를 나누고 싶었지만, 일단 당장은 그들과 함께 춤을 추고 싶어 미칠 것 같았다.

그래서 곧바로 사이퍼에 뛰어 들어가 탑락을 하고 시그니처 무브를 선보였다. 그러자 다른 사이퍼에서도 구경하러 몰려들었다. 이곳에서 난 유일한 동양인이기도 했지만, 우간다 비보이들에게는 수십 번도 더 돌려본 유튜브 영상 속 한국 비보이가 자신들의 연습 공간에 와서 춤을 추니 꽤 신선했을 것이다. 그리고 짧은 시간이었지만 함께 사이퍼를 하며 느낀 우간다 비보이들은 굉장히 탄력이 좋았다.

더 놀라운 것은 비보잉 문화를 늦게 접할수록 기본기보다 테크닉에 빠지기 쉬운데 한국보다도 늦게 비보잉 문화가 유입된 우간다에서 현지 비보이 친구들은 완벽에 가까운 기본기를 토대로 춤을 추고 있었다는 점이다.* 내가 '치타'라고 불렀던 비보이는 기본기뿐만 아니라 유연성, 탄력, 놀라운 프리스타일 능력까지 갖추고 있었다. 연습한 대로 사이퍼에서 춤을 추는 건 쉬운 일이지만 매 순간 몸이 반응하는 대로, 즉흥적으로 춤추는 것은 굉장히 어려운 일이다. 이것은 댄서로서 레벨이 굉장히 높다는 뜻인데 내가 본 '치타'가 그랬다. 이 친구는 내일 당장 세계 무대에 서도 될 정도의 실력을 갖추고 있었다. 나는 초원에 풀어놓은

---

* 많은 국가의 비보이들이 화려한 테크닉에 매료되어 비보잉을 시작했고 한참 시간이 흐르고 나서야 기본기를 배우기 시작했다. 즉 종주국인 미국과는 반대 방향으로 발전했다는 말이다. 문화의 도입이 늦을수록 테크닉 위주의 춤을 선호하는 경향이 있다. 하지만 춤을 잘 추려면 결국 기본기로 돌아갈 수밖에 없고 그걸 보여준 대표적인 국가가 대한민국이다.

배고픈 치타의 달리기 같은 그의 춤을 보며 생각했다.

'이 세상에 치타 같은 비보이들이 얼마나 많을까? 지금 당장 세계 대회에 내놓아도 손색이 없지만 외부 환경 때문에 세상 밖으로 나가 제 꿈을 마음껏 펼치지 못하는 비운의 비보이들…. 어쩌면 내가 세계 일주를 다니면서 이런 비보이들을 만난다는 건 그야말로 행운이 아닐까?'

나는 그의 움직임을 보며 굉장히 신선한 영감을 받았고, 고개를 끄덕이며 계속 그의 춤을 보고 있을 수밖에 없었다. 사이퍼를 중단하고 쉴 때조차 그의 움직임이 머릿속에서 떠나질 않았다. 인터넷도 마음껏 쓸 수 없고 해외 비보이들을 초청하거나 교류할 수 없는 상황이었지만, 어떻게 보면 그랬기 때문에 우간다만의 비보이 문화가 발전할 수 있었던 게 아닐까. 정형화된 춤을 추지 않는 것, 사람들의 입맛에 맞춰 춤을 추지 않는 것, 배운 대로 하지 않는 것, 날것의 그 자유로운 움직임들 덕에 말이다.

몇 시간 동안 이어진 사이퍼를 마치고 난간에 걸터앉아 숨을 돌리고 있는데 팀의 리더로 보이는 한 남자가 음악을 끄고 마이크를 잡았다. 알아들을 수 없는 언어로 몇 마디를 하자 사이퍼를 하고 있던 댄서들, 관람하고 있던 사람들을 포함해 약 50명쯤 되는 사람들이 우르르 모여 자리에 앉았다. 내가 어리둥절해 하며 가장 구석 자리에 슬며시 앉자 곧이어 리더가 입을 열었고, 옆에 앉은 현지 여성분이 통역을 자처했다.

우간다 비보이들과 함께했던 사이퍼 현장.
치열하게, 즐겁게 춤추는 이들 덕분에 나도 너무 행복했던 순간.

리더는 손가락을 가리키며 한 남성을 일으켜 세웠고 모든 사람이 박수를 쳤다. 그렇게 또 다른 사람이 일어나고 나머지 사람들이 박수를 치는 상황이 반복됐다. 통역사는 박수를 받은 사람들이 일주일간 무료로 힙합 수업을 진행해준 선생님들이라고 소개했다. 또한 힙합 문화를 좋아하는 사람이라면 누구나 무료로 수업을 들을 수 있으며, 비보이뿐만 아니라 비트박스, 디제잉, 그라피티, 여러 장르의 춤과 힙합을 가르치고 배울 수 있다고 덧붙였다. 이렇게 한 주 동안 무료로 수업한 선생님들은 그다음 주가되면 학생으로 돌아간다는 말도 했다.

"우리는 예산이 없어서 선생님을 부를 수 없어요. 그래서 각자 배우고 싶은 힙합의 종류를 선택해 사람들이 모여서 서로 알려주고 연습해요. 그러다가 그중 빨리 성장한 사람이 선생님으로 신청해서 본인이 연구했던 것을 다른 동료들에게 나눠주는 것이죠. 일주일에 2번 수업을 하고 나면 선생님은 자연스럽게 다시 학생이 되고, 그다음 수업을 진행해보고 싶은 다른 학생이 그다음 주에 선생님으로 신청을 합니다. 여기에서는 그 누구도 돈을 내거나 받지 않아요. 그저 우리끼리 만들어가는 거죠."

너무나도 멋지지 않나. 나는 절로 나오는 물개 박수를 치며 깊이 감명했다.

모든 팀의 토론과 발표회가 마무리됐을 때 리더는 나를 지목했고 마이크를 받은 나는 자리에서 일어나 서툰 영어 실력이지만 이곳 사람들에게 엄청난 감동과 영감을 받았으며 진정한 힙합을 본 것 같다고 솔직하게 털어놓았다. 스폰서도, 지원 단체도 없이 누군가의 주머니에 동전 하나 들어가지 않는데 이렇게 멋진 시스템을 만들어냈다는 게 너무나도 멋졌기 때문이다.

 지금껏 수많은 해외를 돌아다니며 세계 최정상급 비보이들과 단체들을 만나봤지만 이런 모임은 난생처음 봤다. 힙합 종주국인 미국에서도, 세계 최고의 비보이들을 낳은 한국에서도, 문화 선진국인 유럽에서도 한 번도 보지 못했다. 조금 전 사이퍼에서 본 비보이들의 수준이 왜 이렇게 높은지 단번에 이해가 됐다. 이렇게 건강하고 멋있는 힙합 문화가 아프리카 '우간다'에 있을 것이라고 누가 상상이나 했을까.

열악한 상황에 타협하지 않고, 계속 즐거움을 찾고
나누는 모습이야말로 찐 힙합 문화지, 마!

유튜브 채널 '비보이의 세계일주 [브루스리 TV]'
우간다에서 비보이를 보고 충격받은 22년차 한국 비보이.
상상도 못했다 정말… 아프리카 우간다 여행. (세계 일주 +154)

수백 마리 동물을 배경 삼은
에어트랙 컬렉션

케냐

내가 아프리카 대륙을 밟기로 결심한 이유 중 가장 크게 영향을 주었던 것은 단연 케냐의 국립공원 투어다. 동물원에 갇힌 가여운 맹수들이 아닌 덜컹거리는 지프를 타고 망원경으로 자연 그대로의 야생동물들을 조용히 관찰해보고 싶었다.

"동틀 무렵에 모든 초식동물이 오아시스에 모여 물을 마시거든? 그 모습이 참 예쁘더라고. 구석에 숨어서 사진을 찍고 있는데 갑자기 동물 몇 마리가 화들짝 놀라 도망가고 그곳에 있던 다른 동물들이 단체로 굳어버리더라? 그렇게 한 몇 초 동안 정적이 흘렀을까. 갑자기 멈춰 있던 동물들이 양쪽으로 흩어지는 게 아니겠어? 모세가 가른 홍해처럼 말이야. 그리고 저 멀리서 희미하지만 어떤 물체가 저벅저벅 걸어오는데 말로 표현 못 할 강한 기운이 느껴졌어. 그래, 사자였어. 그 어떤 동물들에게도 관심을 주지 않고 어슬렁어슬렁 걸어와 아주 천천히 물을 마시는데 다른 동물들은 숨도 안 쉬는 것 같더라고. 눈도 깜빡이지 않았다고 할까. 그 순간만큼은 아프리카 초원의 시간이 멈춘 것 같았어."

동물의 왕 사자에 질려 숨도 못 쉬는 초식동물이라니… 그것도 말로만 듣던 사막 속 오아시스가 배경이라니! 텔레비전에 나왔던 아프리카 초원 경험담을 듣고 나서부터 나는 줄곧 이곳에 오길 오매불망 기다렸고, 드디어 아프리카 케냐에 발을 들였다.

첫날에는 이동하는 데 많은 시간이 걸려 초원에 지어진 호텔급 텐트에서 잠을 청하고 다음 날 이른 오전에 본격적으로 게임 드라이브(사파리)에 나섰다. 마사이 마라 국립공원을 재미있게 즐길 수 있는 방법은 빅5를 찾아다니는 것인데, 빅5란 사냥꾼들이 가장 사냥하기 어렵다는 5종류의 동물인 사자, 치타(표범), 코끼리, 버팔로, 코뿔소를 말한다. 운이 좋으면 빅5를 다 볼 수 있고, 운이 나쁘다면 그중 3~4종류만 만날 수 있다고 하니 요즘 유행하는 스탬프 여행을 하는 것처럼 이 동물들을 발견하는 것이 이 게임 드라이브의 묘미라고 할 수 있다.

끝없이 이어진 푸른 하늘과 듬성듬성 나 있는 뭉게구름을 따라 힘차게 액셀을 밟았다. 망원경을 꼭 붙들고 초원을 달리는데 불과 3분도 채 지나지 않아 고개를 왼쪽으로 돌리자 수십 마리의 얼룩말이 제일 먼저 눈에 들어왔다. 맑은 날씨 탓인지 아프리카 초원을 달리는 얼룩말이라 그런 것인지는 모르겠지만 생각보다 훨씬 더 몸에 난 줄무늬가 선명했고, 야생동물만이 가지고 있는 위풍당당함이 느껴졌다. 조금 더 가까이 다가가자 풀을 뜯던 얼룩말들의 시선이 우리에게 꽂혔는데 함께 투어를 나온 일행들, 누가 먼저랄 것 없이 "헬로우."라고 소리쳤다. 그 모습이 순수한 어린아이들 같았다.

그렇게 얼룩말을 지나쳐 5분가량 공원 안으로 더 깊이 들어가자 운전사가 갑자기 브레이크를 밟으며 "오! 기린 떼다Oh! So many giraffes!!!"라고 소리쳤다. 가이드 말에 놀란 나는 엉덩이를 떼고 기린처럼 목을 쭉 뽑아 창문 밖 초원으로 시선을 옮겼다.

그때, 저 멀리서 10마리 남짓한 거대한 기린들이 우리를 향해 무리를 지어 걸어오고 있었다. 자동차를 멈추고 숨을 죽인 상태에서 그 모습을 지켜보고 있는데 그걸 아는지 모르는지 기린들은 우리를 신경도 쓰지 않고 성큼성큼 걸어와 우리가 탄 차 바로 앞을 지나쳐갔다. 동물원에서 몇 번 본 적은 있지만 지금 내 앞을 지나가고 있는 야생 기린들은 동물원에서 본 것과는 차원이 달랐다. 어림잡아도 2~3배 더 컸고 만약 우리가 못마땅해 자동차를 발로 차기라도 한다면 그대로 종잇조각처럼 구겨질 것 같이 강인해 보였다.

기린들이 한 발 한 발 나아갈 때, 멈추어 우리에게 잠시 시선을 둘 때, 어린 기린을 기다려주는 어미 기린을 볼 때, 그 모든 순간이 내게 큰 감동으로 다가왔다. 그들의 몸짓 하나하나가 예술이었다. 지금껏 내가 본 움직임 중에 가장 아름다웠다. 기린들은 이곳의 주인이었고 우리는 그들의 손님이었다.

얼룩말을 시작으로 기린까지… 시작부터 빅5를 다 볼 것 같은 기분 좋은 예감에 휩싸였다. 그리고 5분 후 가이드가 오른쪽에 버팔로가 있다고 알려줬다. 버팔로라면 게임 드라이브에서 꼭 봐야 한다는 빅5 안에 드는 동물 아닌가. 얼른 고개를 오른쪽으로 돌리니 마치 365일 헬스장에 출퇴근한 것 같은 근육질의 검은 소가 풀을 뜯고 있었다. 이렇게 쉽게 빅5를 만나도 되나 의아해하고 있는데 내 생각을 읽기라도 한 듯 가이드가 빅5는 보기 어려운 동물이 아니라 사냥하기 어려운 5종류의 동물이라고 강조하듯 말했다.

20분쯤 이동하자, 저 멀리 4~5대의 지프가 동그랗게 모여 한 방향을 향한 채 멈추어 서 있었다. 이것은 분명 동물을 관찰하는 것이다. 노련한 우리의 가이드는 힘을 주어 액셀을 밟았고, 차들이 모여 있는 곳에 도착하자 시동을 끄고는 웃으며 말했다.

"사자야!"

가이드의 말을 따라 창밖을 바라보니, 바람에 흔들리는 수풀 사이에 그토록 보고 싶었던 거대한 수사자 한 마리가 우두커니 앉아 있었다. 사자는 마치 먼 산을 바라보듯 어느 지점을 하염없이 바라보고 있었는데, 바람에 흔들리는 황갈색 갈기가 동물의 왕이란 이런 것이라고 그 자태를 보여주는 듯했다. 그러나 어쩐지 그의 눈빛에서는 왠지 모를 외로움이 느껴졌다.

그리고 사자를 살펴보다 저 멀리 평야의 중간쯤에서 파악할 수 없는 거대한 물체가 서서히 이동하는 것을 발견했다. 서둘러 망원경을 쥔 양손 끝에 힘을 주어 앵글을 고정시키니 그곳에는 거대한 코끼리 한 마리가 귀를 나풀거리며 우리 쪽으로 걸어오고 있었다. 꽤 먼 거리인지라 정확한 크기는 가늠이 되지 않지만 코끼리 옆으로 슬쩍슬쩍 보이는 나무들과 초식동물의 크기를 비교해보니 어마어마하게 큰 녀석이라는 것은 분명했다. 5미터 앞에는 먼 산을 바라보는 수사자가 있고, 망원경 렌즈를 눈에 가져다 대면 거대한 야생 코끼리가 우리를 향해 걸어오고 있으니 도무지 흥분을 가라앉힐 수가 없었다.

"아, 정말 신비롭다… 이것이 진짜 자연이구나….”

그렇게 얼마나 감상하고 있었을까. 운전사와 가이드가 몇 번의 무전을 주고받더니 운전사가 자동차 시동을 걸었고, 거센 모래바람을 일으키며 속력을 높였다. 한참을 달리다 보니 멀리 보이는 드넓은 초원 위에 어림잡아보아도 10대가 넘는 투어 차량이 무언가를 둘러싸고 있었다. 차를 멈추고 시동을 끄는 것이 지금부터 동물을 관찰할 수 있다는 사인이기에 나는 재빨리 의자 위로 올라가 고개를 내밀었다.

'세상에, 이게 말이 되는 장면이야!?'

나는 양손으로 머리를 움켜잡을 수밖에 없었다. 수많은 차량이 둘러싼 초원 한가운데에는 조금 전만 해도 신나게 뛰어다녔을 것 같은 얼룩말이 상처투성이로 누워 있었고, 무려 5마리의 치타가 날카로운 이빨로 얼룩말의 가죽을 벗기고 있었다. 나와 먹잇감을 해치우고 있는 치타와의 거리는 불과 10미터.

"이제 곧 하이에나와 독수리 떼가 몰려올 거야. 멀리서 보는 게 좋아!"

한 20분 정도 숨죽이고 지켜보다가 좀 더 가까이에서 관찰하고 싶어 망원경의 초점 조절링을 서서히 돌리니 희미했던 치타 얼굴이 선명하게 보였다. 얼룩말의 가죽을 벗기고 살갗을 찢어낸 자리에 핏물이 고여 있는데 개의치 않고 코를 박은 채 정신없이 먹고 있었다. 황갈색이었던 치타 얼굴은 새빨개져 있었고 뭉친 털에서는 얼룩말의 피가 뚝뚝 떨어졌다. 굉장히 공포스러운 장면인 동시에 그야말로 생과 사가 갈리는 장면이었다.

그리고 다시 고개를 돌리니 5킬로미터 밖에서도 피 냄새를 맡고 달려온다는 하이에나가 은밀하고도 조심스럽게 접근하고 있었고, 하늘에는 수십 마리의 독수리 떼가 소리 내어 빙글빙글 돌고 있었다. 숨을 죽이고 망원경으로 지켜보기를 40분 째, 우리가 알던 얼룩말의 형체는 완전히 사라졌다. 5마리 치타의 배는 아주 크게 부풀어 있었고 그들은 얼룩말의 거대한 갈비뼈와 내장만을 남겨놓은 채 순식간에 그곳에서 사라졌다.

치타가 자리를 비우자 저 멀리서 눈치만 보고 있던 하이에나들이 서서히 몰려들었고 하늘에서 계속 뱅뱅 돌기만 했던 독수리들도 나머지 식사에 가담하려 달려들었다. 방금 전만 해도 튼실한 허벅지로 초원을 힘차게 달리던 얼룩말은 그렇게 여러 동물들의 배 속으로 나뉘어 사라지고 있었다. 아프리카의 약육강식은 놀랍도록 냉정했다. 그렇게 얼마의 시간이 더 흐르자 넓은 초원 한가운데에는 얼룩말의 앙상한 갈비뼈만 덩그러니 남았고, 동물들은 뒤도 돌아보지 않고 사라졌다.

얼룩말의 외롭고 처절한 마지막 모습을 뒤로한 채 자리를 옮긴 우리는 빅5 중 오랜 시간동안 얼굴을 보여주지 않은 코뿔소를 찾아 헤맸지만 서서히 해가 저물고 있었다. 숙소로 돌아갈 시간이 임박해지자, 놀이동산 폐장 시간을 맞닥뜨린 어린아이처럼 모두가 아쉬워했다. 그때 나는 빅5를 보지 못했다는 아쉬움을 다른 것으로라도 달래고 싶었고, 가이드에게 바보 같은 질문을 던졌다.

"헤이! 브라더! 이거 좀 바보 같은 질문인데 말이야, 내가 사실 세계 일주를 하고 있는 댄서거든. 각 나라의 랜드마크마다 똑같은 동작으로 춤을 춰서 영상으로 찍고 있는데, 혹시 여기서도 가능할까? 저 수많은 동물 떼 앞에서 춤을 추는 영상을 찍는 건 아무래도 불가능하겠지?"

그건 정말 바보 같고 무모한 질문이었다.

"하하하, 차에서 내린다고? 네가 춤을 추기 시작하면 맹수가 쏜살같이 뛰어와 널 물어 가면 어쩌려고?"

그는 가이드 인생 중 가장 황당한 질문을 들었다는 표정으로 대답하며 다시 한참을 코뿔소를 찾아 헤맸다. 그런데 가이드가 대뜸 차를 멈추더니 날 보며 이렇게 말하는 게 아닌가.

"1분이면 되겠어?"

나는 1분이면 충분하다고 대답했고, 가이드는 자신이 안전한 장소를 알고 있다며, 적당한 곳에 차를 세웠다. 나는 서둘러 가방에서 셀카봉을 꺼낸 다음 자동차 밖으로 나갔다. 내 등 뒤로 30미터쯤 떨어진 곳에서 수백 마리가 넘는 얼룩말과 영양, 누 같은 초식동물이 대이동을 하고 있었다. 저들을 배경 삼아 영상을 찍기에는 더할 나위 없이 좋은 장소였다.

나는 내가 간 국가마다 했던, 나의 비보잉 시그니처 동작인 에어트랙을 하기 위해 자세를 잡았다. 하나, 둘, 셋! 머리를 바닥으로 향하게 둔 다음 손바닥으로 바닥을 짚고 다리를 들어 올려 연속으로 회전했다. 바닥은 울퉁불퉁하고 질척한 진흙, 듬성듬성 손에 짚이는 굵은 잔디의 촉감이 바닥을 짚은 손바닥에 그대로 전해졌다. 신고 있던 슬리퍼가 날아가지 않도록 온 신경을 발가락에 집중했지만, 에어트랙을 진행하는 동안 그만 힘이 빠져서 발바닥에 딱 붙어 있어야 할 나의 슬리퍼는 공중으로 휙! 하고 날아가 버렸다.

코뿔소를 찾다가 하게 된 에어트랙.
슬리퍼는 날아갔지만 내 생애 다시없을 에어트랙 컬렉션 하나가 생겼다.

가이드와 약속한 1분이 쏜살같이 지나갔고 나는 세상에 하나 밖에 없는 소중한 영상을 얻었다. 나의 세계 일주 에어트랙 컬렉션 영상 중 슬리퍼가 날아간 영상은 유일했으니, 아마 길이길이 기억에 남을 것이다. 그리고 빅5에 해당하는 동물을 다 보진 못했지만, 이 에어트랙 영상의 제목을 '코뿔소'라고 짓기로 했다.

진짜 코뿔소는 나중에 또 보러올게!

행복했던 게임 드라이브, 끝.

한국에는 왜
어린 비보이들이 없어?

케냐의 수도 나이로비에 들른 까닭은 세계 일주 전 미리 잡혀 있던 투어 공연에 참석하고자 일정을 잠시 중단하고 일본에 가기 위해서였다. 그런데 SNS를 통해 케이라는 케냐 비보이를 만나게 됐다. 케이는 내가 나이로비에서 며칠 쉬면서 심심하다고 느낄 때쯤 연락이 온 친구였는데, 함께 연습하자고 제안해서 내가 묵고 있던 호텔 주소를 알려주었고, 그는 나를 만나러 한걸음에 달려와 주었다.

케이는 유창한 영어로 나를 '전설'이라 추켜세웠다. 그런 환대가 좀 부담스러웠지만, 날 만났다고 발을 동동 구르며 기뻐하는 케이를 보니 그 분위기에 맞춰줘야만 할 것 같았다. 뒤이어 비보이 로니리가 합류했고 우리는 함께 연습실로 향했다. 20분쯤 걸

고 나니 연습 장소인 '테크니컬 대학' 입구에 도착했고 케이는
입구에 있던 경비원들에게 깍듯하게 대하면서 친근하게 말을 걸
었다. 그런데 케이의 표정이 점점 어두워졌다. 알아들을 수는 없
었지만 대화가 잘 풀리지 않는다는 것은 직감으로 알 수 있었다.
그리고 대화를 마친 케이가 한껏 풀이 죽은 모습으로 내게 다가
와 말했다.

"평소에 이곳에서 연습할 때마다 매번 경비원들의 허락을 받
았거든. 그런데 오늘은 어려울 것 같아. 경비원들 기분이 좋지 않
은 모양이야."

오늘은 연습실이 꽉 찼으니 돌아가라는 것도 아니고, 경비원
의 기분에 따라 연습을 할 수도, 못 할 수도 있다니…. 나는 풀이
죽은 케이를 어떻게 해서든 도와주고 싶었고 마침 좋은 아이디
어가 떠올랐다.

"케이, 나랑 경비원들에게 가서 다시 부탁해보는 건 어때? 내
가 한국에서 온 엄청 유명한 비보이라고, 여기서 같이 연습하면
케냐 비보이들에게 큰 도움이 될 것 같다고 부탁해보자."

한국에서도 같은 한국인이 부탁하는 것보다 한국말이 서툰 외
국인들이 부탁하면 더 들어주고 싶은 심리를 이용하자는 것이었
다. 게다가 경비원들은 연세가 좀 있어 보이는 어르신 2명이었
으니 젊은이의 불타는 열정을 보여주면 먹힐지도 몰랐다. 우리
는 두 손을 모으고 최대한 공손하게 다시 경비원을 찾아갔다.

일단 내가 먼저 방긋 웃으며 "헬로우!! 마이 네임 이즈 브루스리. 아임 프롬 코리아."라고 인사했고 케이가 기다렸다는 듯이 나를 소개하며 말을 이어갔다. 그리고 다시 한참 대화가 이어졌고, 케이의 손가락이나 행동을 봤을 땐 내가 세계 대회에 나가 몇 번이나 우승한 경력이 있는 사람이라고 설명하는 것 같았다.

다행히도 처음 대화할 때와 다르게 케이의 얼굴에는 점점 웃음꽃이 피었고 나와 경비원들을 번갈아 보고 손짓까지 하며 최선을 다해 그들을 설득하는 것 같았다. 그렇게 몇 분이 흘렀을까. 케이가 주먹을 들어 나의 주먹에 부딪히며 말했다.

"브루스리 성공이야. 들어가자."

역시 한국도, 케냐도 외국인들에게 잘해주고 싶은 마음은 같은 모양이다. 빈 교실을 찾아 들어간 우리는 본격적으로 연습하기 전에 서로를 바라보며 다리를 크게 벌린 다음 스트레칭을 했다. 그때 나와 눈이 마주친 비보이 로니리가 대뜸 질문을 던졌다.

"브루스리, 궁금한 게 있는데 한국에는 왜 어린 비보이들이 없어? 최근에는 정말 못 본 것 같아."

"글쎄, 나도 그게 걱정이야. 한국 비보이 문화의 가장 큰 문제점이라고 생각하고."

나는 현실적이면서 간단한 대답을 툭 던지고는 화제를 옮겼다. 괜히 뾰족한 수가 없는 주제를 가지고 오랫동안 이야기하고 싶지 않았기 때문이다.

맞다. 로니리가 한 질문 자체가 대한민국 비보이 문화의 현실이다. 2003년을 시작으로 대한민국 비보이들은 전 세계의 이름 있는 대회를 모조리 휩쓸었다고 해도 과언이 아닐 정도로 세계 대회에서 우승을 많이 했다. 대한민국이라는 네 글자는 곧 비보이 배틀 대회에서 가장 만나기 싫은, 가장 이기기 어려운 국가라는 의미였다. 듣도 보도 못한 작은 국가의 비보이들이 혜성처럼 나타나 괴물 같은 실력으로 상대를 압도해버리니 전 세계 모든 비보이들이 큰 충격을 받았다. 그 후 한국 비보이들은 약 15년간 세계 최정상 자리를 유지하고 지켜냈다. 그래서 한국의 어린 친구들이 성인 비보이들을 롤 모델로 삼아 대를 이어갈 것이라고, 그러다 보면 사람들의 관심도 점점 높아져 비보이는 더 이상 언더그라운드 문화로 유지되지 못할 거라는 이야기도 나왔었다. 하지만 현실은 정반대로 흘러가고 있다.

일단 가장 큰 문제는 '어린 비보이'들이 없다는 것이다. 우리 팀을 포함해 대한민국 대표 비보이 팀의 실력이 건재하다고 해도 과연 10년 뒤에도 그럴 수 있을까라고 묻는다면 글쎄다. 현재 활발히 활동하는 비보이들의 나이가 10년 뒤면 마흔이 넘을 텐데, 체력적으로 봤을 때 세계 최정상 실력을 유지할 수 있을지 장담할 수가 없다.

반면 다른 국가에는 어린 비보이 친구들이 있는 것뿐만 아니라 그들의 역량 또한 대단하다. 최근 SNS에 올라오는 해외의 어린 비보이들이 춤을 춘 영상을 보면 정말이지 믿기지가 않을 정도다. 내가 수많은 연습과 온갖 이론을 분석한 끝에, 20대가 되고서야 성공한 기술들을 이제 막 5~6살이 된 어린 비보이들이 쉽게 성공하고 더 나아가 고급 응용 기술로 발전시키는 걸 보면 정말 혀를 내두를 정도다. 내 상식으로 이해가 안 되는 수준의 실력이랄까.

한 가지의 기술을 예로 들자면 나인틴 나인티*의 경우, 연습을 아주 많이 하더라도 회전할 때마다 느낌이 다르고 조금만 쉬어도 쉽게 감을 잊어버려 평균 2~3바퀴를 넘기기가 굉장히 어렵다. 그렇기에 배틀 하는 도중 누군가 평소보다 더 많이, 그러니까 한 6~7바퀴를 회전해버리면 모든 관객과 심사 위원이 방방 뛰는 것이다.

그래서 전 세계 비보이들은 이 기술을 연마할 때 더 많이 회전하는 것에 열중했고 기술이 탄생한 지 18년 만에 이탈리아 비보이 치코가 27바퀴를 돌면서 공식적으로 세계기록을 세웠다. 그 후 2019년까지 마의 30바퀴의 벽을 아무도 넘지 못했다.

그런데 최근 웹 서핑을 하다 내 눈을 의심케 하는 제목의 영상을 발견했다.

'나인틴 나인티 세계기록(10살)'

---

* 물구나무를 선 상태에서 한 손으로 회전하는 기술.

새하얀 피부에 젖살도 채 빠지지 않아 양 볼을 꼬집어주고 싶은 어린 비보이 한 명이 반바지 차림으로 나인틴을 시작했고, 나인틴은 30바퀴, 더블틴*은 무려 50바퀴를 회전하는 게 아닌가. 성인 비보이들이 피땀 흘려 만들어낸 27바퀴라는 세계기록을 불과 10살짜리 러시아 비보이가 단숨에 갈아 치워버린 것이다. 그것도 50바퀴로 가볍게 말이다. 이 친구뿐만 아니라 정말 믿기지 않을 정도의 실력을 가진 어린 비보이들이 하루가 멀다 하고 지속적으로 등장하고 있다는 점도 눈여겨볼 만하다.

그에 비해 한국의 현실은 비보이 '포켓' 이후로 영재라고 불릴 만한 어린 비보이들이 전혀 나오지 않고 있다. 비보잉을 먼저 시작한 선배이자, 힙합 문화를 사랑하는 한 사람으로서 이런 현실이 문제라고는 느끼고 있었지만, 나부터가 해결 방안을 찾기 위해 깊이 고민하지 않았던 게 사실이다. 나는 그동안 많은 대회에서 내가 오랫동안 춤출 수 있다는 것을 보여주기에만 급급했고, 단발적으로 나에게 춤을 배우고 싶어 다가온 친구들에게는 최선을 다했지만, 어린 비보이나 비걸들이 나와지 않아도 '뭐, 하는 수 없지. 우리가 더 열심히 해야겠네.' 정도만 생각했지, 그 이상은 고민하지 않았다. 하지만 케냐라는 낯선 이 공간에서 오늘 처음 만난 로니리에게 뼈 때리는 질문을 들으니 진지하게 이 문제

---

* 나인틴과 같은 방식이지만 한 손이 아니라, 두 손을 모아서 회전하는 기술. 나인틴과 비슷한 난도며, 비보이들이 평균 3~5바퀴 회전한다.

에 대해 고민해봐야겠다는 생각이 들었다.

하지만 그러기를 잠시, 나는 일단 지금은 이 친구들과 함께 연습하는 게 우선이라는 생각에 스트레칭에 집중했고, 한 명씩 번갈아 가면서 춤을 췄다. 나는 그들이 배우고 싶었던 '나인틴 나인티'를 알려주고 서로 괜찮은 동작을 발견하면 그것에 대해 공유하며 연습을 이어갔다. 그리고 연습이 어느 정도 끝나자 케냐의 비보이들과 아프리카 비보이 환경에 대해 허심탄회한 이야기를 나눴다.

연습을 마치고 숙소로 돌아오는데, 로니리의 질문이 떠올랐고, 그 질문을 시작으로 한국 비보이에 대한 많은 생각이 떠올랐다. 이렇게 세계 각국의 이름 모를 비보이들을 만나 함께 땀을 흘리고 각자의 춤을 공유하고 이런저런 대화를 하다 보면 더 생각이 많아지는 것 같다. 나는 로니리의 질문을 곱씹으며, 아까 내가 했던 고민을 다시금 끄집어내어 내가 할 수 있는 일이 무엇일지 곰곰이 생각해보기로 했다.

유튜브 채널 '비보이의 세계일주 [브루스리 TV]'
케냐 비보이들이 날 레전드라 불렀다.
한국비보이vs케냐비보이 함께 연습을 하다가… (세계 일주 +162)

거꾸로 보는 세상에 내가 있었다

여행의 전환점이 된
'일본 투어 공연'

일본

약 한 달간의 '일본 투어'를 위해 케냐에서 세계 일주 일정을 잠시 멈추고 일본으로 날아왔다. 나는 25일간 일본의 댄서, 비트박서*, MC, 스태프들과 함께 대형 버스를 타고 소도시의 문화 소외 지역에 위치한 초등학교, 중학교를 순회하며 공연과 수업을 하기로 했다. 하루 2시간, 주말을 제외한 평일 내내 공연과 수업을 해야 해서 꽤 힘든 스케줄이었지만 줄어드는 통장 잔고를 생각하면 감사한 일이었다. 게다가 정말 오랜만에 갬블러 크루 멤버인 타조와 디엔드를 볼 수 있다는 것도 내게는 기쁜 일이었다. 그들과 함께 춤을 추고 나마비루(생맥주)를 마실 생각에 벌써

* 입으로 소리를 내어 음악을 만들어내는 사람.

부터 기분이 좋아졌다.

하지만 이번 공연을 승낙하게 된 가장 큰 이유는 어린아이들에게 힙합을 보여주고 설명할 수 있는 값진 기회가 주어졌기 때문이다. 생전 처음 힙합 문화를 마주한 아이들이 똘망똘망한 눈을 하고서 나를 바라볼 생각을 하니, 벌써부터 신선한 자극을 받는 것 같았다. 한국의 아이들이 아니라서 좀 아쉽기는 했지만 아이들과 함께하는 시간은 내게도 큰 영향을 줄 것이다. 20시간이 넘는 비행시간과 말도 안 되는 편도 비행기 값을 내면서도 일본으로 가겠다고 마음먹은 것이 전혀 아깝지 않았던 것은 바로 이런 이유들 때문이었다. 그곳에서 기다리고 있을 '행복'을 생각하면 발걸음마저 가벼워졌다.

대한민국에서 여행을 시작해 비행기, 버스, 기차 등을 이용하여 아주 천천히 계속해서 서쪽으로 이동했는데 여행 170일 만에 처음으로 동쪽으로 이동하는 비행기를 탔다. 남은 비행 잔여 시간, 기체 밖 온도, 비행기 속도, 그리고 월드 맵에 그려진 녹색선을 따라가는 비행기… 순간 내가 지금 어디쯤 날고 있는지 궁금해져 월드 맵 옆에 있는 + 버튼을 눌렀다.

'나, 지금 대한민국 상공을 날고 있구나.'

그걸 알고 나자 비행기 문을 열고 낙하산을 펼쳐 구름을 뚫고 착륙한다면 우리 집 앞에 떨어질 수도 있지 않을까 싶었다. 대한민국과 가까이 있다고 생각하니 그리웠던 모든 것이 머릿속에서 서로 먼저 떠오르겠다며 멱살을 잡고 싸우고 있었다.

혼자서 밥을 먹을 때, 박장대소를 하며 식사를 하고 있는 사랑스러운 외국 가족들을 볼 때나, 아름다운 관광 명소에서 친구들, 연인들과 함께 뛰어 노는 사람들을 보며 가끔은 외롭다고 느꼈다. 하지만 내가 버틸 수 있었던 건, 이 외로움 역시 세계 일주의 일부분이라고 생각해서다. 1년을 계획한 나의 세계 일주는 훗날 뒤돌아보면 정말 쏜살같이 지나가버릴 짧은 시간이라고 생각했다. 그렇기 때문에 1년쯤은 '극한의 외로움'을 느껴봐도 좋겠다는 마음이 있었다. 그것은 다른 사람들이 쉽게 경험할 수 없는 아주 소중한 경험이 될 테니까.

나는 그리운 것들, 외로움을 뒤로한 채 다시금 이 세계 일주에 집중하기 위해 마음을 다잡았고, 어느새 비행기는 일본에 도착했다. 그리웠던 친구들과 상봉했고, 우리는 매일 일본의 이름 모를 시골 마을을 돌았으며, 미리 편의점에서 사놓은 도시락을 들고 학교 정문을 나와 논밭이나 나무 그늘 밑에 앉아 계곡물 소리를 듣거나 강을 바라보며, 꿀맛 같은 점심 식사를 했다.

시골 마을을 찾아다니며 공연을 하게 되면 단체 오프닝을 시작으로 여러 힙합 문화들을 소개해주고 다 함께 간단한 춤을 춰보는 수업을 진행했다. 수업을 마치고는 학생들의 질문에 대답하는 시간을 20분쯤 가졌고, 그 시간마저 끝나면 우리는 무대 앞에 나와 일렬로 나란히 섰다. 그러면 학생 대표로 보이는 어린아이가 미리 작성해놓은 감사 인사를 적은 종이를 들고 나와 마이크에 입을 대고 우렁찬 목소리로 읽어나갔다. 마지막으로 학생 대표가 좋은 공연을 보여주셔서 진심으로 감사하다고 크게 외치면, 모든 학생이 모자를 벗고 90도로 인사하며 "정말로 감사합니다."라고 체육관이 떠나갈 듯이 외쳤고 우리 역시 90도 인사로 답을 했다. 고개를 떨구고 마음속으로 "감사합니다."라고 읊조리는 순간에는 늘 벅찬 감동이 밀려왔다. 이렇게 5일을 보내면, 주말에는 자전거를 빌려 팀 멤버들과 근교로 여행을 떠났다.

그렇게 일본에서의 일정이 끝나갈 무렵 나는 다시 중단했던 내 여행의 새로운 출발을 계획했다.

중단한 여행을 다시 시작하기에 앞서 이런 생각이 들었다.
어떻게 하면 대한민국의 어린 친구들도
일본의 아이들마냥 비보잉을 좋아할 수 있을까?
여행하면서 유튜버에 영상을 올리는 걸 활용해볼 수는 없을까?
그렇게 한참을 고민한 끝에 좋은 생각이 떠올랐다.
"아, 이렇게 하면 되겠어!"

전 세계 댄서들에게 한
특별한 프러포즈

일본의 어느 작은 마을 호텔 방에 있던 나는, 케냐 나이로비에서 한참을 고민한 끝에 적었던 노트를 꺼내 만지작거렸다. 일단 나는 많은 사람이 비보잉을 보고 재미있다고 느꼈으면 좋겠고, 그게 우선이라고 생각했다. 보는 것이 즐거워야 관심을 갖게 될 테고 그래야 한 번쯤은 흉내도 내보고 싶을 테니까. 그러다 보면 누군가는 그 재미를 계기로, 비보잉을 제대로 배우고 싶다는 마음을 갖게 되지 않을까. 그것이야말로 지금 후배를 양성할 수 있는 가장 좋은 기회이자 적합한 방법이라는 생각이 들었다.

'그럼 어떻게 재미를 느끼게 하지? 일단 찾아가서 비보잉이라도 보여줘야 하나? 하지만 여의치 않다면? 찾아갈 수 없다면 찾아오게 만들자.'

이렇게 꼬리에 꼬리를 무는 나의 생각이 정말 한국의 어린 비보이를 키우는 데 도움이 될지 의심스러운 부분도 있었지만, 그렇다고 이것을 업으로 삼고 수십 년을 해온 선배로서 아무것도 하지 않는 것은 더 무책임하다고 생각했다. 아니 어떻게 보면 내가 걸어온 길을 부정하는 것이라는 생각까지 들었다.

여기까지 생각이 미친 나는 세계 일주를 하며 유튜브를 하고 있는 나의 상황에서 비보잉의 재미를 많은 사람에게 알리는 방법으로 비보잉 영상 콘텐츠를 제작하는 일만큼 적합한 방법은 없다고 생각했다. 그리고 이 일은 결국에 내가 인도에서 뼈저리게 느꼈던 내 삶의 의미와 한 발짝 가까워지는 일이기도 했다.

"좋아, SNS를 활용해 세계에 있는 예술가들에게 프러포즈를 해보는 거야."

그리고 나는 장문의 글을 써서 내 SNS에 올렸다.

"안녕하세요. 저는 대한민국 갬블러 크루를 대표하는 브루스리입니다. 저는 22년 동안 비보이를 해왔고 최근에는 190일 이상 전 세계를 여행하고 있습니다.

세계를 돌아다니는 동안 가능하다면 여러분과 만나 연습도 하고 원한다면 수업도 해드리며 교류하고 싶습니다. 심사, 거리 공연, 사이퍼 그 무엇이 되었든 말이죠.

6월 25일부터 9월 20일까지 유럽 전역을 여행합니다. 저와 함께 문화 교류를 할 마음이 있는 모든 비보이 및 예술가 분들께서는 언제든지 연락주시기 바랍니다. 일정을 조율해 함께하고 싶습니다.

저는 힙합이나 댄스에 관한 것이라면 무엇이든 창의적인 아이디어를 기다리고, 그 모든 것을 받아들일 준비가 되어 있습니다. 세계를 여행하며 춤을 추고 싶고 제 도움이 필요한 댄서들을 힘껏 돕고 싶습니다. 또한 여러분들의 지원도 필요합니다. 저에게 연락주시기 바랍니다!

아, 이 메시지를 유럽 전역에 있는 비보이들에게 퍼뜨려주신다면 더욱 도움이 될 것입니다."

끝으로 내 이메일 주소를 넣고 글을 마무리했다. 내가 작성한 이 장문의 프러포즈는 나의 여행을 응원하는 한국 비보이들과 나를 지켜보던 많은 외국 댄서들이 리 포스트를 해준 덕에 순식간에 유럽에 있는 댄서들 귀에도 들어가기 시작했다. 그리고 나의 세계 일주는 이 프러포즈 날을 기점으로 달라졌다.

    고등학교가 누군가에게는 또 다른 경쟁의 판이었겠지만, 내가 하고 싶은 춤의 영역에서는 의미 있는 판이 아니었다. 내게 아무 도움이 안 된다고 생각하자, 1학년 여름방학이 끝날 무렵 부모님께 자퇴를 하겠다고 말했고 대답 대신 부모님의 깊은 한숨만 돌아왔다.

    학생 신분으로는 연습실을 빌릴 여유가 없었고, 중학생 때와 달리 고등학생이 되자 무용실로 등교를 허락해주는 선생님도 없었다. 그래서 생각한 곳이 지하철역이었다. 막차가 끊기면 사람이 없었고, 바닥이 매끈해 회전하는 기술을 연습하기에는 최적의 장소였다. 몇 개월 간 매일 밤 12시부터 다음 날 새벽 5시까지 아무도 없는 지하철역에서 연습하고 등교를 했다.

    그러던 어느 날 새벽 3시쯤 됐나, 아무도 없는 지하철역 계단을 걸어 내려오는 발걸음 소리에 고개를 돌려보니 양손 가득 음료수와 빵을 들고 있는 아버지가 보였다. 아버지가 지하철역까지 찾아오리라고는 전혀 생각하지 못해 나는 놀란 얼굴로 한참이나 바라보았다. 그런 아버지가 나에게 다가오며 하시는 말씀이, "네가 눈이 오나 비가 오나 매일 밤 나가는 게 수상해서 아빠가 3개월이나 널 미행했다.

그래, 학교 그만두고 춤 열심히 한 번 춰봐라. 아빠는 이제 아들을 믿기로 했다."

그리고 19살(2002년), 인생 최대의 기회가 찾아왔다. 바로 지금의 소속 팀인 갬블러 크루 입단 제의가 온 것이다. 크루의 목표는 비보이 월드컵이라 불리는 '독일 배틀 오브 더 이어'란 대회에서 우승하는 것이었는데 그때의 리더 형이 그동안 눈여겨보던 아마추어 비보이들을 모아 만든 프로젝트 팀이 갬블러 크루다. 나를 제외한 명단에 적힌 멤버들을 보니 가슴이 벅차올랐다. 아마추어 비보이 팀에서 에이스라 불리던 비보이들을 모아놓았으니 그해 여름 배틀 오브 더 이어 한국 예선전에서 우승하는 건 어렵지 않을 거라고 생각했다. 하지만 결과는 '예선 탈락'이었다.

기대했던 성적이 나오지 않은 건 아무래도 팀워크의 문제였던 것 같았다. 그리고 우리는 1년간 이를 악물었다. 그 결과 2003년에는 한국 예선전 1위를 하고, 독일 배틀 오브 더 이어 본선 무대까지 갔지만 3위의 성적에 그치고 말았다. 주변에서는 세계 대회 3위가 나쁜 성적이 아니라고 위로의 말을 건넸지만 우리에게는 만족할 만한 성적이 아니었다. 우리의 목표는 하나, 세계 대회 1위였으니까.

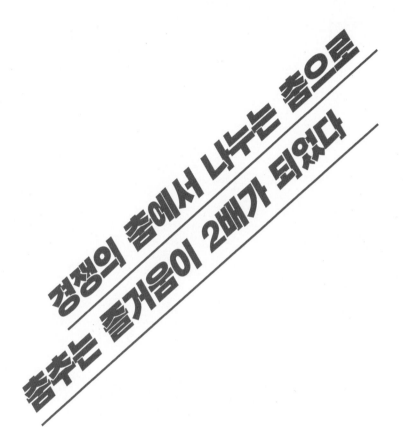

4장

경쟁의 춤에서 나누는 춤으로

춤추는 즐거움이 2배가 되었다

네덜란드

독일

체코

벨기에

우크라이나

스위스

오스트리아

이탈리아

헝가리

크로아티아

루마니아

포르투갈

스페인

모로코

터키

한국 비보이를 사랑한
루마니아 비보이

루마니아

일본에서 일정을 마치고 유럽으로 넘어가야 하는데, 어느 국가에서 시작해야 할지 정하지 못했다. 기왕이면 계획한 대로 동쪽에서 시작해 서쪽으로 여행하는 세계 일주의 동선을 지키고 싶었다. 하지만 나의 당돌한 프러포즈를 확인한 유럽 각국의 댄서들이 곧 있을 자국의 행사에 나를 초대하고 싶어 했고, 프랑스를 시작으로 독일, 스페인, 영국까지 그들의 요청에 응답하려면 서둘러 서유럽으로 직행해야만 했다. 초청해주는 것은 고마웠지만 나로서는 갈등할 수밖에 없었다. 만일 서유럽에서 일정을 다 소화하고 동유럽으로 돌아오려면 많은 비용과 시간을 감수해야 했기 때문이다. 그러면 이후에 가게 될 남미 여행 일정에도 불리하게 작용할 것이 불 보듯 뻔했다. 동유럽 여행을 포기하고 서유럽으로 갈 것인지, 조금 더 시간을 두고 지켜보다가 동유럽까지 둘러볼 것인지 선택의 기로 앞에 선 나는 어느 쪽으로든 결정을 해야만 했다.

고민을 지속하던 며칠 동안, 더 많은 서유럽권 댄서들에게 연락이 왔고 결국 난 동유럽 여행을 포기하기로 결정했다. 여행과 댄서들을 만나는 프로젝트 둘 다 소중했지만, 이들에게 먼저 프러포즈를 한 것은 나였고, 내가 쏘아 올린 작은 불꽃이 '팡' 하고 터져 세계 곳곳을 찬란하게 물들이는 것이 더 많은 여행지를 둘러보는 것보다 행복할 것이라 생각해서다.

생각이 어느 정도 정리되자, 가장 먼저 독일로 가야겠다고 마음먹었다. 바로 그때 메시지가 하나 도착했다.

"헤이, 브루스리! 네가 SNS에 올린 글 봤어. 여기는 루마니아인데 여기 와본 적 한 번도 없지? 이곳에서 네가 수업을 해줄 수 있을까? 그리고 바로 옆 국가인 우크라이나에서도 너를 부르고 싶다고 했어. 루마니아에서 우리를 만나고 바로 우크라이나로 넘어가면 될 것 같아. 어떻게 생각해? 당연히 수업료도 줄 거야."

"오 마이 갓!! 올 것이 왔다!!"
루마니아면 동유럽과 남유럽에 걸쳐져 있는 나라고, 우크라이

나로 넘어간다면 동유럽 국가부터 돌아보는 세계 일주 동선을 지킬 수 있다. 나로서는 망설일 이유가 없었다. 그래서 아주 흔쾌히, 아니 덜덜 떨리는 손가락으로 갈 수 있다고 답변을 보냈고 그들은 기다렸다는 듯이 아주 빠르게 일을 진행시켰다.

덕분에 얼마 지나지 않아 루마니아의 수도 부쿠레슈티에 도착할 수 있었고, 커다란 컨베이어에 간신히 걸쳐진 배낭을 낚아채 공항 출구로 향했다. 나를 초대해준 친구의 이름은 '몰티'였는데, 그는 네덜란드의 'IBE 2005'* 영상에서 나를 처음 보았다고 했다. 현재는 다른 일을 하고 있어 비보잉 연습을 많이 못 하지만 기회가 된다면 많은 대회와 수업을 주관해보고 싶다면서 너털웃음을 지으며 말하는데, 그 미소가 참 따듯했다.

우리는 곧장 비보이들이 연습하는 곳에 가보기로 했고, 한참을 달려 널따란 공원에 도착했다. 공원 안에는 4차선 도로에 버금갈 만한 길이 있었고 그 길의 끝은 3층 계단으로 이어져 있었다. 아래에서 올려다본 계단의 꼭대기에는 하늘을 찌를 듯한 높은 탑이 있었는데 그 탑에는 거대한 불꽃이 일렁이고 있었다. 몰티는 그 불꽃을 '꺼지지 않는 불'이라 표현했고, 전쟁에 참여했던 참전 용사들의 영을 기리기 위한 불꽃이라고 설명했다.

"브루스, 조금만 더 가면 비보이들이 있을 거야. 이곳의 바닥

---

* 2005년 각 나라의 비보이 드림팀이 모여 펼친 친선 배틀.

이 비보잉 연습하기에는 최고거든."

몰티의 말을 들으며 나는 국가와 국민을 위해 목숨을 바친 참전 용사들의 영을 기리는 탑 앞에서 비보잉 연습을 하는 것이 괜찮은지 의심스러웠다.

나는 몰티를 따라 계단을 올랐고, 3층 중 한 층을 올라가니 온몸으로 비보이임을 드러낸 사람들이 나를 기다리고 있었다. 간단한 인사를 마친 다음 함께 연습할 이들을 둘러보는데, 이들은 도저히 연습할 준비가 되어 있지 않다는 것을 깨달았다. 연습에 적합하지 않은 신발, 청바지에 주렁주렁 달린 은색 체인, 어깨에 둘러멨으나 가슴 앞으로 내려온 사이드 백… 거기다가 스피커 하나 없다는 사실까지. 그들과 연습할 생각에 빨간 트레이닝 바지까지 입고 온 나는 멀뚱멀뚱 서서 그들을 향해 오늘 연습하지 않을 거냐고 물었다. 하지만 아무도 대답하지 않았다.

그렇게 잠깐 정적이 흘렀을까. 그들 중 가장 나이가 많아 보이는 비보이가 입을 열었다.

"브루스리! 연습은 내일 네가 진행하는 수업 때 하고 오늘은 너와 얘기를 하고 싶은데…."

나는 그 한마디에 아차 싶었다. 간단한 통성명밖에 하지 않은 채 연습이나 재촉하고 있는 꼴이라니. 그동안 다른 나라에서 비보이들을 만날 때 몇 시간밖에 짬이 나지 않아 인사만 짧게 하고 바로 사이퍼를 진행했던 터라 그새 습관이 됐나보다. 하지만 생각해보니 이곳에서는 그럴 필요가 없었다. 루마니아에서는 일주일 정도 체류하며 수업을 한 차례 진행할 예정이었기 때문에 다른 국가에서 그랬던 것보다 여유가 있었고, 오늘은 이들이 원하는 대로 대화를 나누는 것이 좋겠다고 생각했다.

나는 가장 먼저 그들의 팀 이름을 물었고, 곧바로 '리퍼즈 크루'라는 대답이 돌아왔다. 응? 우리나라의 '리버스 크루'랑 비슷한데? 재차 확인하자 한 친구가 나의 궁금증을 해소시켜줬다.

"우리가 춤을 시작하게 된 계기가 바로 한국 비보이들 때문이었어. 태어나 처음 봤던 비보잉 영상이 한국 비보이들 것이었고, 그걸 수십 번, 수백 번 돌려보며 연구하고 연습했지. 그래서 팀 이름도 한국 비보이 팀 이름과 최대한 비슷하게 짓고 싶었어. 팀 이름을 비슷하게 지으면 너희처럼 될 것 같았거든. 우리가 특히 한국의 리버스 크루를 좋아했는데 그렇다고 너무 똑같이 지으면 안 되니까 리버스… 리파스… 리퍼스… 리퍼즈 하다가 '리퍼즈'에 딱 꽂혀서 팀 이름을 짓게 됐지."

이들은 팀 이름만 비슷하게 지은 것이 아니라 한국에서만 쓰이는 비보잉 용어도 아주 자연스럽게 구사했다. 사실 비보잉 기술 용어의 80퍼센트 이상이 비보잉 종주국인 미국에서 탄생했지만 한국에서는 한국 비보이만이 부르는 명칭이 따로 있다. 비보잉을 학문적으로 배운 것이 아니라 영상으로 보고 배웠기 때문에, 자기 입맛에 맞게 그리고 부르기 편하게 불러온 것이 굳어진 까닭이다.

예를 들어 '베이비 밀baby mill'*은 동작의 모양이 콩과 비슷하다 하여 '콩드밀'이라고 불렀고 '에어 베이비Air baby'**는 학의 다리와 모습이 비슷하다고 하여 '학다리', '원핸드 스탠딩One-Hand Standing'***은 '한 손 버티기', '원핸드 프리즈One-Hand Freeze'****는 나이키 로고를 닮았다 하여 '나이키'라 불렀다. 심지어 대한민국 비보잉 붐이 막 일어나기 시작할 때 방영했던 iTV '댄스 불패' 프로그램에서 리버스 크루 뱅락Bang Rock이 재미 삼아 지은 이름 '내 마음 나도 몰라' 프리즈는 아직도 그렇게 부르는 비보이가 많다.

또 한국에서는 '에어트랙'과 '에어 플레어'도 구분해서 부르는데, 원래 표준 명칭은 '에어 플레어'가 맞으나 이 기술이 처음 등장했던 2000년대 초반, 분류하고 나누기를 좋아하는 섬세한 한국 비보이들은 이 기술을 보고 높이가 높으면 '에어트랙', 낮으면 '에어 플레어'라 불렀다. 그리고 해당 기술을 2가지 방식으로 연습했다. 세계 어느 곳에서도 이것을 나눠 부르지 않으니 '에어트랙' 역시 완벽한 콩글리시이다. 그런데 루마니아 비보이들이 '에어트랙'이랑 '에어 플레어'랑은 다른 기술이라고 말했고, 한국 비보이들만의 기술 명칭까지 꿰뚫고 있어 온몸에 소름이 돋았다.

*   온몸을 동그랗게 말아 회전하는 윈드밀 응용 기술.
**   팔꿈치에 무릎을 갖다 대고 공중에 몸을 띄우는 프리즈 기술.
*** 한 손으로 물구나무서기.
**** 한 손으로 물구나무서기를 하며 순간적으로 특별한 모양을 만들어 내는 기술.

우리는 한참이나 비보이에 대해 이야기를 나눴고 이 주제는 우리를 순식간에 친구로 만들었다. 그리고 연습 대신 근처에 분위기 좋은 펍으로 자리를 옮겼다. 얼음장처럼 차가운 맥주를 벌컥벌컥 마시며 깊은 대화를 더 나누어보니 이 친구들은 내 생각보다 한국 문화에 더 관심이 많았다.

그중 한 친구는 나도 아직 보지 못한 영화와 드라마 포스터를 보여주며 엄지손가락을 치켜들었고 다른 한 친구는 삼겹살, 소주, 김치에 대해 논했다. 내가 어떻게 그렇게 한국 문화에 대해 잘 아느냐고 묻자, 그들은 한국 비보이들을 좋아하다보니 자연스럽게 한국을 좋아하게 되었고, 한국을 좋아하다보니 자연스레 한국 문화에 대해 공부하기 시작했다고 답했다. 참 놀라운 일이었다.

나는 대한민국 비보이가 이렇게까지 루마니아 비보이들에게 영향을 미칠지는 생각하지 못했다. 발 없는 말이 천 리 가듯 소리 소문 없이 자연스럽게 한국 문화의 바람이 이곳에 닿아 있었다.

루마니아에서 시작된 나의 새로운 작은 불꽃이 저 멀리 하늘 위로 훨훨 올라갔으면 좋겠다. 내가 추는 춤이 모든 조건을 불문하고 춤을 사랑하는 이 땅의 사람들에게 조금이나마 도움이 되었으면 좋겠다.

요즘은 노래 분위기, 장르, BPM 등 여러 가지 정보를 입력하면 A.I가 자동으로 작사 작곡을 해주는 프로그램이 있다고 한다. 이제는 기계도 문화를 만드는 시대가 온 셈이다. 하지만 이것이 새로운 문화를 탄생시킬 수는 있어도 진정한 예술은 아니라고 생각한다.

누군가 나에게 예술이 무엇이냐고 묻는다면 창작자의 의도가 분명하거나 그의 가치관이나 철학이 고스란히 담겨 있는 행위, 나이, 성별, 신분, 국적 등 그 어떤 것도 제한이 없으며 누구나 자유롭게 할 수 있는 것 그리고 창작자와 관람자의 예술의 기준이 다를 수 있다는 것을 서로 인정하는 것이라고 대답하고 싶다.

나는 기계의 힘이 커지면 커질수록 사람이 손수 만들어낸 예술의 가치는 점점 더 높아질 것이라고 생각한다. 편의점에서 마시는 생수 한 통과 사막에서 마시는 한 모금의 물은 같은 물이라 해도 그 가치가 다르다.

비걸 소녀 카라에게
받은 충격

루마니아 비보이 친구들과 첫 대면을 한 다음 날, 수업을 하기로 한 건물에 도착했다. 건물 2층에 있는 출입문을 열자 많은 비보이가 나를 반겨줬고 그곳에는 어제 함께 맥주를 마신 친구들뿐만 아니라 처음 보는 루마니아 비보이들도 많았다. 그리고 그동안 무료 수업을 진행했던 많은 나라의 비보이 친구들, 그들과 함께했던 연습실이 떠올랐다. 그중에는 연습실이라고 말하기가 민망할 정도로 열악했던 곳도 많았는데…. 그런데 여기는 틈새하나 없이 매끄럽게 연결된 나무 바닥이며, 구석에는 대형 스피커가 몇 대나 놓여 있고, 무엇보다 땀을 식힐 수 있는 에어컨이있었다. 이 정도면 와… 정말 농담 안 하고 한국에 있는 우리 연습실과 바꾸고 싶을 정도다.

나는 연습실의 훌륭한 컨디션에 빠졌다가 이내 정신을 차리고
는 먼지 한 톨 발견하기 어려운 깨끗한 나무 바닥에 털썩 주저앉
았다. 그리고 본격적인 수업에 앞서 다리를 벌리고 스트레칭을
시작하려는데, 닫아놓은 연습실 문이 슬며시 열리더니 수줍은
표정을 지은 여자아이 한 명이 들어왔다. 나는 이 아이가 어제 친
구들이 이야기했던 비걸 '카라'라는 것을 바로 알 수 있었다. 나
의 가슴 정도밖에 오지 않는 작은 체구에 배시시 웃으며 다가오
는 모습만으로는 어떤 모습을 보여줄지 전혀 감이 오지 않았다.

20분 정도 스트레칭을 한 다음 친구들에게 파워무브와 풋워
크를 연결하는 방법을 가르쳐줬다. 당장 파워무브를 하지 못하
더라도 나눠서 연습해볼 수 있고, 반복하다 보면 자연스레 파워
무브와 연결해서 시도해볼 수 있다는 장점이 있기 때문이다. 내
가 먼저 시범을 보이고 알려준 다음 수업 중간에 한 명씩 오늘
배운 것을 발표하기로 했고 이미 경력이 몇 년 된 비보이들은 별
어려움 없이 내가 알려준 방법을 응용해 자신만의 춤으로 만들
어 발표했다.

그리고 마침내 10살 된 비걸, 카라의 차례가 왔다. 나는 당연
히 체력적으로 하기 힘든 파워무브를 제외하고 연결 동작만 따
로 나눠서 할 줄 알았는데 카라는 대뜸 다리를 벌리고 바닥에 손
을 짚었다. 그리고 플레어(토마스)*를 하는데 단 한 바퀴였지만
그 높이나 힘을 봤을 때는 연속으로 몇 번을 회전해도 전혀 이

상하지 않을 정도로 완벽했다. 나도 모르게 깜짝 놀라 소리를 지르자, 어제 함께 있었던 비보이 친구들이 그 모습을 보고는 신이 나서 나를 가리키며 웃었다.

그 이후 카라가 내게 보여준 모습은 정말 상상 이상이었다. 나는 수업을 진행하며 '그래, 너 어디까지 하나 볼까?'라는 생각으로 계속해서 난도를 올렸다. 하지만 카라는 그런 나의 의도에 보란 듯이 성인도 어려워하는 기술과 응용 동작들을 깔끔하게 해냈고 그러고 나서 해맑게 웃으며 머리를 긁적였다.

10살 아이라면 으레 그렇듯 마르고 작은 몸에 기술을 해낼 근력이 없어 보이는데 카라는 동작을 하는 매 순간마다 폭발하는 힘이 대단했다.

함께 더 연습하고 싶은 마음은 굴뚝같았으나 연습실 대여 시간이 이미 지난 탓에 서둘러 수업을 마쳤고 우리는 단체 사진으로 마무리를 했다. 그러고 나서 돌아가려는데 리퍼즈 크루의 리더가 앞으로 내게 남은 루마니아 일정 동안 매일 함께 연습하고 싶다고 제안했다. 나는 그의 제안을 단번에 승낙했다. 사실 카라가 가진 능력을 더 지켜보고 싶었기 때문이다. 원석을 발견했을 때의 설렘을 오랜만에 느껴서인지 내가 도와줄 수 있는 건 최대한 돕고 싶었다.

＊ 커트 토마스 선수로부터 개발된 기계체조 동작이기도 하며, 비보잉에서는 양손을 이용해 다리를 엇갈리게 회전하는 기술.

이후 매일 리퍼즈 크루 연습실을 찾아 친구들과 함께 춤을 췄다. 수업을 진행했을 땐 내가 가르쳐주는 기술들을 중심으로 춤을 췄기 때문에 카라의 진면목을 볼 수 없었는데 함께 연습하면 할수록 카라가 정말 대단한 비걸이라는 생각이 들었다. 어려서 노련미와 원숙함은 다소 떨어졌지만 성인 비보이들도 힘들어하는 고난도 기술들 가령 플레어, 윈드밀, 헤드스핀, 헤일로우Halo*, 할로우 백Hollow Back**, 에어트랙, 원핸드 프리즈 등을 자유자재로 사용했고, 음악의 흐름을 이용하여 자기만의 색을 보여주기도 했다.

루마니아는 아직까지 한 번도 세계 대회에서 우승한 적이 없었지만, 어쩌면 이 여리고 작은 10살 소녀가 그 어려운 일을 해낼 것만 같았다. 그렇게 루마니아에서의 일주일이 모두 지나갔고, 나는 카라에게 작별 인사를 건넨 다음 루마니아를 떠났다.

"카라야, 곧 세계 대회에서 만나자. 나만 열심히 한다면 그럴 수 있을 거 같아. 그때까지 이 삼촌 잊으면 안 된다. 기억해줘, 나는 한국에서 온 비보이 브루스리야."

---

* 머리를 바닥에서 굴리며 윈드밀처럼 회전하는 기술.
** 물구나무서기 자세에서 어깨를 빼내 기울어진 상태로 멈춰 있는 동작.

그로부터 7개월 정도 흘렀을까.

세계 여행을 마무리하려는 시점에 루마니아 리퍼즈 크루 리더에게서 한 장의 사진이 도착했다. 사진 속에는 불과 7개월 만에 키가 훌쩍 커버린 카라가 '비보이 클래식 세계 대회 청소년 부문 우승(World B-Boy Classic Kids Battle Winner)'이라고 적힌 상패를 들고 해맑게 웃고 있었다.

이 시대의 젊은 비보이, 비걸들이 가장 많이 나오는 대회라고 불리는 세계 대회에서 당당히 1위를 차지하다니. 그뿐만 아니라 루마니아 비보잉 역사상 최초의 금메달을 고작 11살이 된 비걸 카라가 따낸 것이다.

괜히 내가 금메달을 딴 것마냥 기분이 좋아 휴대전화를 격하게 흔들며 환호성을 질렀다.

꼬마 어벤져스
비보이들

루마니아에서와는 달리 우크라이나에서의 일정은 비보이 수업, 비보이 대회 심사 등으로 꽤 빠듯했다. 우크라이나에 도착한 첫날, 오전부터 키예프에서 수업을 진행하게 됐는데, 시침이 숫자 11쪽으로 조금 더 가까워지자 부모님의 손을 잡은 어린아이들이 연습실 문을 열고 하나둘 들어오기 시작했다. 그날은 어린아이들만 모아놓고 하는 조금 특별한 수업이었는데, 5~10살 정도 되는 친구들 15명이 참여할 예정이었다.

도착한 아이들이 모두 연습실 중앙에 모였고 부모님들은 연습실 가장자리에 놓인 의자에 착석했다. 부모님들의 따가운 시선을 의식하자 갑자기 덜컥 긴장이 몰려왔다. 생각해보니 이렇게 많은 학부모 앞에서 수업을 해본 적이 없었기 때문이다.

게다가 나는 유일한 동양인이었으며 1시간 30분 수업에 1인당 3만 원이라는 꽤 비싼 수업료를 받기로 했다. 아무렇지 않은 표정을 지어보였지만, 갑자기 머릿속이 굉장히 복잡해졌다. '어린아이'뿐만 아니라 '학부모'까지 만족시킬 수업을 할 수 있을까. 어떤 방식으로 수업하는 게 좋을지 혼자서 이런저런 생각을 하고 있는데, 어린아이들은 마치 놀이터에 놀러 온 듯 가방을 내던지고는 몸도 풀지 않은 채 격하게 춤을 추기 시작했다.

순식간에 만들어진 사이퍼. 가만히 앉아 몸을 풀며 아이들의 사이퍼를 보고 있자니 성인들의 사이퍼와는 사뭇 다른 분위기가 느껴졌다. 일단 아이들은 상대가 춤추고 있을 때 가만히 있지를 못했다. 작게 만들어진 원 가운데에서 한 명이 열심히 춤을 추고 있는데도, 그 춤은 마치 나와는 전혀 상관없다는 듯 언제라도 라운드를 뺏어버릴 생각만 하는 것 같았다. 그러다 그 친구의 춤이 끝나기가 무섭게 3~4명의 아이들이 가운데에서 춤을 추려고 몰려들었고 그중 가장 힘이 세고 기술이 좋은 아이가 공간을 차지했다.

또 다른 점은 아이들이 지금 하고 있는 행위가 '춤'이 아닌 '놀이'로 보인다는 것이었다. 별다른 생각 없이 그저 몸이 가는 대로 즐겁게 자기 몸을 던지고 돌리고 튕기고… 마치 내가 어렸을 때 친구들과 삼삼오오 모여 피구나 술래잡기를 즐기던 때와 비슷해 보였다. 하지만 그들의 실력만큼은 '놀이'라고 말할 수 없을 정도로 고난도 기술을 구사하는 수준이었고, 경력이 꽤 있어야만 가능한 개개인의 고유한 색깔도 드러났다. 흘러나오는 음악에 맞춰 춤을 추는 방법도 알고 있었고, 심지어 몇 명은 내가 하지 못하는 기술도 너무나 쉽게 해버렸다.

그렇게 가만히 아이들을 보고 있는데 실력이 가장 좋아 보이는 한 친구가 눈에 들어왔다. 어쩐지 낯이 익어 그가 추는 춤을 자세히 들여다봤더니 내가 SNS에서 영상을 보고 깜짝 놀란 그 아이였다. 세계 곳곳에 있는 어린 댄서들의 말도 안 되는 춤 실력을 엿보며 놀라워했는데, 그중 한 명을 이렇게 만나다니.

우크라이나는 지금까지 세계 대회에서 크게 두각을 나타내는 나라는 아니었지만 이 아이를 비롯해 내 눈앞에서 야생마처럼 뛰는 어린 친구들을 보고 있자니 이들이 곧 세계 무대를 주름잡을 수도 있겠다고 생각했다. 나는 음악을 멈추고 아이들을 자리에 앉힌 다음 수업을 진행하기 시작했다.

"자, 먼저 한국의 비보이들은 스트레칭을 굉장히 많이 합니다. 연습을 시작하기 전 30분에서 1시간가량, 그리고 연습을 다 하고 나서 또 하죠. 여러분들은 아직 어려서 몸 상태에 대해 그렇게 신경을 많이 쓰지 않겠지만 나이가 많아질수록 춤을 출 때 힘들어질 거예요. 지금처럼 몸을 자유자재로 움직이기가 어려워지거든요. 그래서 지금부터 매일 스트레칭 하는 걸 추천합니다. 참고로 저는 35살이고, 지금도 매일 스트레칭을 하죠."

우크라이나 꼬맹이 비보이들.
자유롭게, 즐겁게 춤을 추는 녀석들이 참 예뻐 보였던 날.

꼰대 같은 이야기를 하고 싶진 않았지만 알고 하는 것과 모르고 하는 것은 다르기 때문에 아이들에게 스트레칭에 대한 중요성을 강조했다. 하지만 아이들은 우렁찬 대답 대신 하품으로 화답했다. (그래, 졸리지? 재미없지? 그렇다면 이건 어때?)

"여러분 파워무브 잘하고 싶죠? 한국이 왜 파워무브 최강국인지 아세요? 바로 이 스트레칭을 열심히 했기 때문입니다. 다리를 옆으로 쫙 벌려볼까요? 한국의 파워무버들은 이렇게 스트레칭을 한 상태로 많은 것을 할 수 있죠. 텔레비전을 보기도 하고 음식을 먹기도 하고 가끔은 이 상태로 잠을 자기도 해요. 스트레칭을 많이 한다는 건 다리를 많이 벌릴 수 있다는 뜻이고, 이것이 곧 파워무브의 크기와 속도를 결정하는 가장 중요한 요소라고 볼 수 있습니다."

동작을 선보이자 아이들의 눈이 갑자기 똘망똘망해졌다.

"자, 그리고 스트레칭 다음으로 중요한 건 바로 이 물구나무서기인데 물구나무서기를 얼마나 쉽게 하느냐에 따라 파워무브를 잘할 수 있는지, 없는지가 결정되는 겁니다. 그러니까 무리해서 파워무브부터 연습하지 말고 물구나무서기부터 완벽하게 하는 것이 좋아요! 매일 30분씩 꾸준히 연습하는 거에요. 알겠죠?"

아이들이야 넘치는 흥과 열정에 내 이야기를 한 귀로 듣고 한 귀로 흘려보낼 게 뻔했지만 사실 날 지켜보고 있는 부모님이 더 귀를 기울여 들어주셨으면 해서 나는 거듭 강조했다.

"건강하고 안전하게 연습해야 오래 춤출 수 있습니다."

교장 선생님 훈화 말씀(?)에 어린아이들이 하나둘씩 드러누워 버리기 시작할 때쯤, 아이들을 다시 집중시키기 위해 본격적으로 춤을 알려줬다. 음악을 틀고 기본기 위주로만 알려줬는데도 일단 움직이니 아이들이 어마어마한 집중력을 보여줬다.

나를 잘 모르는 어린아이들에게 날 소개하는 것이 먼저일 것 같아 오늘 가르쳐줄 연결 동작들을 이용해 간단한 기술들을 선보이니 그제야 아이들이 환하게 웃으면서 박수를 쳤다. 역시 어린아이들한테는 백 마디 말보다 한 번 행동으로 보여주는 게 더 중요한 것 같다.

루마니아에서 처음 수업할 때 알려준 동작들 위주로 이번 수업을 진행했는데 아이들이 어찌나 체력이 좋던지 1시간 동안 한 번도 쉬지 않고 이어서 했다. 그 열정에 나도 힘이 나 수업이 끝나갈 무렵에는 이대로 끝내기가 몹시 아쉬웠다. 수업 준비를 도와준 로만에게 10분만 더 하고 싶다고 부탁한 다음 스피커 쪽으로 걸어가 음악의 볼륨을 높이며 어린 비보이들을 향해 말했다.

"애들아, 우리 춤추자!"

그 한마디에 소리를 지르며 자리에서 일어나 뛰어나오는 어린 비보이들이 참 예뻐 보였다. 사이퍼를 만들고 10분가량 '몸의 대화'를 나눴는데 이 어린들, 내 생각보다 더 잘한다. 근력이 채 완성되지 않은 5~6살 아이들이 어떻게 이렇게 쉽게 기술들을

해내는 건지 도통 이해가 되질 않았다. 그냥 인간이 진화해서라
고 생각하는 편이 마음이 편할 정도였다.

대한민국의 어린 친구들도 우크라이나 친구들처럼 비보잉에 관심을 갖
는다면 얼마나 좋을까. 그러면 자유롭게 춤을 즐길 수 있는 건강한 문화
가 있다는 것을 알게 될 텐데.

무엇보다 어떤 음식을 먹어야 비보잉을 할 때 도움이 되는지, 어떻게 하
면 아이가 오래 춤을 출 수 있는지, 부상을 당했을 때는 어떻게 해야 빨
리 나을 수 있는지 아이들보다 더 많은 호기심을 가지고 질문을 던지는
우크라이나 부모님을 보면서 부러웠다. 그 부모님의 사랑과 믿음 안에서
춤추는 아이들은 얼마나 행복할까.

내가 춤추는 대한민국, 그곳에 있는 수많은 댄서들의 부모님들도 우크라
이나 부모님들처럼 봐주면 좋을 텐데. 왜 춤을 춘다고 하면 걱정부터 할
까. 대한민국 효자 스포츠가 양궁이듯 대한민국 힙합에도 비보잉이 있는
데, 왜 우리는 바뀌지 못할까.

스트릿 댄스 대회
심사 위원으로 초청받다

고속도로를 5~6시간 달려 어느 작은 시골 마을에 도착했다. 이곳이 바로 내가 심사할 비보이 대회가 열리는 곳이었다. 이 대회는 매년 힙합, 코레오(창작 안무), 걸리시, 비보잉 등 여러 장르를 청소년부, 성인부로 나눠 진행했고 힙합 대회 특유의 언더그라운드적인 분위기가 아니라 다 함께 즐기는 '마을 축제' 같은 분위기를 띠고 있었다.

대회장은 이 마을에서 가장 큰 공원 안에 설치된 야외무대였고, 그곳에 가보니 벌써 무대 위에는 예쁘게 옷을 맞춰 입은 어느 팀의 공연이 한창이었다. 나는 주변을 둘러보면서 공원을 걸어 다니는 사람들, 잔디에 누워 대화하는 모습들, 춤을 추며 몸을 푸는 댄서들을 살펴보았다.

비보이 대회는 대회의 시작을 알리는 MC를 먼저 소개하고 음악을 틀어줄 DJ를 소개한 다음 심사 위원 쇼케이스가 진행되는 것이 일반적이다. 심사 위원 쇼케이스란 스트릿 댄스에만 있는 조금 특별한 문화인데 오늘 심사를 맡아줄 심사 위원의 이름이 호명되면 DJ가 음악을 틀고 약 1분가량 심사 위원의 실력을 보여주는 것이다.

평가는 하지 않지만 사실 심사 위원에게는 마냥 속 편한 시간이라고 말할 수 없다. 심사 위원이 먼저 자기 실력을 증명하지 못하면 다른 사람을 심사할 자격도 없다는 뜻이기 때문이다(한 대회에 여러 명의 심사 위원이 있는 경우엔 보이지 않는 경쟁도 있다).

그리고 타 장르 댄서들이 봤을 때 이해하기 어려운 일이 가끔 벌어지기도 하는데 바로 '콜 아웃'이다. 콜 아웃은 말 그대로 '너 나와'라는 뜻이다. 심사 위원이 내린 결정에 승복할 수 없을 때 참가자는 심사 위원을 가리키며 '콜 아웃'을 할 수 있다. 그러면 심사 위원이 자리에서 일어나 자기 손으로 패배를 안겨준 친구와 몇 라운드 배틀을 진행하기도 하는데 배틀에 대한 판단은 관중의 몫이다. 그리고 콜 아웃에 응하는 것은 심사 위원 마음인데 '어쭈? 이거 봐라!? 네가 내 판단을 무시해?'라며 그 자리에서 벌떡 일어나 춤으로 참 교육해주는 심사 위원이 있는 반면 '애야, 연습이나 많이 하고 오렴.'이란 표정을 지으며 콜 아웃을 인정해주지 않는 심사 위원도 있다.

나는 개인적으로 '심사 위원 쇼케이스'와 '콜 아웃' 문화를 굉장히 좋아한다. 이런 자유로운 힙합 마인드가 이 판이 계속해서 신선한 바람을 일으킬 수 있는 이유 중 하나라고 생각해서다.

아직도 많은 대회에서는 나이 지긋한 교수들이 심사하거나 춤을 전혀 춰보지 않은 평론가, 문화 단체 대표나 이사 등이 심사를 볼 때가 있다. 그들의 업적, 지위를 부정하는 것은 아니지만 어린 친구들이 계속해서 발전하고 새로운 시도를 하려면 지금 함께 현장에서 춤추는 댄서가 심사해야 한다고 생각한다.

특히나 춤을 모르는 사람이 참가자의 소중한 땀방울의 무게를 평가하는 일은 없어야 한다고 생각한다. 그렇게 되면 참가자들이 우승하고자 그들의 입맛에 맞는 춤만 추게 될 것이 분명하기 때문이다.

어쨌거나 나는 세계 일주를 시작하고 처음 심사 위원 쇼케이스를 맞닥뜨리게 됐고, 무대 한가운데에서 나의 춤을 선보였다. 많은 사람 앞에서 춤을 춘다는 것은 언제나 긴장되는 일이지만 또 설레는 일이기도 하다. 조명과 사람들의 시선이 나의 움직임을 쫓는 것을 볼 때 이보다 더 짜릿한 순간을 찾기는 쉽지 않다. 이것이 내가 선택한 이 삶을 사랑하는 이유이기도 하다.

심사 위원 쇼케이스가 끝나고 청소년부부터 차례로 배틀이 이어졌다. 다소 심심했던 어린 비보이들 배틀과 달리 성인부 배틀은 그 분위기가 사뭇 달랐다. 대회가 진행되면 진행될수록, 밤이 깊어 가면 깊어 갈수록 비보이들의 에너지도 함께 폭발했다. 어떤 배틀에서는 싸우기 직전까지 감정이 폭발했고 티셔츠를 벗어 던지며 서로의 가슴을 손바닥으로 밀어냈다.

또 어떤 배틀의 참가자는 심사 결과에 승복하지 못해 조용히 나를 찾아와 자신이 왜 졌는지 이유를 말해 달라고 했다(이 경우는 콜 아웃이 아니다). 작은 시골 마을의 공원은 순식간에 뜨거운 열기로 달아오른 비보이 배틀장으로 변했고 언제 이렇게 시간이 흘렀는지도 모르게 우승자를 결정해야 할 최종 선택의 순간이 찾아왔다.

나는 양쪽에 두 팀 리더의 손을 잡고 무대의 가운데에 섰다. 그리고 MC의 우렁찬 "쓰리, 투, 원."의 소리에 맞춰 내가 생각한 우승자의 팔을 높게 들었다. 그들은 그 자리에서 팀원들을 부둥켜안은 채 방방 뛰었고, 안타깝게 우승을 놓친 다른 팀 비보이들은 얼굴을 감싼 채 바닥에 주저앉았다.

심사하며 친구들의 열정과 실력을 좀 더 세세하게 관찰하고 영감을 받는 것은 영광스러운 일이지만 내 손으로 누군가의 승패를 나눈다는 것은 쉽지 않은 일이다. 그렇게 오늘도 누군가는 웃었고, 누군가는 울었다.

심사를 마친 나는 공원 밖으로 나와 주차한 자동차가 있는 쪽으로 걸어가다가 편의점을 발견했다.

"로만, 나 음료수 하나만 사 올게, 잠깐 기다려 줘!"

타는 목구멍에 시원한 샘물을 퍼붓고 싶었던 나는 한걸음에 편의점으로 달려갔다. 그리고 편의점의 문고리를 잡았는데 낯익은 얼굴이 눈에 들어왔다. 편의점에 붙은 대회 포스터. 조금 더 가까이 들여다보니 내 사진과 그 아래에 KOREA란 선명한 글자가 쓰여 있었다. 우크라이나 시골 편의점에 내 사진이 붙어 있다니. 오늘 참 여러모로 신기한 경험을 한 날이다.

대회를 마치고 백스테이지에서 숨을 돌리는데 우크라이나 방송사에서 왔다며 내게 거대한 카메라를 들이밀었다. 그렇게 시작된 인터뷰의 첫 번째 질문은 2024년 파리 올림픽에 비보잉이 정식 종목으로 채택된 것에 관한 내 생각이 무엇이냐는 거였다.

"관중이 비보이 배틀을 볼 때 누가 잘하는 비보이인지, 못하는 비보이인지 판단하기가 쉽지 않습니다. 그런데 올림픽에는 해설 위원이 있으니 보는 사람이 이해하기 쉽도록 설명을 해주겠죠. 그것만으로도 비보잉을 세상에 알리는 좋은 기회가 되지 않을까 싶어요. 친숙하게 다가갈 수 있을 테니까요. 하지만 다른 스포츠 종목처럼 점수를 내거나 목표 지점이 있는 게 아닌 예술 행위에 가깝기 때문에 심사 방식과 결과는 우려가 됩니다. 비보잉의 시초는 사실 스포츠가 아니니까요."

심사 위원 쇼케이스란 스트릿 댄스에만 있는
조금 특별한 문화인데, DJ가 음악을 틀면 약 1분가량
그 대회의 심사 위원이 자기 실력을 보여주는 것이다.
많은 사람 앞에서 춤을 춘다는 것은
언제나 긴장되는 일이지만 또 설레는 일이기도 하다.
무엇보다 나는 이런 자유로운 힙합 마인드가 이 판이 계속해서
신선한 바람을 일으킬 수 있는 이유 중 하나라고 생각해 좋다.

나와 함께
거리 공연을 해줄래?

독일

"하이, 브루스리! 난 너와 너의 팀의 빅 팬이야. 네가 올린 글을 봤어. 나는 독일 하노버에 사는 비보이 앤디라고 하는데, 사실 얼마 전에 팀을 만들었어. 나의 첫 번째 팀이기도 하고 만든 지 얼마 안 됐기 때문에 네게 팀을 어떻게 운영해야 하는지 조언을 구하고 싶어. 연습도 같이하고 싶고. 우리가 연습하는 장소는 정부에서 운영하는 스포츠 센터인데 연습실, 주방, 화장실, 수면실, 탁구장, 헬스장이 모두 갖춰져 있어! 만약 네가 우리와 함께 시간을 보내겠다고 하면 네게 섭외료도 줄 거야. 혹시 하노버로 와줄 수 있겠니? 네가 온다면 우리 팀 사람들 모두 난리가 날 거야. 부디 네가 이 메시지를 읽고 꼭 와줬으면 좋겠다. 꿈이 이루어졌으면 좋겠다."

메시지를 뒤늦게 확인한 나는 황급히 답변을 보냈다. 사실 독일 여행 계획은 없었지만 메시지 내용이 너무 진심으로 느껴져서 이들이 내 부탁 하나를 들어준다면 흔쾌히 갈 생각이었다. 내 부탁은 함께 작품을 만들고 거리 공연을 하는 것. 하루 3시간씩 최소 4번 정도 함께 연습해준다면 당장이라도 독일로 향하는 교통편을 알아봐서 여행 일정을 조정하겠다고, 섭외료도 필요 없다고 그에게 말했다. 그렇게 며칠 후 앤디에게 긍정적인 답변을 받았고, 우리의 계약은 성사되었다.

Rundestarbe 12, 30161 Hannover.

나는 그렇게 얼굴도 모르는 사람의 주소를 들고 여행 계획을 전면 수정해 독일로 날아갔다. 사실, 앤디의 메시지를 본 순간 난 하늘이 내려준 운명 같다는 느낌을 받았다. 세계 일주를 다니며 사람들과 나누는 춤을 추기로 결심했을 때, 만약 나에게 거리 공연을 해볼 기회가 주어진다면 가장 한국적인 음악으로 공연을 해보고 싶다고 생각했었다. 나와 함께 땀을 흘리며 연습해주는 댄서들과 관객들에게 한국 정서와 음악, 문화를 소개해주고 싶었기 때문이다(그리고 여행하면서 고향에 대한 향수도 있었는데 내 가슴속에서 점점 흘러나오는 그리움을 내가 사랑하는 춤으로 표현하고 싶은 마음도 있었다). 거리 공연을 볼 대부분의 사람은 한국인이 아닐 것이 분명했기에 더 의미가 있을 것이라고 판단했다. 그리고 마침내 그 기회가 내게 찾아온 것이다.

하노버 버스 스테이션.

내가 받은 최종 주소는 여기까지였고, 난 이곳에 대해 아는 것이 전혀 없었다.

"친구들이 마중을 나온다고 했는데…"

거대한 배낭을 메고 정류장 앞을 기웃거리는데 내가 선 건너편에서 금발 머리에 턱수염을 수북하게 기르고 청반바지에 민소매 차림인 근육질 남성이 무단 횡단을 하며 내게로 뛰어왔다. 나는 단번에 그가 비보이임을 직감했다.

"와! 비보이 브루스리가 여기에 오다니! 만나서 진짜 반갑다! 잠깐, 내가 한국말로 인사말을 공부했는데… 뭐더라… 아… 아 모르겠어!! 기억이 안 나. 나 지금 완전 초흥분 상태라고!!!"

아르헨티나 축구 선수 메시와 꼭 닮은 비보이 앤디의 첫인상은 다소 정신없어 보이긴 했지만 처음 보는 사람에 대한 경계심을 단번에 무너뜨리는 선한 웃음 때문에 마음이 놓였다.

차를 타고 30분쯤 이동하자 그들이 인스타그램 메시지로 보내왔던 스포츠 센터 입구가 보였다. 스포츠 센터의 벽면에 힙합 그라피티가 가득한 것이 한국에서 보기 힘든 생소한 장면이라 신기해하자 앤디가 부연 설명을 해줬다.

"이곳 센터장님이 예전에 비보이었어! 그래서 힙합을 사랑하고 특히 비보이들에게 혜택을 많이 줘! 여기서는 비보이가 왕이라고. 하하하."

스포츠 센터의 정문을 열고 들어가니 비보잉 하기에 최고의 조건인 매끈한 바닥으로 된 연습실과 거울이 제일 먼저 눈에 들어왔다. 연습실 왼편에 딸린 문을 열어보니 편안해 보이는 소파와 전날 빨래까지 다 해둔 폭신한 이불과 베개가 있었고, 연습실 옆에는 2개의 샤워실 그리고 조금 더 안쪽으로 들어가니 20명 정도가 한 번에 식사할 수 있는 거대한 테이블과 그 안쪽에 넓고 훌륭한 주방이 딸려 있었다. 그리고 앤디가 의미심장한 미소로 냉장고를 열자 맥주가 가득 차 있었다.

"브루스리, 맥주 좋아하지? 내가 미리 엄청 사놨어! 다 먹으면 또 채워놓을 테니까 마음껏 먹고 즐겨!!"

"애… 앤디야… 나 맥주를 많이 좋아하긴 하는데… 중독자…는 아니야…."

하지만 말과 다르게 입꼬리가 승천하는 것까진 막을 수 없었다. 잠은 소파에서 자야 했지만 그 정도 불편함은 내가 누릴 많은 편의 시설에 비하면 불편한 것도 아니었다. 4성급 호텔을 잡아도 이것보다 훌륭한 시설은 없지 않을까. 왜냐하면 고급 호텔에도 24시간 동안 사용할 수 있는 댄스 연습실은 없을 테니까 말이다. 나는 그렇게 앤디가 내어준 센터에서 일주일 동안 머물기로 했다.

나를 이곳으로 초대해준 비보이 앤디. 까무잡잡한 얼굴에 늘 안경을 낀 비보이 부야. 튀니지 사람이지만 현재는 독일에서 사는 비보이 외지. 유일한 여성 댄서이자 유연성의 끝판왕인 비걸, 루. 그리고 한국에서 온 비보이 브루스리. 이렇게 총 5명의 댄서들은 정확히 4일 후, 하노버 기차역 앞 광장에서 길거리 공연을 하기로 했고, 오늘이 그 첫 번째 연습 시간이다.

"먼저 너희에게 공연에 사용할 음악을 들려주고 싶어. 이 노래는 전통적인 한국 음악이라고 말할 수 있는데 무려 500년 전에 만들어진 노래야. 너희에게는 생소하겠지만 이 노래는 한국인이라면 모르는 사람이 없을 정도야. 음… 평소에 듣던 음악과는 굉장히 달라서 당황스럽겠지만 부디 집중해서 끝까지 들어줬으면 좋겠어. 음악 재생할게."

그들은 평소 듣던 비보이 음악을 예상했겠지만, 내가 그들에게 들려준 음악은 바로 한국의 전통 민요인 '아리랑'이었다. 내 부탁에 눈을 감고 오롯이 음악에 집중하려던 친구들은 음악을 듣는 순간 그 눈빛이 사시나무 떨리듯 떨리고 있었고 나와 오디오를 번갈아 가며 쳐다봤다. 친구들의 얼굴을 보니 마치 "브루스리, 너 지금 장난하는 거지? 이 노래로 어떻게 춤을 춘다는 거야."라고 말하는 것 같았다. 그리고 그런 친구들의 얼굴을 보는 내 얼굴에 참을 수 없는 미소가 번졌다.

나는 미리 적어놓은 안무 노트를 펼치고 본격적으로 연습에 몰두하기 시작했다. 이번 공연에 사용할 음원은 총 2가지인데, 첫 번째 음악은 피아노만으로 구성된 곡으로 음이 반복적이며 느린 박자로 흘러가는 곡이다. 이 음악의 마무리에 맞춰 우리의 동작이 정지하면 두 번째 음악인 오케스트라 버전의 아리랑으로 전환될 예정이었다.

세계 일주를 하며 처음으로 하게 된 거리 공연, 나는 그 공연의 연출가이자 댄서로서 흘러넘치는 열정을 가지고 연습에 매진할 준비가 되어 있었다. 하지만 1가지 복병이 있었다. 바로 언어의 장벽이었다. 같은 언어를 사용했다면 한 번의 대화로 4~5가지의 동작을 설명했을 텐데 이 친구들과는 4~5번 대화해야 1가지 동작을 맞출 수 있었다. 시계를 보니 어느덧 우리가 약속한 3시간이 지났고, 10분짜리 공연 중 겨우 1분 정도 해당하는 진도밖에 나가질 못했다.

연습 3일 차, 공연 멤버인 부야가 나오지 않았다. 이유를 물어보니 직장 생활이 너무 힘들어 오지 못할 것 같다는 이야기를 했다. 두 번째 연습하는 날 한 명씩 춤출 부분을 만들었다면, 세 번째 연습하는 오늘은 모두 다 함께 움직이는 동선을 만들 차례인데 한 명이 빠졌다. 내 입장에서는 그가 빠지는 이유가 타당하지 못하다고 생각해 순간 서운하고 의욕이 떨어져 한숨이 나왔다. 그러자 앤디가 내 어깨를 토닥이며 진심으로 미안해했고, 그 모습을 보고 나도 다시 정신을 차렸다.

연습 4일 차, 오늘은 공식적으로 우리가 연습하는 마지막 날이다. 나야 연습을 하고 다음 날 연습 시간까지 쉴 수 있지만 부야와 외지는 늦게까지 땀 흘리며 연습하고 다음 날 오전에 출근해야 했고 비걸인 루는 학교에 나가야 했다. 3일간 연달아 무리하게 연습한 탓인지 친구들의 얼굴에는 피곤함이 가득해 보였고 순간 나는 내 욕심 때문에 친구들을 힘들게 하는 건 아닐까 싶어 미안하고, 고마운 마음이 번갈아 휘몰아쳤다.

지금까지 진행된 상황을 보면 당장 내일이 공연임에도 불구하고 아직 70퍼센트 정도 밖에 완성하지 못했다. 일단 처음부터 끝까지 순서대로 진도를 나가고, 몇 번 리허설을 해봤지만 한 번도 틀리지 않고 완벽하게 해내진 못했다. 아쉽지만, 할 수 없다. 이제는 정말 공연만 남았고, 안무를 틀리지 않기를 그리고 멘붕에 빠지지 않기를 바라는 수밖에 없었다.

"친구들아, 그동안 정말 수고 많았어. 일과 학업을 병행하면서 연습한다는 게 쉽지 않은 일인데 최선을 다해 협조해줘서 고마워! 내일 공연 정말 멋있게 해보자! 난 우리를 믿어."

"브루스, 정말 솔직하게 말해줬으면 좋겠어. 네가 생각하는 완성도를 놓고 따져봤을 때 우리가 지금 몇 퍼센트 정도 도달한 거야? 정말 솔직하게 말해줘."

"음… 솔직히 말해서 3일 정도 준비할 시간이 더 있었으면 좋겠어. 보통 120퍼센트 정도 연습해도 무대에 올라가면 80퍼센트밖에 나오지 않으니까. 내가 봤을 때 지금 우리는 한 70퍼센트 정도 도달한 것 같아. 하지만 우린 처음 만난 사이이고, 갑자기 길거리 버스킹을 하는 거잖아! 준비할 시간은 짧았지만 우리 다 최선을 다했어. 이제 우리가 얼마나 즐기느냐가 관건인 것 같아. 우리가 재밌으면 관객들도 즐거워할 거야!"

시계를 쳐다보니 벌써 새벽 1시가 넘어가고 있었다.

"브루스리! 우리 몇 번 더 연습하고 집에 가는 게 어때? 그리고 내일 공연하기 4시간 전에 만나서 연습하고 공연하러 가자. 너만 괜찮다면 우리는 그렇게 할 수 있어."

이미 우리가 약속한 하루 3시간을 훌쩍 넘기고 7시간째 연습하고 있는 중이었다. 거기다가 다음 날 출근하고 등교해야 할 멤버도 있다. 그런데도 먼저 더 연습하자고 제안을 하다니.

"이미 너희들은 나랑 약속한 시간보다 훨씬 많은 시간을 투자해서 연습해줬어. 그러니까 그냥 그걸로…"

"브루스리! 음악 튼다. 이제 진짜 마지막인 거 같아서, 우리도 아쉬워서 그래…."

"그래… 좋아! 우리 그럼 다시 해보자."

하루 3시간씩 최소 4번 연습하자고 처음 제안한 것은 나였다. 음악 선정부터 작품 구성까지 내 머릿속에서 나온 것이었으니, 거기에 맞게 시간 안배를 하는 것도 결국은 내 몫이다. 그러니 공연 준비가 70퍼센트밖에 되지 않았다는 건 나의 연출력과 경험이 부족해서이다. 연출을 맡은 사람이 작품을 진행하는 데 오류를 범하면 그만큼 예술가들이 고생스러울 수밖에 없다. 그런데도 이 친구들은 먼저 나서서 함께 더 연습하자고 나를 이끌어주고 있었다.

체코 프라하에서 코젤 맥주를 마시며 앤디에게 온 인스타그램 메시지를 확인했을 때, "나와 길거리 공연을 해주지 않을래?"라고 답변을 보내며 잔뜩 부풀어 있었을 때, 그때 난 조금 더 구체적인 계획을 세웠어야 했고, 다양한 변수에 대비했어야 했다.

며칠 동안 강행군으로 피곤이 누적돼 탱탱해진 허벅지를 쓸어내리면서도 아리랑 선율에 맞춰 춤을 추고 있는 댄서들을 보고 있자니 나의 부족함이 한없이 느껴졌다. 이들도 이렇게 열심히 하는데 이 친구들에게 미안하지 않으려면 나 역시 내일이 없는 것처럼 마음먹고 달리는 수밖에 없었다.

하노버 기차역 광장에
울려 퍼진 아리랑

　하노버 기차역 광장 앞에 도착한 나는 새하얀 분필로 "30분 후, 독일 비보이, 비걸과 한국 비보이의 합작 공연이 시작됩니다."라는 문구를 바닥에 적었다. 한국으로 치면 광화문 광장에 모인 규모의 사람들이 하노버 기차역 광장을 쉴 새 없이 지나다니고 있었다. 앤디가 이곳에서 종종 거리 공연을 해왔다고 하니 공연 중간에 누군가에게 제재받을 확률도 낮아 보였다.

　다리를 양옆으로 쫙 벌리고 스트레칭을 하는 비보이 외지, 물구나무서기 자세로 근육의 긴장감을 넣는 비보이 앤디, 가벼운 풋워크를 밟으며 바닥 상태를 확인하는 비보이 부야, 제자리 뛰기로 체온을 올리고 있는 비걸 루, 누가 봐도 동양인인 비보이 브루스리. 이곳에 도착한 지 10분이 채 되지 않았는데 바닥에 써놓은 글씨와 준비운동만으로 우리를 둘러싼 관객의 수가 족히 50명은 넘어 보였다.

아차차, 가장 중요한 것을 잊어버릴 뻔했다. 나는 가방에서 모자 3개를 꺼내 곱게 펼쳐 정면, 좌, 우에 하나씩 내려놓았다. 세계 일주를 하며, 아니 댄서로 살며 꼭 해보고 싶었던 것 중 하나가 길거리 버스킹을 하며 사람들에게 후원을 받는 것이었다. 유럽 여행을 하면서 거리 예술가들을 심심찮게 봤는데 그들의 실력에 놀라고 그들을 대하는 관객들의 매너에 한 번 더 반했다. 무대가 아닌 곳을 순식간에 무대로 만들어버리는 예술가들이며, 그것에 감사 인사를 표하며 자기가 낼 수 있는 만큼 주는 공연료 문화까지, 예술가라면 자신이 펼칠 예술을 한 번쯤 시험해볼 무대로 그만한 게 없을 것 같았다.

약속된 30분이 지나고 나는 무대 뒤에서 스피커와 연결된 휴대전화를 통해 음악의 재생 버튼을 눌렀다. 아침을 알리며 지저귀던 새들이 나뭇가지를 박차고 날아갈 것 같은 분위기의 피아노 선율이 흘러나왔다. 부야를 시작으로 앤디가 나왔고 두 사람이 멈췄다가 다시 걷기 시작할 때 외지가 함께 나와서 걸었다. 모두가 동작을 멈추자 루의 솔로 파트가 시작됐고 그녀는 차분하게 본인의 장기인 유연한 비보잉 동작, 플렉시블무브Flexiblemove를 선보였다. 4명의 댄서가 무대를 분주하게 걷기 시작할 무렵 내가 무대에 발을 들여놓았다.

나는 이 순간이, 참 좋다. 공연을 앞두고 무대 뒤에 서 있을 때 엄청 긴장하면서도 머릿속으로는 빠르게 동작을 복기하는데, 일단 무대에 발을 올려놓으면 그간 해온 긴장과 걱정이 산산조각 나 무대 전체에 흩뿌려진다. 그 순간 내가 내딛는 발자국마다 연습하며 수없이 느꼈던 감정들이 이 순간에 최선을 다할 수 있도록 만들어주면서 비로소 나는 무대와 하나가 된다.

나의 짧은 솔로 파트를 보여줄 차례가 되자 한 손을 땅에 짚고 앞으로 돈 다음 짧은 파워무브를 선보였다. 그러자 관객들 사이에서 작은 호응이 터졌다. 그 소리는 누구보다 빠른 속도로 나의 귀를 통과해 나의 모든 신경에 일어나라고 외치는 듯했다. 우리는 음악에 맞춰 천천히 움직이기도, 단체로 같은 동작을 하기도 했고, 누군가는 개인기를 선보이기도 했다.

그렇게 3분 정도 흐르자 첫 번째 음악이 끝났고, 다 함께 같은 타이밍에 프리즈로 마무리한 다음 제 갈 길을 가는 형태로 걷다가 멈춰 섰다. 그러자 관객들이 박수갈채를 보내기 시작했고 우리는 잘하고 있음을 느낄 수 있었다. 음악이 멈추고 정적이 흐르는 상태에서, 각자의 방향을 보고 걸음을 멈춘 5명의 댄서들… 우리를 둘러싼 100여 명의 관객들… 그리고 우리의 공연보다 떨어진 과자 부스러기에 반응한 비둘기 한 마리가 우리들 사이를 활보할 때 두 번째 곡인 '아리랑'이 흘러나왔다.

불과 10초도 안 되는 아리랑 전주를 들으며 내가 그동안 다녔던 여행지들이 주마등처럼 스쳐 지나갔다. 나는 왜 이 낯선 곳에 있는 걸까? 나와 춤추고 있는 댄서들은 왜 나와 함께해주는 걸까? 그리고 이 많은 관객은 어디에서 온 걸까?

생각하기를 잠시, 오케스트라 연주가 시작되자 나는 서둘러 정해진 동선에 따라 뒤쪽으로 이동하여 4명의 댄서들과 나란히 뒤를 보고 섰다. 첫 번째 음악보다 아리랑에 힘을 많이 쏟은 우리는 훨씬 고난도의 테크닉과 많은 단체 안무를 보여주며 바삐 움직였다. 앤디가 물구나무서기로 관객에게 다가가 제자리에서 한 손으로 몸을 튕기니 관객들이 환호했다. 그다음으로 루와 부야가 개인기까지 선보이니 관객들은 흥이 제대로 올랐고, 우리의 공연은 막바지에 이르렀다. 4명의 비보이와 비걸은 무대 곳곳으로 흩어져 개인기를 선보였고, 나는 무대 가장 뒤쪽에서 뒤로 돌아 심호흡을 했다. 점차 쌓여가는 악기들의 소리가 클라이맥스로 치닫고 있음을 알렸고, 압도되는 음악의 분위기에 관객들은 눈도 깜빡이지 않고 집중했다.

바로 그때, 음악이 쾅! 하고 멈추며 개인기를 하던 4명의 댄서들이 바닥에 누웠다. 그리고 다시 아리랑의 도입부가 흘러나왔다. 음악의 클라이맥스와 대비되어 왠지 모를 외로움이 느껴지는 선율을 따라 나의 슬로우 에어트랙이 시작됐다. 그곳에 있던 모든 사람의 시선이 나를 향했고, 머나먼 타지에서 울려 퍼지는 아리랑의 구슬픈 선율에 맞춰 에어트랙을 구사하려니 왠지 모를 먹먹함과 함께 묘한 감정이 가슴속에서 올라왔다. 음악이 끝나는 시점에 맞춰 에어트랙의 속도를 점차 높이다가 마무리 프리즈를 한 다음, 먼저 누워 있던 4명의 댄서들과 같은 자세로 바닥에 털썩 누웠다.

공연이 끝나자 사람들은 휘파람을 불고 박수를 치며 뜨거운 반응을 보였다. 숨 쉴 때마다 피 맛이 느껴질 정도로 힘들었지만, 관객들의 감사 표시에 화답하고자 벌떡 일어났다. 우리는 모두 함께 일어나 일렬로 선 다음 다 함께 손을 잡고 고개 숙여 마무리 인사를 건넸다.

그때 장난꾸러기 앤디가 큰 목소리로 "안녕."이라고 외쳤다. 한국말을 배우고 싶다고 했을 때, '안녕'과 '사랑해요'가 아니라 '감사합니다'를 알려줄 걸. 앤디는 인사를 하고 나서 무대 가운데로 나와 다시 한 번 큰 목소리로 사람들에게 외쳤다.

"이 친구는 한국에서 온 비보이 브루스리야. 팀에서 핵심적인 역할로 국제 대회에서 여러 번 우승했고, 지금은 200일 넘게 세계 일주를 하고 있어. 네팔, 아프리카를 거쳐 지금은 여러분과 함께하기 위해 유럽에 있고. 우리는 3일 동안 연습해서 이 공연을 만들었어. 이 기간 동안 아주 열심히 했고. 이 친구가 계속해서 의미 있는 여행을 할 수 있게 여러분이 지원해줬으면 좋겠어. 부탁해. 지원해주면 정말 좋겠어. 당케_{Danke}! 고마워."

사람들을 향해 목소리를 높이는 앤디를 보며 그와 처음 만났던 하노버 버스 정류장이 생각났다. 사람을 무장 해제시키는, 유난히 따뜻해 보였던 앤디의 미소는 역시 틀리지 않았구나….

무사히 공연을 마친 우리는 연습실 근처 자주 가던 식당에 앉아 가방에 쑤셔 넣은 모자들을 테이블 위에 꺼내놓았다.
"브루스, 너는 얼마 벌었을 거 같아?"
"글쎄, 한 10만 원쯤 벌지 않았을까?"
의미심장한 미소를 지으며 나는 모자에 담긴 동전들과 지폐를 테이블 위에 와르르 쏟아버렸다. 생각보다 많은 동전에 우리는 나눠서 세야 했고 다 합쳤을 때 환호를 지를 수밖에 없었다. 10분 동안 함께 공연해서 30만 원을 벌었다니! 사실 내가 예상한 10만 원도 높게 잡아 이야기한 것이었는데… 놀란 얼굴을 하고 있자 앤디가 입을 열었다.
"브루스리, 이번에 너와 함께 공연하면서 많은 걸 배웠어. 우리는 솔직히 말해서 브레이크 비트가 아닌 느린 음악으로 춤을 춰본 게 처음이었어. 굉장히 낯설고 어려웠지만 우리에게 정말 좋은 경험이었어. 이런 경험을 선물해줘서 진심으로 고마워."
앤디는 내가 해야 할 말을 먼저 해버렸다. 새로운 경험을 하게 해준 건 오히려 그들이었는데, 내가 감사 인사를 받았다. 앤디는 그러고 나서 덧붙여 말했다.

세계 일주를 하며 이 독일 친구들을 만난 건
정말 평생 잊을 수 없는 추억이 될 것 같다.
다들 너무 고생 많았고, 고마워!
너희와 함께한 시간도, 공연도 잊지 못할 거야.
물론 너희가 내게 준 따뜻한 마음도 말이야.
그 마음을 안고 난 이제, 다시 여행자로 돌아갈게.

"오늘 번 돈은 네가 가져가. 우리끼리 이미 다 이야기했어."

몇 번이나 거절했지만 오늘의 수익금은 결국 내 주머니로 들어왔다. 나는 앤디처럼 내가 느낀 바를 친구들에게 이야기했다.

"오늘 한 공연, 이건 너희 팀을 위한 거였어. 같은 포맷으로 언제든지 공연해도 좋아. 조금 더 연습하고 디테일하게 만들면 완벽하게 할 수 있을 거야. 언젠가 완성본을 보게 되는 날이 온다면 좋겠다."

주문한 음식을 거의 다 먹었을 무렵 이제는 친구들과 작별 인사를 해야 했다. 일주일이 짧으면 짧지만 함께 땀 흘리며 연습하고, 매일 밤마다 탁구 시합을 하고, 서로에게 가장 맛있는 음식을 만들어주기도 하고, 함께 무대까지 서고… 내겐 결코 짧지만은 않은 시간이었다. 특히 그들이 내게 보여준 진심과 고마운 마음은 두고두고 기억에 남을 것이다. 다시 혼자가 되어 세계 일주를 떠나는 내게 그들이 준 온기만큼 깊은 감동은 또 없었으니까.

다음 날 나는 오전에 일찍 일어나 근처 대형 마트로 향했다. 직원에게 카트 대여 허락을 받은 다음 스포츠 센터에 필요한 물품들을 마구 담았다. 냉장고를 가득 채울 만큼의 음료수와 샴푸, 린스, 바디워시, 키친타올, 부상 방지 테이프, 의료 구급상자, 무릎 아대 등… 몇 번이나 동전을 우르르 쏟으며 계산하는 나를 마트 직원이 처음에는 신기하게 쳐다봤지만, 몇 번을 반복하니 먼저 와서 함께 계산을 도와줬다. 그렇게 우여곡절(?) 끝에 냉장고 2대를 가득 채우고 연습실, 샤워실, 화장실, 주방까지 구입한 물건들을 채워 넣으니 주머니 속엔 달랑 4유로가 남았다.

"나 혼자 흘린 땀이 아닌데, 이게 맞지."

세계의 서쪽 끝에서
하늘을 날다!

포르투갈

드디어 유럽에서의 마지막 목적지에 발을 들였다. 유라시아 최서단에 위치한 포르투갈. 그곳엔 사람의 발길로 갈 수 있는 서쪽의 마지막 땅이 있다. 바로 "여기에서 땅이 끝나고, 바다가 시작된다."라는 포르투갈의 대시인 루이스 바스 드 카몽이스Luís Vaz de Camões의 시가 적힌 땅끝 마을 '호카 곶'. 반년에 걸쳐 동남아, 중앙아시아, 중동, 아프리카, 유럽까지 끊임없이 서쪽으로 이동했다. 그리고 이제 가장 서쪽의 끝에 서보기로 마음먹었다.

리스본 시내에 위치한 호시우 역에서 열차를 타고 40분을 이동하니 신트라라는 지역에 도착했다. 이곳에 오면 보통 금전적 자유로움을 얻은 왕들과 재벌가가 만들어놓은 무어 성, 페나 궁전, 그 외 여러 별장들을 관람하기 마련인데, 나는 3개월 동안 본

유럽의 건축물에 질릴 대로 질려버려서인지 그런 여행 코스는 패스하기로 했다. 그리고 딱 2가지만 제대로 해보자고 생각했다. 하나는 가장 서쪽의 끝에 서보는 것, 그리고 다른 하나는 근처에 있는 오래된 어촌 마을을 걷는 것이었다.

403번 버스를 타고 40분간 달려 호카 곶에 도착했다. 버스에서 내리자 내리쬐는 햇볕에 눈살이 찌푸려졌지만 마음만은 왠지 모르게 상쾌했다. 저 멀리 십자가 기념비가 보였고, 나무로 만들어진 난간을 양옆에 두고 서쪽의 끝으로 향하는 오솔길은 내가 그립고 그리워하는 어떤 한 장소와 꼭 닮아 있었다. 바로 제주도의 섭지코지. 분명 유럽의 서쪽 끝에 왔는데 이 광경을 보고 제주도 섭지코지를 떠올리다니(역시 뼛속까지 코리안).

카몽이스의 시가 적힌 기념비를 앞에 두고 카우보이 모자를 쓴 중년의 남성이 기타를 치며 감미로운 노래를 부르고 있었고, 바다 쪽으로 발걸음을 옮기니 손발이 저릿해지는 어마어마한 높이의 해안 절벽이 보였는데, 그야말로 장관이었다.

나는 잠시 눈을 감고 불어오는 바람을 느끼다가 재미있는 생각이 떠올라 서둘러 구글 지도를 켰다. 실제 지도에 표시된 가장 서쪽에 가보고 싶었기 때문이다. 왼쪽으로 난 작은 비포장길을 내려가니 암벽들로만 이루어진 돌길이 나왔고, 난간조차 없는 그곳을 지날 때는 떨어지면 죽는다는 생각만 하면서 엉금엉금 기어갔다.

Aqui… onde a terra se acaba e o mar começa….
여기에서 땅이 끝나고, 바다가 시작된다….

- 루이스 바스 드 카몽이스

'남자들이 빨리 죽는 이유'라는 제목의, 아무짝에도 쓸모없는 무모한 도전을 즐기는 남자들의 모습을 모아놓은 영상을 본 적이 있는데 내가 하고 있는 행동이 딱 그것 같았다.

암벽 끝에 도착하니 역시나 나만큼이나 정신 나간 아이들이 있었다. 10대 후반에서 20대 초반으로 보이는 남자 2명이었는데, 1명은 보기만 해도 소름이 돋는 높은 암벽 위에 서 있었고, 다른 1명은 사진을 찍을 준비를 하고 있었다. 그러더니 "쓰리, 투, 원!"이라고 말하는 동시에 높은 암벽 위에 서 있던 친구가 밑으로 휙 뛰어내리는 게 아닌가. 나는 깜짝 놀라서 소리를 질렀다. 그때 사진을 찍어주던 친구가 내게 말했다.

"브로! 저 암벽 밑에 조그만 공간이 있어! 그곳으로 떨어진 거라고! 뛰어내려도 안전해! 그리고 이 사진 좀 봐. 멋있지 않아?"

암벽 아래 아무리 공간이 있더라도 조금만 삐끗하면 옆으로 굴러떨어지겠는데 안전하다니…. 하지만 그 친구의 DSLR 액정에 표시된 사진을 보자마자 감탄할 수밖에 없었다. 끝이 보이지 않는 수평선 그리고 하늘을 가르며 뛰어오르는 한 남자의 모습까지, 호카 곶 베스트 사진 공모전이 열린다면 분명 이 사진이 1위를 할 것 같았다. 세상의 서쪽 끝에서 바다를 향해 뛰어내린다는 것이 내 마음을 사로잡았고, 곧이어 절대로 해서는 안 될 말이 튀어나와 버렸다.

"나도 할래! 사진 찍어줄 수 있어?"

정신을 차려보니 아까 내가 보고 소리를 질렀던, 그 어마 무시한 장소에 내 발로 올라와 있었다. 다행히 양발 사이로 보이는 작은 공간은 착지하기에 별 어려움이 없어 보였고, 높이 또한 그다지 높아 보이지 않았다.

"헤이, 준비됐어? 하나, 둘, 셋 하면 뛰는 거야! 오케이? 하나, 둘, 셋!"

나는 온 힘을 다해 바닥을 밀어내며 양다리와 양팔을 크게 벌렸고, 공중으로 크게 뛰어올랐다가 아래로 떨어졌다.

그런데… 곧바로 자리에서 일어나려고 했으나 일어날 수가 없었다. 뒤이어 오른쪽 발뒤꿈치에서 느껴지는 욱신욱신한 고통 때문에 가벼운 부상이 아님을 직감적으로 알 수 있었다. 내가 쉽게 일어나지 못하자 사진을 찍던 친구들이 다가와 괜찮은지 물었다. 나는 괜찮다고 애써 웃으며 친구들을 돌려보낸 다음 두세 걸음을 걸어보았다. 하지만 사태는 더욱 심각해져 하는 수 없이 눈에 보이는 바위에 걸터앉았다.

큰일이었다. 불과 3일 후에 포르투갈에서 가장 큰 댄스 학원에서 비보잉 수업을 해야 하는데… 망했다….

10분 만에 걸어왔던 작은 오솔길이 멀게만 느껴졌다. 오른쪽 발뒤꿈치가 부어오르기 시작했고, 앞 발가락으로 걷다가 뒤꿈치가 살짝 바닥에 닿기라도 하면 엄청난 통증이 찾아왔다. 뒤꿈치에 금이 간 것 같았다.

남자들이 빨리 죽는 이유.jpg

3일 후에 비보잉 수업, 5일 후에는 그토록 꿈에 그리던 중남미로 이동해야 하는데 이런 심각한 부상을 입다니. 바보 같은 나의 행동을 원망해도 달라질 것은 없었다. 오래된 어촌 마을로 발걸음을 옮기려다 리스본으로 돌아가는 것이 나을 것 같아 목적지를 변경했다. 한시라도 빨리 호스텔에 도착해 얼음찜질을 하는 것이 더 낫다는 걸 알고 있었기 때문이다.

3일 후, 수업을 해야 하는데 뒤꿈치는 전혀 나아지지 않았다. 여전히 앞 발가락을 이용해 걸었지만 그렇다고 온라인 홍보까지 해서 수강생을 모집한 수업을 미룰 수는 없었다. 10명이 넘는 비보이와 비걸이 나를 만나려고 연습실에 왔다. 최대한 뒤꿈치를 바닥에 대지 않는 기술 위주로 수업을 진행하려 했지만 그마저도 쉽지 않았다. 결국 수업 막바지에는 함께 사이퍼를 하며 춤을 추는 바람에 통증이 더 심해졌다.

세계 일주를 한 지도 300일이 가까워지고 있었고, 나는 곧 쿠바로 이동할 계획이었다. 지금까지의 여행이 중남미로 가기 위한 연습이라고 생각했을 정도로 중남미는 내가 가장 기대한 곳이었다. '만일 시간을 되돌려 다시 암벽 위에 선다면 무모하게 뛰어내리지 않았을까?' 하지만 아무리 생각해도 난 또 뛰어내렸을 거다. 그래야 직성이 풀릴 테니까. 그게 나니까.

세계 대회 3위를 하고 그다음 해인 2004년 독일 배틀 오브 더 이어 한국 예선전에서 다시 한 번 우승을 했다. 그리고 또 한 번 독일로 향했다. 지금 생각하면 웃음이 나오지만 갑자기 달라진 음식에 컨디션 난조가 올까 두려워 김치를 포함한 밑반찬 몇 박스와 국내산 쌀, 그리고 밥솥까지 챙겨서 갔었다. 다른 비보이 팀들이 뷔페식 식사를 할 때 우리는 숙소에서 밥솥의 취사 버튼을 눌렀다.

우리에게 독일 배틀 오브 더 이어라는 대회는 단순히 춤 시합을 하는 무대가 아니라 우리의 꿈을 실현하느냐, 마느냐를 결정지을 기회였다. 그래서 우리는 젖먹던 힘까지 짜내 2만 명의 관중들 앞에서 결승전을 치렀다.

결과 발표를 앞두고 한참 동안 긴장감이 맴돌았다. 사회를 보던 MC가 관중들을 향해 "오늘의 우승자는?"이라며 외쳤고 잠시 후, 거대한 폭죽 소리와 함께 갬블러 크루라고 발표했다.

우리는 미리 준비해온 거대한 태극기를 꺼내 무대에서 방방 뛰며 소리 지르기 시작했고, 그토록 갈망하던 우승컵을 하늘 높게 들어 올리자 관중들의 함성이 터져 나왔다. 그야말로 세상을 다 가진 것 같았다.

그리고 다음 해인 22살, 아시아인 최초로 비보잉의 종주국인 미국 '비보이 호다운'에서 우승을 하며, 갬블러 크루는 급속도로 유명해지기 시작했다.

그 후 영국, 오스트리아, 룩셈부르크, 프랑스, 일본 등 세계 대회에서 50회 이상 우승하며 대한민국 비보이의 저력을 세상에 알렸다.

그렇게 나의 뜨거웠던 20대는 한 음절로 표현할 수 있었다.

'춤'.

5장

다이(Die)내믹한 여행

다이내믹한 거리 공연

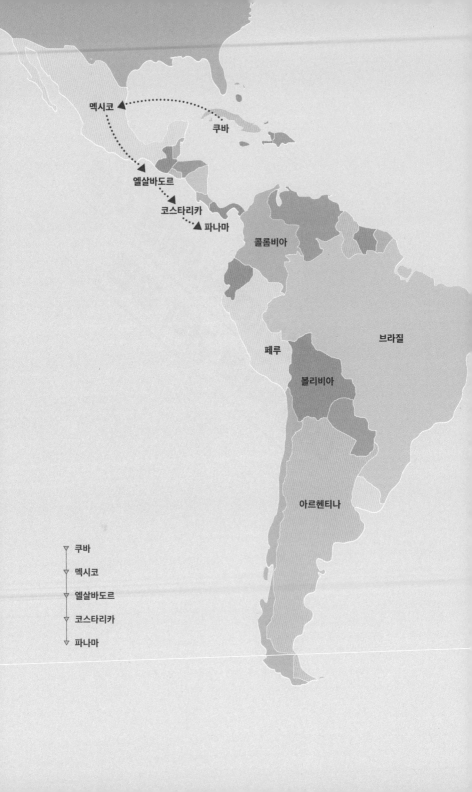

낙엽 소리에도
춤추는 사람들

쿠바

이제 곧 쿠바행 비행기를 타는데 어떻게 여행을 해야 할지는 생각하지 않았다. 유럽 여행을 하면서 내가 뼈저리게 느꼈던 건 내가 좋아하는 여행 스타일은 '무계획'에 가깝다는 것이었다. 그래서 쿠바의 경우에도 쿠바의 치안 수준을 잘 몰랐기 때문에 한인 민박 '하나 쿠바'에서 3일 정도 먼저 머물러보자는 것이 일단 내 계획의 전부였다. 하지만 아무리 무계획이더라도 쿠바 여행을 하기 위해서는 꼭 알아야 할 필수 상식 3가지가 있었다.

첫 번째는 '여행자 카드'다. 쿠바는 법적으로 한 달 무비자 여행지이지만 여행자 카드가 있어야만 입국을 할 수 있다. 나도 작은 종이에 이름, 생년월일, 여권번호, 국가를 적고 54유로(약 7만 원)라는 큰 금액을 지불했다. 비자도 아니고 여행자 카드라니….

두 번째는 '여행자 화폐'다. 쿠바에는 현지 화폐와 여행자 화폐가 있는데, 여행자 화폐 쿱과 현지 화폐(쿡, 모네다)의 차이는 무려 24배에 달한다. 그러니까 1쿱은 24모네다인데 이 말은 곧, 같은 식당에 들어가 같은 음식을 먹어도 사람에 따라 가격을 다르게 받는다는 말이기도 하다. 나는 운이 좋게도 현지인과 친해져 모네다와 쿱을 번갈아 사용하며 여행을 했는데, 현지 화폐를 쓰면 동남아시아의 그 어떤 곳보다 저렴하게 여행을 할 수 있었고, 여행자 화폐를 쓰면 유럽 수준의 비싼 물가를 실감할 수 있었다.

세 번째는 '인터넷'이다. 쿠바는 전 세계에 아직도 이런 곳이 남아 있나 싶을 정도로 인터넷 상황이 열악했다. 일단 유심이 없다. 그래서 와이파이 카드라는 걸 구입해야 하고 삼삼오오 사람들이 모여 휴대전화를 들여다보고 있는 장소를 찾아 와이파이 카드의 회색 부분을 복권 긁듯이 긁는다. 그리고 일련번호를 입력하고 확인 버튼을 누르면 그때부터 1시간 동안 와이파이를 이용할 수 있다. 하지만 속도가 문제였는데 한국에서 5분이면 업로드 될 영상이 이곳에서는 10시간 정도 걸렸다.

쿠바에 입국하면서부터 합리적이지 못한 가격의 여행자 카드나, 부루마불 게임에서나 사용할 것 같은 여행자 화폐(현지 화폐와 차별을 감수해야 하는)를 사용해야 한다는 것도, 지구상 몇 남지 않은 최악의 인터넷 환경을 경험하면서 화가 났지만, 세계 여행지 중 다시 한 번 가보고 싶은 나라를 꼽으라면 난 쿠바를 꼽을 것 같다. 비상식적이어서 비상식적으로 좋았던 쿠바. 사랑과 낭만이 충만한 쿠바. 쿠바에서는 흘러내리는 낙엽 소리에도 사람들이 춤을 춘다는 말이 있다. 쿠바인들에게 음악이라는 건 그들의 삶과도 같다고 했는데, 거리를 돌아다녀 보니 그 말은 진짜였다. 여행자로서, 한 명의 댄서로서 쿠바에서는 분명 재미있는 일이 일어날 것 같은 예감이 들었다.

운 좋게도 내가 예약한 한인 민박에는 아드리안이라는 현지인 가이드가 있었다. 한국인 여자 친구를 둔 아드리안은 스스로 한국어 공부를 하고자 한국인 숙박 손님들에게 무료 가이드를 해주겠다고 자처했는데 내가 당첨된 것이다! 그와 대화를 하다 보니 한국 비보이들의 팬이라는 사실을 알게 되어 더 가까워졌고, 그 후로 우리는 매일 약속을 잡고 함께 다녔다.

아드리안과 다니니 좋은 점이 한두 가지가 아니었다. 그중 가장 좋았던 건 쿠바의 역사와 생활 방식을 현지인에게 생생하게 들으니 수박 겉핥기식 여행이 아닌 내가 그토록 원했던 그들의 문화를 가까이에서 들여다보는 여행을 할 수 있다는 점이었다. 예를 들어, 쿠바 병원은 모든 검사와 치료가 무료라거나 혼자서 다녔다면 시선도 주지 않았을 법한 장군 동상에 얽힌 역사, 동상마다 모양이 왜 다른지도 아드리안의 설명 덕분에 알게 됐다. 그가 알려준 내용 중 흥미로웠던 것은 변호사, 의사, 판사 등 한국에서는 꽤 괜찮은 축에 속하는 직업이 쿠바에서는 오히려 박봉이며, 식당 주인, 술집 웨이터, 택시 기사와 같은 서비스업이 오히려 어마어마한 돈을 번다는 것이었다. 또, 쿠바는 내가 생각한 것과 다르게 치안이 아주 좋은 나라였는데 관광산업이 주 수입원이었기에 관광객을 상대로 범죄를 저지르면 국가적 손실이라 판단해 엄중한 처벌이 내려진다고 했다. 이런 일상이나 역사 외에도 나는 춤을 추는 사람이니 쿠바 사람들이 즐기는 문화나 그들이 어디에서 노는지가 정말 궁금했는데, 아드리안 덕분에 현지인 느낌이 물씬 나는 곳을 수월하게 가볼 수 있다는 점 또한 좋았다.

"아드리안, 쿠바인들은 흥이 많잖아. 그들의 정열적인 모습을 보려면 어디로 가야해?"

"형! 좋은 데가 있어!! 페브리카 데 아르떼(Fabrica de Arte)!*"

우리는 오전에 잠깐 돌아다니다가 늦은 밤이 되자 숙소 정문에서 다시 만났다. 클럽에 간다며 한껏 멋을 부린 아드리안이 귀여워 깔깔거리며 웃었고, 아드리안은 그런 날 신경도 쓰지 않은 채 결의에 찬(?) 듯 진지하게 설명했다.

"형, 지금 가는 데 쿠바 통틀어서 제일 핫한 곳이야. 꽤 오래 문을 닫았다가 하필 오늘 재오픈을 하는 그야말로 역사적인 날이

---

* 예술 공장이라는 뜻.

라고! 형은 진짜 운 좋은 줄 알아!!"

50원을 내고 탄 버스가 20분쯤 달렸을까. 무심하게 열린 뒷문으로 내린 나와 아드리안은 가로등 하나 없는 칠흑 같은 골목을 다시 한참 걸었다. 도무지 핫한 클럽과는 거리가 멀어 보이는 곳 같은데… 그런 생각을 할 때쯤 내 눈앞에 거대한 노란색 공장이 등장했다.

세상에… 세상에나… 세상 힙한 쿠바의 젊은 친구들은 여기에 다 모여 있다고 해도 과언이 아닐 정도로 잘생기고 예쁜 친구들이 공장 앞에 길게 줄지어 서 있었다. 클럽에 들어가지도 않았는데 심장이 나대기 시작했다.

하지만 이건 그야말로 시작에 불과했다. 입장료가 한화로 고작 2,600원 정도라는 사실에 놀라서 들어간 나는 '예술 공장' 내부를 본 순간 입이 딱 벌어졌다. 클럽 입구로 들어가자 왼쪽에는 음료를 사서 마실 수 있는 작은 바가 있었고 오른쪽으로 난 복도를 따라 들어가면 수많은 미술 작품들이 전시돼 있었다. 한국에서 즐기던 클럽의 분위기와 사뭇 달랐는데, 클럽이라기보다는 마치 잘 꾸며진 갤러리 같았다.

그림을 구경하며 복도의 절반쯤 걷다 보니 왼쪽에 공연장과 무대가 보였고, 30년 정도는 거뜬히 음악을 했을 것 같은 포스의 가수와 밴드가 작은 콘서트를 열고 있었다. 입을 벌리고 눈동자를 좌우로 굴리며 호기심 가득한 얼굴로 구경하고 있으니 아드리안이 이렇게 말했다.

"형, 이제 시작에 불과해. 여기 진짜 넓어. 길 잃어버리지 않게 조심해."

그 말은 사실이었다. 콘서트를 하던 곳을 지나 복도 끝까지 걸어 다시 왼쪽으로 몸을 돌리니 커튼에 가려진 음산한 기운의 문이 하나 등장했다. 혹시라도 귀신의 집 같은 것일까 싶어 최대한 느릿느릿하게 커튼을 열고 고개를 숙인 채 들어가니… 어라…? 예상치도 못한 주얼리 전시장이 나왔다.

판매하는 것인지, 예술가의 전시품인지 모르겠으나 새하얀 빛이 흘러나오는 유리 상자에는 각종 보석들이 저마다 아름다움을 뽐내고 있었다. 도대체 클럽에 왜 이런 곳이 존재하나 싶으면서도 신기하고 또 놀라웠다. 그렇게 주얼리 방을 지나 몇 걸음 더 옮기니 이번에는 옷걸이와 행거에 잔뜩 걸린 형형색색의 옷들이 보였다. 옷마다 가격표가 붙은 것으로 봐서는 판매용이 틀림없다.

'도대체, 이곳의 정체는 뭘까.'

아리송한 마음으로 계속 가다보니 땀을 식히거나 담배를 피우며 술을 마시는 야외 광장이 나왔고 지금까지 본 것은 전초전에 불과하다는 듯 새로운 건물로 향하는 통로가 보였다. 그곳으로 자리를 옮기자 술을 마시지 않는 사람들이 즐길 수 있도록 카페가 준비돼 있었다. 멋지고 아름답고 다 좋은데… 도대체 끝이 어디일까? 이곳에 들어온 지 30분은 된 것 같은데, 아직 맥주 한 잔

마시지 못한 채 계속 걷기만 해서인지 슬슬 지치기 시작했다.

"아드리안, 나 이제 좀 지치려고 해. 이게 끝인 거지(제발 끝이
라고 말해)?"

"아니, 형, 2층!"

아니 이건 무슨… 깨도 깨도 계속 등장하는 스테이지 게임을
하는 것 같았다. 그를 따라 2층으로 가니(더 이상 놀랄 힘도 남아
있지 않았지만) 무릎을 탁! 치게 만드는 공간이 등장했다. 여러 개
의 소파가 줄지어 있고 그 끝에 웬만한 영화관 수준 이상의 거대
스크린이 놓여 있었다. 아드리안의 말에 따르면 이곳에서 스포
츠 경기 중계나 뮤지컬 실황을 보여주기도 하고 가끔은 영화 상
영을 한다고 한다.

'그래, 어디까지 하나 보자.'

영화관을 지나 계단을 하나 더 오르니 화사한 분위기의 사진
전시관이 나왔는데, 쿠바의 과거와 현재를 그대로 보여주는 사
진들이 액자에 걸려 있었다. 그 밖에도 공간 곳곳마다 전시된 설
치 미술, 미술관을 통째로 가져온 듯한 그림 등 가히 '예술 공장'
이라 불릴 만한 매력적인 공간들이 많았다.

그리고 마침내 이곳에 들어온 지 1시간 만에, 드디어 맥주를
손에 넣었다. 훑어보기만 했는데도 1시간이나 걸리다니… 맥주
2캔을 단숨에 때려 넣은 나는 1캔을 더 주문해 손에 들고서 본격
적으로 놀아보고자 가장 멋있게 보였던 작은 콘서트장으로 자리

를 옮겼다.

그곳에 도착하니 아까 지나가며 보았던 밴드 공연은 이미 끝났고, 사람들의 춤판이 벌어졌는데 일반적인 클럽의 분위기라기보다는 관중들이 공연을 관람하듯 사람들이 동그랗게 서서 콘서트장 가운데를 바라보고 있었다. 궁금한 건 또 못 참아서 나는 사람들 틈을 비집고 들어가 콘서트장 한가운데에 입성하는데 성공했고 그들이 무엇을 그토록 흥미롭게 바라보고 있었는지 그 정체를 알게 됐다. 전문 댄서로 보이는 현지인 6~7명이 흘러나오는 음악에 맞춰 어깨를 좌우로 과격하게 움직이기도, 단체로 섹시한 웨이브를 하며 사람들에게 따라 하기를 유도하기도, 새로운 댄서가 등장하며 마치 배틀의 한 장면을 연출하기도 하면서 이곳의 분위기를 이끌고 있었다. 나 역시 한 사람의 댄서로서 흥미롭게 구경하고 있었는데 갑자기 DJ가 음악 바꿨다.

제임스 브라운JAMES BROWN의 Get Up I Feel Like Being A Sex Machine(일어나, 섹시한 사람이 된 기분이야)!

오 마이 갓!!! 이 노래는 비보이들이 배틀 할 때 단골손님으로 나오는 음악 아닌가. 내가 한때 가장 좋아했던 음악이기도 한 이걸, 여기서 이걸 튼다고!?? 분위기를 주도하던 댄서들도 흥이 났는지 갑자기 분위기가 배틀로 변했고, 그동안 춘 가벼운 움직임이나 웨이브가 아닌 내가 사랑하는 스트릿 댄스로 장르를 확 바꿔버리는 것이 아닌가! 게다가 몇몇 댄서들은 나의 주 전공인 비보잉 스텝을 밟고 있었다.

평소 같았으면 몸이 먼저 반응해 이미 무대로 나가 한판 벌였을 나인데, 잠시 생각에 잠겼다. 포르투갈에서 다친 뒤꿈치 때문이었다. 부상을 입은 지 꽤 오래됐는데도 나는 여전히 뒤꿈치를 바닥에 대지 못하는 상태였다. 지금의 내 모습은 마치 콧등 위에 올려놓은 맛있는 간식을 먹지도 못하고 기다리라는 주인의 말에 애간장만 타는 강아지와 같았다. 하지만 음악을 듣고 있으려니 좀이 쑤셔 미칠 것 같았다.

'에라, 모르겠다! 더 이상은 못 참겠다!!'

내가 자면서까지 노래를 불렀던, 그래서 꽤 오해를 불러일으킨(제목만 봐도 짐작이 가지 않나), 내가 사랑하는 제임스 브라운 음악이 나오는데 멀뚱멀뚱 바라만 보고 있을 수는 없었다! 정신을 차려보니 나는 이미 콘서트장 중앙에서 스텝을 밟고 있었고 현지 댄서들은 갑작스러운 동양인의 등장에 몇 발자국 뒷걸음질 친 상태였다.

나는 그 순간 정신이 나갔는지 뒤꿈치에 무리를 줄 만한 풋워크를 선보였고, 사람들의 호응에 보답하기라도 하듯 헤드스핀드릴*을 가볍게 한 다음 프리즈로 마무리했다. 현지 댄서들은 손가락으로 권총 모양을 만들어 위아래로 흔들며 소리를 질렀

---

* 거꾸로 숫자 1자처럼 서서 머리로 회전하는 기술.

다. 나는 드디어 콧등 위에 얹어놓기만 했던 맛있는 간식을 입안에 넣은 것 같았다.

현지 댄서들이 몇 차례 나의 춤에 답을 하며 주거니 받거니 놀고 있는데 DJ가 황급히 느린 음악으로 분위기를 바꿨다. '분위기 좋았는데 왜 벌써…' 그러면서 주위를 둘러보니 그곳에 있던 대다수의 사람들이 짐을 챙겨 일제히 한곳으로 자리를 옮기고 있었다. 심상치 않은 분위기를 느낀 나 역시 그들이 향하는 곳으로 자리를 옮겼다.

그곳에는 이미 많은 사람이 무대에 바짝 붙어 있었고 반 정도 찬 공간은 5분 정도 지나자 뒤이어 온 사람들로 인해 빈틈없이 찼다. 그리고 잠시 후 무대에 조명이 팍! 하고 들어오며 밴드와 가수가 등장했는데 아드리안에게 물어보니 요즘 쿠바에서 꽤 핫한 뮤지션들이라고 했다. 오늘은 몇 개월 만에 새롭게 오픈한 예술 공장의 기념일이었기 때문에 클럽에서 유명 가수를 초대한 것이다.

와!! 입장료 2,600원에 이런 호사를 누리다니. 그들은 자연스럽지만 긴장감이 있는, 익숙하지만 가볍지 않은 무대 매너로 노래를 불렀다. 사람들이 많이 아는 노래로 시작하자 모든 사람이 떼창을 하기 시작했고 순식간에 분위기가 후끈 달아올랐다. 분위기가 점점 더 격해지자 무대 위에 있던 가수는 능수능란하게 분위기를 이끌었다. 가수가 멜로디를 넣어 선창하니 모든 사람이 따라 불렀고, 우리의 감정이 클라이맥스에 다다라 소리를 힘껏 지르고 싶을 때 가수는 새로운 곡을 불렀다. 그곳에 모인 모든 사람이 박자에 맞춰 제자리에서 뛰었고 그 광경을 지켜보며 너무 감동받은 나는 뒤를 돌아봤다. 그러자 거의 모든 사람이 휴대전화 플래시를 켜고 좌우로 흔들며 어둠에 햇살이 비추는 것처럼 가수를 응원하고 있었다.

"와, 이거 진짜 미쳤다!!"

그 순간 난 아픈 뒤꿈치도 잊었다. 왜냐하면 내가 가장 높게 뛰며 좋아하고 있었기 때문이다. 그들의 공연에 매료된 관객들 중 몇 명은 흥을 주체하지 못해 무대 위로 난입해서 마구잡이로 춤을 추기 시작했고 보통의 경우라면 경호원들이 그 행동을 제재하겠지만 클럽 공연의 특성상 너도 친구, 얘도 친구, 쟤도 친구 같은 분위기라 공연은 계속 이어졌다. 대략 1시간쯤 지났을까. 내가 발산할 수 있는 모든 에너지를 다 쏟아내고 나니 어느새 공연이 끝났다. 정말 '하얗게 불태운' 순간이었다.

아드리안 덕분에 정말 쿠바의 클럽을 완벽히 경험한 것 같았다. 내 평생 다녀본 곳 중 가장 완벽한 복합 예술 공간이자, 콘서트장이자, 미술관이고, 전시장이었다. 한 번도 외국의 클럽 문화를 부러워해본 적은 없었는데 이런 곳이라면 정말 국내 도입이 시급하다. 물론, 한국으로 들어오는 순간 입장료가 20배는 뛰겠지만 말이다. 비록 다리를 절뚝거리며 숙소로 돌아가야 했지만 마음만은 그 어떤 뼈마디보다 단단하게 느껴졌다.

그나저나, 또 흥분해서 좋아지고 있던 뒤꿈치를 원상 복구시켜놨네….
에이 몰라, 그래도 쿠바에서 잊지 못할 어마어마한 경험을 했잖아.
고마워, 아드리안!!

그야말로 "미쳤다!"라는 말밖에 나오지 않았던,
쿠바 클럽의 후끈했던 현장!!

 유튜브 채널 '비보이의 세계일주 [브루스리 TV]'
무엇을 상상하든 그 이상인 쿠바의 'HOT' 클럽
/ 입장료 2,600원의 행복 헤헷

쿠바, 한국 문화에
푹 빠지다

쿠바의 수도 라 아바나 시내를 돌아다니다 보면 가끔 놀라운 일들이 벌어진다. 한번은 까사(숙소)를 잡으러 큰 배낭을 메고 땀을 뻘뻘 흘리며 발품을 팔고 있는데 젊은 쿠바 여인이 나에게 다가와 유창한 한국어로 숙소 예약을 도와주는 게 아닌가. 또 한 번은 밤늦게 혼자서 헤밍웨이의 단골 술집 '엘 플로리디타'에서 다이끼리*를 마시는데 옆 테이블에서 유창한 한국말이 들려왔다. 당연히 한국 사람이라고 생각해 고개를 돌렸는데 쿠바의 젊은 남녀가 한국말로 대화를 하고 있는 것이었다. 그들의 대화가 너무 흥미로워 귀를 활짝 열고 엿들었는데 와아… 외국인이라

* 레몬즙, 럼주, 설탕으로 만든 칵테일.

고 생각하지 못할 정도로 정확한 발음과 고급 언어들을 구사하고 있었다. 그리고 길거리를 돌아다니면 요상한 한국어가 적힌 셔츠를 입은(티셔츠에 세련되게 '오직 아들들'이라고 적혀 있는) 사람들을 종종 발견할 수 있다. 머나먼 섬나라, 쿠바의 사람들은 왜 이렇게 한국을 사랑하는 걸까? 그런 내 궁금증을 풀어주기라도 하듯 아드리안이 알려준 곳이 한 곳 있었다.

"이 근처에 아시아의 집이라는 곳이 있어. 거기에서 선생님이 한국어를 가르쳐주는데 빈자리가 없어서 못 배울 정도야!"

쿠바에 놀러 온 한국인이 현지인 한국어 선생님의 수업을 듣는 것만큼 묘한 경험이 또 있을까? 호기심에 아드리안에게 가보고 싶다고 말했고, 며칠이 지나 아드리안과 함께 한국어 수업 시간에 맞춰 아시아의 집에 가게 됐다.

골목에 들어서자 저 멀리 초록색 대문이 보였고, 아드리안은 그곳을 가리키며 아시아의 집 입구라고 말했다. 그리고 그 앞에는 약 40~50명은 족히 넘어 보이는 쿠바 사람들이 잔뜩 몰려 있었다. 나는 놀라서 입을 다물지 못했고 아드리안과 함께 모여 있는 사람들 앞으로 뚜벅뚜벅 걸어갔다. 그런데 나를 발견한 학생들이 대뜸 소리를 지르기 시작했다. 그들은 내가 누군지 알지 못하고 거리에서 처음 만난 사람일 뿐인데, 자신이 좋아하는 한류 열풍의 국적을 가진 사람이라는 이유만으로 마치 연예인을 본 것처럼 소리를 지르며 다가왔고 순식간에 나는 그들에게 둘러

싸였다. 어리둥절한 표정으로 두리번거리는 나를 향해 카메라를 들이미는 탓에 한참 동안이나 손가락으로 브이(V)를 그리며 동상처럼 서 있어야만 했지만 곧, 수업 시간 종이 치고 대문이 열리자 그 많던 학생들이 1층과 2층으로 나뉘어 우르르 들어갔다. 2층에서는 한국어 초급반, 1층에서는 한국어 고급반 수업이 열렸다. 당연한 말이지만 나는 한국어 고급반을 선택했고 15명 남짓한 학생들 사이에 자리를 잡고 앉았다.

5분 후 문이 열리며 머리카락 절반 정도를 분홍색으로 물들인 쿠바의 젊은 여선생님이 들어왔다. 그녀는 첫인상부터 포스가 장난이 아니었는데, 내가 이분이 '찐'이라고 느낀 첫 번째 이유는 교실에 들어오자마자 "많이 덥죠?"라고 말하더니 옆에 있던 선풍기를 켜고 나서 "짜자안~!"이라고 말하는 것이었다. '짜잔' 같은 표현은 진짜 한국인이 아니라면 알 수가 없을 텐데…. 외국에서 하는 한국어 수업이라고 해봐야 "'가나다라마바사.', '안녕하세요.', '식사하셨어요?'" 정도 가르쳐줄 거라고 생각했는데, 나의 예상은 완전히 빗나갔다. 거기다가 세종대왕님이 한글을 만드셨고 한글의 창제년도부터 시작해 경복궁의 역사, 이순신 장군의 업적, 덕수궁 돌담길의 전설, 3·1운동, 세뱃돈의 의미, 심지어 온돌까지 정확하게 설명하는 게 아닌가. 한국인으로서 한국어 수업에 들어가 으쓱해보려고 했던 나의 마음은 온데간데없이 사라지고 '나한테 질문하면 어쩌지?'라는 걱정이 들 정도로 그녀는 나보다 한국에 대해 더 많은 것을 알고 있었고, 발음마저 완벽했다. 미국에 타일러가 있다면 쿠바에는 바로 이 선생님이 있다고 해도 과언이 아니었다.

2시간 동안 이어진 수업이 끝나자 나는 한국어를 열심히 공부하는 학생들과 대화를 나눠보고 싶었고, 대문 앞에서 학생들을 기다렸다. 그리고 이들이 왜 한국 문화에 열광하는지 물었다. 그들의 공통 답변은 이랬다.

처음에는 그저 K-Pop과 BTS가 좋아서 한국에 관심이 생겼는데, 한국 드라마도 보게 되고 영화도 보다 보니 한국의 모든 문화에 관심을 생겼다고 한다. 알면 알수록 재미있는 한국의 매력에 푹 빠져서 언어도 공부하게 됐고 지금은 한국이 그들의 인생에 빠질 수 없는 존재가 됐다고도 말했다. 나는 그들에게 한국에 가보고 싶은지, 가본 적은 있는지도 물었다. 다들 가보고 싶다고 말했지만 실제로 가본 사람은 없었다. 질문에 대답해준 친구들에게 나중에 한국에 오게 되면 꼭 길에서라도 우연히 만나자고 허무맹랑한 얘기를 끝으로 나와 아드리안은 자리를 옮겼다.

나는 쿠바 사람들이 한국에 오기가 어려운지 아드리안에게 물었다. 아드리안의 설명에 따르면, 쿠바에는 한국 대사관이 없다. 비자를 받으려면 멕시코에 먼저 가야만 하고 비자를 받기 위한 조건도 너무 까다롭다며 고개를 절레절레 흔들었다. 또 비자를 받으려면 통장 잔고가 무려 8,000쿡(한화로 치면 약 900만 원 정도)은 돼야 하는데, 보통 쿠바 사람이 한 달에 월급으로 받는 돈이 약 30(약 4만 원)쿡 정도이니 생활비를 충당하면서 8,000쿡을 모은다는 것은 사실상 불가능한 일이라고 했다. 현실적으로 평범한 쿠바 사람이 한국에 갈 수 있는 방법은 크게 2가지인데, 첫 번째는 1년에 한 번 열리는 한국어 경시대회에서 우승하는 것(이 대회에서 우승하면 약 3주간 한국으로 여행을 보내주며, 오늘 수업의 선생님 역시 이 대회의 우승자다), 두 번째는 한국 사람과 결혼하는 것이라고 했다.

아드리안의 설명을 들으니 아까 한국에 오게 되면 길에서라도 우연히 만나자는 나의 마지막 인사가 얼마나 무책임한 이야기였는지 깨닫게 됐다. 그저 한국이 좋고 한국 문화를 경험하고 싶고, 내가 세계를 돌아다니며 여행하듯이 한국을 여행하고 싶은 것뿐인데, 그마저도 쉽지 않다는 현실이 너무나 안타깝게 느껴졌다. 언젠가 이 친구들이 한국에 온다면 얼마나 행복해할까. 나까지 웃음 짓게 하는 그런 얼굴을 하고 있지 않을까?

"대한민국에서 만나는 일이 생겼으면 좋겠어요."

나는 말뿐이 아니라 꼭 그렇게 됐으면 좋겠다는 상상을 했다.

내 인생 최고의 노을,
아니 행복

4일간 라 아바나를 여행하고 에메랄드빛 바다가 있는 작은 해안 도시 플라야 히론에서 4일을 보냈다. 그리고 쿠바 중부에 있는 도시 트리니다드를 거쳐 휴양 도시 바라데로로 이동했다. 이곳에서 나는 아주 특별하고 다시 하기 어려운 경험을 할 생각이었다. 바로 '올 인클루시브 호텔'에서 묵는 것이다.

숙소를 포함해 하루 경비를 3만 원으로 책정한 내가 숙소에 약 9만 원이라는 거금을 투자해 '올 인클루시브 호텔'을 예약했다. 하루 경비보다야 많지만 호텔 컨디션을 생각하면 다른 그 어떤 국가, 어떤 지역보다 저렴해서 안 할 이유가 없었다. 최고의 신혼여행지라 소문난 멕시코 '칸쿤'의 올 인클루시브 호텔 가격이 최소 20~30만 원인 데에 비해 이곳에서는 8~15만 원이면

4성급 호텔을 누릴 수 있으니 허리띠를 졸라매는 여행자라도 이 바라데로에 오면 플렉스를 할 수밖에 없는 것이다. 9만 원이라는 가격에 잠자리는 물론, 뷔페, 음료, 주류, 수영장, 프라이빗 해변 등 호텔 부대시설을 모두 무료로 이용할 수 있으니 무조건 누리고 봐야 한다.

배낭여행자가 하룻밤 자는 데 9만 원을 쓴다는 건 상상도 할 수 없는 숙박 요금이지만 나에게는 9만 원어치 뽕을 뽑아 먹을 완벽한 계획이 있었다. 그 첫 번째가 바로 무제한 맥주를 즐기는 것. 쿠바는 맥주 가격이 조금 비싼 편이라 1잔에 약 2,000원 정도 한다. 나는 오늘 투자한 금액만큼 내가 얼마나 맥주를 먹을 수 있을까 시험해보기로 했다. 1박 2일간 내 손은 맥주와 혼연일체가 될 것이며 30잔이란 쾌거를 이룰 시 6만 원의 본전을 뽑을 수 있다. 그렇게 되면 숙소비는 9만 원이 아니라 3만 원이 되는 셈. 고작 3만 원에 4성급 올 인클루시브 호텔에서 머물다니⋯ 홋, 역시 난 천재였어.

택시에 내려 호텔 정문에 도착하니 배낭을 앞뒤로 둘러멘 여행자는 나밖에 없었다. 궁궐 대문 같은 호텔 정문을 지나 로비로 들어오니 구름 위에 떠 있다고 해도 이상할 것 같지 않은 높은 층고에, 초록색 넝쿨이 벽을 타고 올라가고 있었다. 또 입구 반대편에는 벽면 가득한 통유리에, 그 바깥으로는 야외 수영장이 눈에 들어왔다. 마치 서울에 첫 상경한 시골 아이처럼 고개를 두리번두리번하면서 호텔 로비를 활보하다가 내가 오늘 전쟁을 치러야 할 바와 그 옆에 2개의 뷔페를 발견했다. 객실 열쇠를 받은 나는 밖이 훤히 보이는 유리로 된 엘리베이터를 타고 객실로 올라갔고, 엘리베이터 밖 사람들을 내려다보며 성공한 사람이 된 것 같은 기분이 들어 좋았다.

객실에 들어서자 한눈에 봐도 꽤 넓어 보이는 방이며, 왼쪽에 있는 화장실을 둘러보니 반짝이는 욕조가 눈에 들어왔다. 몸 앞뒤로 짊어지고 있던 배낭을 바닥에 내팽개친 다음 전속력으로 달려서 침대로 점프했다. 그래, 고급 침대는 이런 느낌이었지. 그동안 여행하며 내 몸 하나 간신히 눕힐 만한 작은 침대에 누워 쭈그리고 잤었는데. 그뿐인가, 강도라도 있을까 싶어 중요 소지품을 품에 안고 잠을 자지 않나. 또 새벽마다 간지러워 잠에서 깨면 베드버그(흡혈 빈대)가 있고, 서둘러 모든 짐을 챙겨 도망치듯 방에서 나와 로비에서 잠을 청한 적이 한두 번이 아니었다. 그 후로는 베드버그 트라우마가 생겨 좀처럼 깊이 잠들 수 없었는데…. 그 모든 날이 주마등처럼 스쳐 지나갔다.

하지만 지금은 그때와는 다르다. 나는 세상에서 가장 부유한 사람이며 가장 배부른 하루를 보낼 것이고, 시원한 맥주와 함께 에메랄드빛 카리브해 바다를 무대 삼아 마음껏 헤엄칠 것이다. 그리고 호텔 방에 들어가 욕조에 따뜻한 물을 받아 몸을 담그고 감미로운 음악을 들으며 아무 생각도 하지 않을 것이다. 그리고 최고급 스프링이 달린 멋진 침대에 누워 베드버그 따위 걱정하지 않고 팬티만 입고 자 버릴 거야! 오늘만큼은 황제 같은 삶을 살 거라고! 그런 생각을 하며 잠시 멍을 때리다가 고개를 돌려 왼쪽을 보니 통유리 창문이 있을 법한 곳에 커튼이 쳐져 있길래 고양이처럼 살금살금 다가가 냥냥 펀치로 커튼을 활짝 열었다.

와!? 뭐야!!! 오션 뷰잖아! 정말이지 오션 뷰 따위는 기대도 하지 않았고 그저 다른 건물 벽 뷰만 아니면 좋겠다고 생각하며 연 커튼 뒤에는 에메랄드빛 지중해 바다가 나를 기다리고 있었다. 순간 갑자기, 알 수 없는 울컥한 감정이 들었다. 이런 모습에 기뻐 날뛰는 나와 저 지중해 바다며, 내팽개쳐진 무거운 나의 배낭들 그리고 긴 여행으로 조금씩 지쳐가던 마음이 뒤엉켜 창문에 양손을 대고 우두커니 서서 바다의 끝으로 보이는 수평선을 넋 놓고 바라보았다.

아우… 아냐… 이렇게 멍 때릴 시간이 없어. 정신 차려. 나는 카메라를 주머니에 넣고 서둘러 방을 빠져나왔다. 그리고 엘리베이터를 타고 내려간 다음 제일 먼저 1층에 있는 바에 가 맥주를 2잔 주문하고는 벌컥벌컥 마셨다.

'여기 있는 사람들 중에 내가 제일 열심히 놀고 마실 거야.'

바에서 마신 맥주를 워밍업으로, 뷔페를 부수러 갔다. 식당에 들어서니 느끼하면서도 담백하고, 매콤하면서도 달콤한 온갖 향들이 나의 양쪽 콧구멍 사이로 비집고 들어왔다. 4성급 호텔은

달라도 달랐다. 닭 요리부터 돼지고기 요리, 소고기 요리, 해산물, 파스타, 피자, 신선한 야채들, 빵과 케이크, 디저트 과일 등등 건강한 맛(?)으로 유명한 쿠바 요리 때문에 집 나간 나의 입맛을 되돌리기에 충분하다 못해 넘칠 정도의 음식들이 깔려 있었다. 거기에 생맥주 기계와 각종 와인들, 위스키들이 진열된 주류 냉장고까지 있었다. 제일 먹고 싶었던 해산물들을 잔뜩 접시에 담은 다음 생맥주 기계 바로 앞자리에 자리를 잡았다. 수북이 쌓인 홍합과 오징어들, 파스타 면을 보니 그저 감사합니다… 감사하다는 말이 입에서 절로 튀어나왔다. 나는 총 3접시에 맥주 8잔을 마셨다. 호텔에 들어온 지 2시간도 되지 않아 8잔을 마신 것이니 꽤 좋은 기록인 것 같았다.

잔뜩 부른 배를 만지작거리며 뷔페에서 나와 호텔에 들어올 때부터 봐두었던 수영장으로 향했다. 연인으로 보이는 사람들, 가족, 친구들, 아무리 봐도 이곳에 혼자 온 사람은 나밖에 없는 것 같았다. 몇 번의 동행을 제외하고는 그동안 늘 혼자였고, 일주일간 한국어를 한 번도 사용하지 못했던 적도 있었다. 그런 날에도 괜찮았는데 이상하리만큼 이곳에 있으니 우울한 감정이 솟구쳤다. 최고급 음식에, 4성급 호텔, 내가 좋아하는 무제한 맥주까지 구비되어 있는데 대체 왜 그런 것일까. 나는 묘한 이질감이 들었다. 여기에 있는 사람들 중에 내가 가장 열심히 놀고 싶었는데… 나는 어떤 부귀영화를 누리려고 쿠바까지 왔을까? 순간 먹먹해진 가슴을 뻥 뚫고 싶어 코를 막고 수영장 밑바닥으로 잠수했다.

크게 들리던 음악과 연인들의 대화, 여행객 가족들의 즐거운 웃음소리가 서서히 멀어지며 아무것도 들리지 않는 고요한 상태가 됐다. 꿈에 그리던 머나먼 동쪽 마을 중미 그리고 남미. 이곳은 나에게 미지의 세상이자 세계 일주의 완성이었으며 꿈이라는 선물이 들어 있는 작은 상자였다. 어떤 것이 들어 있을지는 몰라도 나는 그 상자를 가장 마지막에 열고 싶었고 그전까지의 여행은 소중한 이 선물을 받기 위한 준비라고 생각했다.

나는 이런저런 생각에 잠수를 멈추고 고개를 들어 올렸다. 그리고 수영장 밖으로 나와 젖은 머리칼을 뒤로 넘기며 물기를 털어낸 다음 주저하지 않고 객실 열쇠를 챙겨 엘리베이터를 탔다. 그리고 방으로 돌아와 침대에 누운 나는 알람을 몇 개 맞춘 다음 그대로 눈을 감고 수영장에서부터 머릿속에 떠돌던 생각을 떨치려 노력했다. 그러다가 스르르 잠이 들었다….

"앗! 몇 시지!!!?"

반쯤 뜬 눈으로 휴대전화 버튼을 누르니 저녁 6시. 오, 마이 갓! 1시간만 눈을 붙인다는 게 무려 3시간이나 잠을 때려버렸다. 난 도대체 뭐 하는 놈인지, 거금을 들여 4성급 호텔을 예약해놓고 하필이면 오늘 중2병이 와버려 밥 먹고 잠만 잤으니…. 하… 서둘러 작은 가방에 수건과 카메라를 챙겨 방문을 뛰쳐나왔다.

그리고 '프라이빗 비치'라고 적힌 표지판을 따라 걸었다. 수영장을 지나 작은 오솔길 끝에 있는 나무다리를 건너니 새하얀 백사장이 나오기 시작했고 나무줄기를 엮어 만든 수많은 파라솔과 선베드는 휴양지에 온 기분을 실감하기에 충분했다.

프라이빗 비치라는 명성답게 단 몇 팀만이 여유롭게 일광욕을 즐기고 있었고 이 넓은 해변을 이렇게 단 몇 팀만 이용할 수 있다니 역시 돈이 최고라고 생각하며 한 발 한 발 걸어 넘실거리는 작은 파도를 밀어내고 다리를 반쯤 바다에 담갔다. 그사이 뉘엿뉘엿 저물어가는 태양이 파도 위에 황금빛 카펫을 만들어 나의 손등을 덮었다. 시간을 보니 1시간쯤 후에는 핑크빛 노을이 질 것 같았다.

나는 사람들이 안 쓰는 선베드를 하나 집어 들고 파도가 닿지 않을 만큼 바다와 가장 가까운 곳으로 가 자리를 잡았다. 그리고 가방을 내려둔 다음 그곳에 누워 한참동안 바다를 쳐다보았다. 한국에서도, 세계 여행에서도 바다는 나에게 위안이었고 쉼터였다. 30분 정도 흘렀을까. 구름이 점점 내가 가장 좋아하는 색으로 변하고 있었다. 보랏빛 하늘과 분홍색 구름, 황금빛 카펫이 결국 온 바다를 물들였고 조용히 기다려온 시간에 맞춰 셔츠를 벗어 던진 나는, 자연이 만들어낸 물감통에 풍덩! 하고 빠졌다. 그러고 보니 이상하리만큼 쿠바의 노을은 아름다웠다.

쿠바의 노을과 바다를 가로지르던 순간
나는 바다에서 그리고 15분 동안 바라본 노을에서 '행복'을 찾았고
이곳에 있는 사람들 중 가장 늦게 바다에서 나왔다.

쿠바에 온 첫날, 라 아바나에 도착한 바로 그날부터 하루도 빠짐없이 노을이 질 무렵에는 바다에 나가 시간을 보냈는데 원래도 노을을 좋아해 많은 나라의 노을을 봐왔지만 쿠바의 노을은 차원이 달랐다. 그동안 보아온 노을이 그냥 바라보는 것이었다면 쿠바의 노을은 그 속에 들어가는 것 같았다. 정말이지 그 순간만큼은, 딱 그 15분만큼은 노을이라는 우주 속 한가운데를 유영하는 기분이었다. 그래서 나는 바라데로에서 꼭 하고 싶었던 행동을 해보기로 했다. 바로 카리브해 한가운데에서 제대로 노을에 파묻혀보는 것이다.

본격적으로 노을이 질 무렵, 나는 선베드에서 일어나 천천히 바다 안으로 걸어 들어갔고 발목에서 무릎으로, 무릎에서 허리춤으로 바다에 몸이 잠기기 시작했다. 바다는 나의 이런 계획을 알고 있었던 것처럼 한참을 나아가도 쉽사리 깊어지지 않았고 이제는 내가 가져다 둔 선베드가 보이지 않을 정도가 되었다. 그래도 수심이 가슴을 넘지 않았다. 내가 가장 좋아하는 15분. 친구라도 있었으면 진짜 좋았을 거 같은데… 오늘은 이상하게 이런 기분이 좀처럼 가시질 않는다. 푸른빛과 보랏빛, 황금빛과 핑크빛이 묘하게 섞여 바다를 덮고 한 걸음 나아갈 때마다 나의 손짓이 물의 파동을 만들어 오묘한 빛들이 나무 위의 새처럼 파르르 도망갔다 금세 다시 제자리를 찾았다. 주위를 둘러보니 카리브해 중간에서 노을을 만끽하는 사람은 나밖에 없었다. 아무도 없는 바다에서 쿠바의 노을 안으로 들어와 팔을 벌리고 빙글빙글 돌기 시작하니 은은하게 퍼져 있는 색채에 꼬리가 생기며 길게 늘어났다. 그러다 머리를 반쯤 담그며 온몸에 힘을 빼니 나의 시선이 하늘에서 멈췄다. 이제는 눈을 깜빡이는 사이에도 하늘의 색이 바뀔 정도로 노을은 빠르게 물들어가고 있었다.

"이런 게 행복인가….”

행복이란 단어를 떠올리니 아이러니하게 눈물이 나려고 했다. 지금 내 눈앞에 있는 노을이 내 인생 최고의 노을이라는 사실에 눈물이 났고, 스쳐 지나가게 두었던 일상의 작은 행복들이 떠올라 가슴이 먹먹했다. 힘들게 일을 마치고 퇴근한 아버지와 부딪혔던 술잔 소리, 겨울이 다가오자 어머니가 바꿔 놓은 두껍고 폭신한 이불과 그 이불에 담긴 어머니의 마음, 땀을 흘리며 서로에게 존중의 박수를 쳐주던 같은 팀 멤버들, 동네 친구와 밤새 나누었던 미래에 대한 고민들, 무대와 관중 그리고 춤…. 지금 바라보고 있는 노을부터 과거에 행복했던 여러 순간들까지 그 모든 날이 빠르게 되감기가 되어 눈앞에 펼쳐졌다.

나는 인도의 한 화장터에서 앞으로 행복하게 살기로 나 자신과 약속했다. 그런데 지금 내 눈앞에 스쳐 지나간, 내가 무심코 지나쳤던 행복의 순간들이 쿠바의 하늘이라는 분홍빛 스크린에 상영되자 문득 이런 생각이 들었다.

'어쩌면 나는 이미 행복한 사람이었는데 내가 그것을 알아차

리지 못한 걸까?'

찬란했던 영화가 막을 내리니 아름다웠던 노을도 순식간에 어둠으로 바뀌어버렸다. 내가 사랑하는 15분의 시간은 지났지만 바다에서 나가고 싶지가 않았다. 그래서 조금 더 시간을 보내다가 바다에도, 해변에서도 사람을 찾아볼 수 없을 때가 되고서야 나는 바다에서 나와 터덜터덜 숙소로 향했다.

체크아웃을 하며 내가 먹은
맥주를 계산해보니 총 29잔이나 마셨더라.
맥주 1잔이 2쿡이니까 29잔×2쿡 = 58쿡,
올 인클루시브 호텔 1박이 77쿡이니까 77쿡 − 58쿡=19쿡.
19쿡은 우리나라 돈으로 약 2만 원.
2만 원에 4성급 올 인클루시브 호텔이라. 선방이다.

쿠바 비보이,
몰래카메라 대성공!

   2주간 쿠바 여행은 더할 나위 없이 좋았는데 쿠바를 떠나기 전 꼭, 다시 한 번 만나고 싶은 사람들이 있었다. 바로 처음 쿠바에 왔을 때 묵었던 하나 쿠바 민박 사장님과 아드리안이다. 그래서 쿠바의 마지막 2일은 다시 라 아바나에서 보내기로 했다.

   하나 쿠바에서 마지막 파티를 계획한 날 오후, 나는 마지막으로 말레콘의 노을을 보고 싶었다. 해 질 녘 말레콘에 앉아 오래된 건물들과 높은 파도까지 물들인 노을을 본다면 그것으로 쿠바의 마지막을 정리하기에 충분하다는 생각이 들었다. 그렇게 나는 양쪽으로 찻길이 나 있고 매끌매끌한 바닥이 깔린 중앙 광장을 하염없이 걸으며 말레콘으로 향하고 있었다. 그때 범상치 않은 친구들이 나의 레이더망에 잡혔다. 팔꿈치에 차고 있는 아대, 옆 날 쪽에 상처가 잔뜩 난 신발, 어깨를 돌리며 몸을 푸는 모습이 딱 봐도 비보이였다. 나는 걸음을 멈추고 그들을 관찰했다.

시간이 조금 지나자 한 친구가 바닥에 등을 대고 회전하기 시작했다. 그때 나는 갑자기 재미있는 생각이 떠올랐다. '비보이가 아닌 척 접근해서 갑자기 춤을 춰볼까?' 실력을 보아하니 대략 1~2년 정도 연습한 비보이들 같았고, 내가 도움을 줄 수 있을 것 같았다. 하지만 그냥 슬금슬금 걸어가 "나 23년 동안 비보잉 한 사람이야."라고 소개하며 알려주기보다 뭔가 재미있는 방법으로 그들에게 다가가고 싶었다.

나는 그들에게 가까이 가 유튜브 촬영을 하며 세계를 여행하는 배낭여행자인데, 실례가 되지 않는다면 너희들의 춤을 카메라에 담아도 되겠냐고 질문했고, 나를 평범한 여행자인 줄로만 안 그들은 심드렁한 표정을 지으며 '네가 보여달라고 부탁하니까 좀 해줄게.'라는 식으로 1명씩 춤을 췄다. 이들은 총 6명이었는데 딱 2명의 댄서만 나와 같은 선상에 서서 카메라를 바라보고 있었고 나머지 친구들은 전혀 관심 없다는 듯이 카메라에서 멀리 떨어져 자기들끼리 장난을 치느라 바빴다. 첫 번째 쿠바 비보이 친구의 무브가 끝나자 옆에 있던 친구가 자신의 춤사위를 보여줬는데 간단한 스텝을 2~3초 정도 밟더니 재미없다는 듯 구석에 모여 있던 친구들에게 가버렸다. 그러니까 아무도 내 촬영에 진심으로 응해주지 않았던 거다. 그 모습을 본 나는 은밀하게 신발 밑창을 손바닥으로 닦은 다음, 모여 있는 친구들 쪽으로 걸어가 쓰고 있던 모자를 바닥에 툭! 던졌다.

내가 가볍게 탑락을 밟자, 범상치 않다는 걸 눈치챈 2명의 비보이가 내게 집중하기 시작했다. 나는 한 손을 땅에 대고 다리를 높게 들어 공중 앞돌기를 휙 하고 돌았고 2명의 비보이는 "우악!" 하며 소리를 질렀다. 나는 그대로 한 다리를 잡고 회전하며 한 손 프리즈를 한 다음, 가볍게 연결 동작을 하고서 에어트랙을 보여줬다. 2~3바퀴 쯤 회전하니 내 귀에 "우악! 으악! 꾸악!!" 같은 괴성이 들렸다. 나의 춤사위에 꽤나 놀란 눈치다. 나는 쐐기를 박고자 물구나무서기에서 한 손으로 회전하는 나인틴 나인티를 연결한 다음, 다시 연결 동작 후 풋워크를 하다가 헤드스핀 드릴과 프리즈를 딱! 하고 마무리를 지었다.

동작을 다 하고 일어날 땐 나조차도 웃음이 터져 함박웃음을 지으며 그들을 쳐다보니, 내게 관심조차 없던 6명의 비보이가 쪼르르 서서 일제히 나만 바라보고 있었다. 입을 딱 벌리고 있는 사람, 양손으로 입을 틀어막은 사람, 손가락을 파닥거리며 박장대소를 하고 있는 사람까지, "나, 사실은 한국 비보이야."라는 말에 단체로 달려와 내게 주먹을 부딪치고 합장하며 인사했다. 비보이 세계에서는 한국 비보이들이 세계 최고라는 이미지가 강해서인지 낯선 쿠바의 광장에 한국 비보이가 나타날 것이라고는 미처 상상하지 못한 듯했다. 그들은 헤드스핀, 나인틴 나인티, 에어트랙 등 그동안 수많은 연습을 하며 궁금했던 것들을 마구잡이로 내게 물어보았고 갑자기 분위기는 비보이 수업이 되고 말았다.

쿠바는 한국처럼 인터넷을 쉽게 사용할 수 없기 때문에 제대로 된 동작이나 설명을 찾아보지 못했을 확률이 높았고, 실제로 그들의 동작을 보니 기본기가 매우 부족해 보였다. 기본기가 실력의 반인데, 기본 없이 기술을 마스터하려니 훨씬 더 많은 노력과 연습이 필요했을 터였다. 나는 그들에게 기본기의 중요성에 대해 설명해주었고, 설명을 듣던 한 친구가 1시간 후에 쿠바에서 제일 잘하는 비보이가 온다고 내게 말해줬다. 그런데 오늘 계획은 '말레콘 노을을 마지막으로 감상하기'였는데 이러다가는 노을을 놓쳐버릴 것 같았다. 그래서 조심스럽게 "저… 저기, 친구들아… 내가 오늘 가야 할 데가 있어서… 미안해! 나중에 기회가 되면 또 보자!"라고 말하며 인사를 나누고 그 자리에서 황급히 빠져나왔다. 아쉽긴 했지만 이미 갑작스러운 수업 요청으로 시간이 많이 흐른 터라 더 이상 지체할 수가 없었다.

그렇게 말레콘에 도착해 한적한 곳에 자리를 잡은 다음 노을이 지길 기다리고 있는데, 이상하게 자꾸 그들의 모습이 눈에 밟혀 마음이 편하지가 않았다. 찢어진 신발, 더러워진 아대, 수많은 질문들… 결국 나는 '에이씨, 안 되겠다.' 싶어 자리에서 일어나 아까 그들을 만났던 자리로 되돌아갔고 1시간 후에 온다던 실력자 비보이는 무심한 표정으로 내게 인사를 건넸다.

그 친구의 춤을 관찰해 보니 듣던 대로 이곳의 최고 실력자는 맞는 것 같았다. 그런데 실력자 친구가 대뜸 내게 내일 비보이 수업을 해줄 수 있냐고 물었다. 나는 내일 떠난다는 사실과 함께 언제 다시 올지 모른다고 대답했고, 실력자 친구는 손바닥으로 본인의 허벅지를 내려치며 한숨을 쉬었다. 아마도 그는 내가 이곳에서 며칠 머무는 줄 알고 있었던 것 같다.

내가 시간이 없다는 사실을 알게 되자 다급해진 친구는 물어보고 싶었던 것을 쏟아냈다. 기술적인 부분부터, 춤을 출 때 어떻게 스토리텔링을 해야 하는지, 자기만의 색깔은 어떻게 만드는 것인지, 바닥은 어떻게 사용해야 하는지. 이런저런 질문에 대답을 해주다 보니 한인 민박 사장님, 직원들, 아드리안과 마지막 파티를 하기로 약속한 시간이 거의 다 됐다. 음식을 만들어 놓고 기다리고 있겠다고 했으니 더 이상 그곳에 머물 수 없었고 친구들의 아쉬워하는 표정을 보니 나도 덩달아 아쉬웠다.

"친구들! 오늘 너무 즐거웠어. 하지만 나 이제 정말 가 봐야 할 것 같아. 우리 나중에! 나중에 보자고!"

작별 인사를 건네자 실력자 친구가 다급한 목소리로 말했다.

"브루스리, 춤 한 번만 더 보여주고 가면 안 돼?"

사실 난, 춤을 추면 안 되는 상태였다. 아까 전 시도했던 텀블링과 풋워크 때문에 뒤꿈치 통증이 다시 악화됐고, 말레콘을 다녀오면서 걷는 것마저 불편해졌다. 하지만 초롱초롱한 눈빛으로 나의 한 마디 한 마디를 귀 기울여 들으려는 친구들을 보니 또다시 '아휴… 나도 모르겠다… 진짜….'라는 생각이 들었고, 발뒤꿈치를 바닥에 대고, 그들이 원하는 춤을 몇 가지 보여줬다. 아까전, 몰카를 찍으며 했을 때랑은 확연히 다른 통증이 느껴졌다. 하지만 우리는 다시 만나지 못할 가능성이 높았고, 아무런 정보를 얻지도, 교육을 받지도 못한 이들에게는 내가 지금 추는 춤 한 번이 그저 한 번의 춤이 아니라 그 이상의 의미가 될 수 있다는 걸 알았기에 이대로 멈추고 갈 수는 없었다. 그렇게 통증을 참으며 동작을 보여준 나는 나중에 대회에서 만나자며, 열심히 연습하라고 그들에게 응원의 인사를 건넨 다음 헤어졌다.

숙소까지 가는 15분이 이렇게 길었나…. 발뒤꿈치는 퉁퉁 부어 3분 정도 걷다가 멈춰서 조금 쉬어야 또 걸을 수 있었다. 이 정도라면 다리를 처음 다쳤던 날인, 포르투갈의 호카 곶으로 타임머신을 타고 돌아간 것과 진배없었다.

그 후 쿠바 비보이들을 깜짝 놀라게 한 몰래카메라 영상은 유튜브 채널에 올리자마자 400만 이상의 조회 수를 기록하는 등 폭발적인 인기를 얻었다. 그 덕에 구독자 수도 6만 명 정도였는데 12만 명으로 2배가량 훌쩍 뛰었다. 새로 고침을 하면 할수록 끝없이 늘어나는 구독자와 댓글 때문에 기분이 좋으면서도 참 묘했다. 구독자와 조회 수는 내 고통에 비례하는 걸까….

뭐 이런 아이러니한 생각도 잠깐 들었지만 친구들과의 좋았던 추억, 아름다운 풍경들을 생각하니 고통보다는 좋았던 것이 더 많았던 듯하다. 어쨌거나 쿠바는 여러모로 참 신비한 곳이고 기회가 된다면 꼭 다시 찾고 싶다.

그때까지 잘 있어야 해, 쿠바 그리고 비보이들.

세계 일주를 마치고 한국으로 돌아온 나는
아드리안에게 놀랄 만한 소식을 전해 들었다.
"형, 나 한국에 있어요. 우리 만나요."
"응? 어떻게 한국에 왔어!!?"
"나 여자 친구랑 결혼했어요. 빨리 만나요."
"헐… 대박…"

유튜브 채널 '비보이의 세계일주 [브루스리 TV]'
한국 비보이가 춤 못 추는 척 하다가 갑자기 비보잉을 했더니 반응이ㅋㅋ
/ 쿠바 비보이 몰카

자는 사이에
모든 물건이 털렸다?!

멕시코

쿠바를 떠나 멕시코 플라야 델 카르멘에 당도한 나는, 곧 있을 멕시코 최대 축제 '망자의 날Day of the Dead'을 즐기고자 무려 26시간이나 버스를 타고 산 크리스토발 데 라스 카사스San Cristóbal de las Casas 도시로 이동, 다시 축제가 열리는 날에 맞춰 오악사카Oaxaca로 이동할 예정이었다. 곧 축제를 맞이하는 시기라 그런지 모든 버스 요금이 성수기 요금이었고, 일반석은 남아 있지도 않아 3배 이상이나 비싼 1등석 버스를 예약할 수밖에 없었다. 어차피 예약은 했고 어쩔 수 없는 상황이었으니 '그래, 이 순간을 마음껏 즐기자. 저렴한 버스를 탔을 때처럼 소지품 도난 걱정을 하지 않아도 되고, 직각으로 앉아 꾸벅꾸벅 졸지 않아도 되는 게 어디야. 호텔에 왔다고 생각하고 26시간 편하게 가자!'라고 생각하기로 했다. 그리고 종이에 적힌 좌석 번호를 찾아 자리로 가니 아기를 끌어안고 있는 멕시코 아주머니가 보여서 하는 수 없이 버스 뒤쪽, 사람들이 거의 없는 창가 쪽 빈자리에 자리를 잡았다. 가슴 앞으로 메고 있던 무거운 가방을 옆 좌석에 내려놓으며 털썩 앉으니 조금 있다가 버스가 출발하는 듯했고 나는 곧 잠이 들었다. 중간에 잠깐 버스가 멈출 때나, 급커브를 돌 때 슬쩍 눈이 떠지긴 했지만 그날따라 이상하게 잠이 쏟아졌다. 마치 수면제를 먹은 사람 같달까.

꽤 오랜 시간이 흘렀다고 생각했을 때쯤 졸린 눈을 비비며 잠에서 깼다. 시계를 보니 무려 10시간이나 지났다. 10시간이나 숙면을 취했는데도 왜 계속 졸린 거지. 여행을 하며 20시간이 넘는 장거리 버스를 탔을 때 얼마나 괴로운지를 측정하는 가장 좋은 방법은 그날 버스에서 숙면을 취하는가, 아닌가를 따져보면 된다. 잠이 오지 않으면 말 그대로 지옥 버스가 될 것이고, 숙면을 취한다면 천국 버스가 될 테니 말이다. 아직 목적지까지 가려면 절반 이상을 더 가야 했지만, 계속해서 눈꺼풀이 감기는 걸 보니 천국 버스를 탔다는 아주 좋은 신호인 것 같았다. 잠이 덜 깨 병든 닭처럼 반쯤 뜬 눈으로 창문을 내다보자 꼬리를 남기고 스치듯 지나가는 헤드라이트 불빛이 보였고, 수면 2차전에 빠지려는 그때, 불현듯 카톡이 하나 왔다.

"안녕하세요. 하나은행 FDS센터(사고예방팀)입니다. 안전한 카드 사용을 위해 이용내역 확인 차 연락드렸습니다. 신규상 회원님 맞으신가요?"

지금 한국 시간은 새벽 6시 45분인데 하나은행에서 문자도 아닌 카톡이 온다고? 신종 보이스 피싱인가 싶었지만 일단 본인 확인이라니 맞다고 대답해줬다. 그러자 또다시 카톡 메시지가 왔다.

"카드 분실 도난 사고 예방 차 연락드렸습니다. 2시간 전쯤 멕시코 현지 잡화점 가맹점에서 한화로 약 312만 원 정도를 결제하려는 시도가 있었는데, 회원님이 결제하신 게 맞나요?"

순간 잠이 확 달아나며 머릿속에 종소리가 울렸다. 잠깐, 보이스 피싱이라면 내가 지금 멕시코인 걸 어떻게 알지? 순간 내 머리는 성능 좋은 컴퓨터처럼 돌아가기 시작했다. 나의 모든 카드는 지금 내 눈앞에 있는 가방 속 파란색 파우치에 숨겨놨고, 가방에 달린 지퍼마다 자물쇠를 달아뒀는데. 내가 아니면 절대 자물쇠를 열지 못하는데 누가 내 카드를 긁었다는 거지? 설마 하는 마음으로 가방 제일 바깥쪽 지퍼에 달린 자물쇠를 봤지만, 역시나 굳게 잠겨 있었다. 하지만 손이 바들바들 떨리는 걸 보면 지금 나는 몹시 불안하다는 뜻이었고, 차분해지려 부단히 노력하면 할수록 쿵쾅대는 심장 소리는 더욱 빨라졌다. 나는 재빨리 답장을 보냈다.

"네? 저, 아닌데요? 저한테 카드 다 있는데요!!"

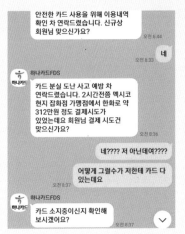

안전한 카드 사용을 위해 이용내역
확인 차 연락드렸습니다. 신규상
회원님 맞으신가요?
오전 6:44

네
오전 8:33

하나카드FDS

카드 분실 도난 사고 예방 차
연락드렸습니다. 2시간전쯤 멕시코
현지 잡화점 가맹점에서 한화로 약
312만원 정도 결제시도가
있었는데요 회원님 결제 시도건
맞으신가요?
오전 8:36

네???? 저 아닌데여????

어떻게 그럴수가 저한테 카드 다
있는데요
오전 8:37

하나카드FDS

카드 소지중이신지 확인해
보시겠어요?
오전 8:37

버스 안에서 받은 하나은행 카톡…
자다가 봉변당한다는 게 뭔지 딱 알겠더라…
정신이 번쩍 들면서 다시 생각해도 아찔하다.

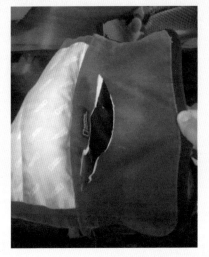

쭉 찢어져 있던 내 가방…
이렇게 털리는 게 말이 되냐 진짜….

그러나 직원은 으레 나 같은 고객을 많이 경험했다는 듯 이렇게 되물었다.

"카드를 소지하고 계신지 확인해보시겠어요?"

뭐지, 이 싸한 느낌은…? 온몸의 세포들이 번쩍하고 일어나며 절대 내게 일어나서는 안 되는, 마주하고 싶지도 않은 일이 생긴 것 같은 직감이 강하게 들었다.

나는 직원의 말에 따라 내 오른쪽 옆 좌석에 고이 놓인 가방을 뒤져보았다. 첫 번째 자물쇠 이상 무. 두 번째 자물쇠 이상 무. 세 번째 자물쇠 이상 무. 설마…? 그곳만은 아니길 바라며 기분 나쁜 심호흡을 크게 한 번 하고는 가방의 뚜껑을 들어보았다.

아뿔싸! 15센티미터 정도 되는 선명한 칼자국이 나 있었다. 오… 마이… 갓. 오 마이 갓!!! 서둘러 지퍼를 열어 확인했더니 역시나 없다. 내 파란색 파우치가 통째로 사라진 것이다…!

유치장
탈출 작전

세계 여행을 준비하며 '도난'에 대한 대비를 철저히 했다. 가방에 달린 지퍼마다 연결할 6개의 자물쇠, 2개로 돈과 카드를 나눠 담은 지갑이 그 증거였다. 신용카드나 체크카드, 그 나라에서 쓸 현금이 들어 있는 지갑은 배낭 가장 깊숙한 곳에 두고, 잃어버려도 속이 좀 덜 쓰릴, 외관마저 허름한 다른 지갑에는 하루 이틀 정도 쓸 현금과 주유 카드, 다이빙 카드, 멤버쉽 카드 등을 가득 꽂아 넣었다. 소매치기를 당하면 어쩔 수 없고 길거리에서 강도를 만난다고 해도 울먹이는 얼굴로 이 허름한 지갑을 휙 던져줄 심산이었다.

그런데 내가 잃어버린 파란색 파우치는 일명 나의 보물 창고였고 이 보물 창고 안에는 비상금으로 가지고 다니던 100만 원 정도 되는 달러와 신용카드, 체크카드 등은 물론이거니와 국제 운전 면허증, 황열병 주사 확인증서(일부 여행지를 가려면 이 증서가 반드시 필요했다), 무엇보다 가장 중요한 여권이 들어 있었다. 나는 머리카락을 쥐어뜯으며 뒤로 넘어지듯 버스 좌석에 털썩하고 쓰러졌다.

'이건 꿈이야. 아니 꿈이어야만 해.'

두 손으로 눈을 비비다가 머리카락을 뒤로 넘기며 깊은 한숨을 내쉬었다. 버스 안을 둘러보니 세상의 고민은 나 혼자 다 안고 있는 것 같았고, 다들 사람들은 평온한 듯 깊은 잠에 빠져 있었다. 이게 도대체 어떻게 된 걸까. 설마 자고 있을 때 가방을 찢어서 훔쳐간 걸까? 내 머릿속은 그야말로 혼돈의 카오스, 우주 빅뱅이 일어났다.

생각해보니 수면제를 먹은 사람처럼 이상하리만치 잠이 쏟아졌다. 버스에 탑승하기 직전에는 직원에게 사이다 한 병을 받았던 게 전부인데… 잠깐, 클럽에서 주사기를 이용해 음료에 약물을 타고 여성을 강간하거나 도둑질도 한다는데… 설마, 내 사이다에도? 하지만 섣불리 단정할 순 없다. 그럼 중간에 휴게소를 들렀으니까 사람들이 제법 왔다 갔다 했을 테고, 그때 털렸나? 하… 진짜 모르겠다, 모르겠어…. 도대체 파란색 파우치를 도난당한 순간이 언제쯤일지 기억을 되짚어보았지만, 지금 내게 그런 건 아무 의미가 없다는 걸 곧 깨달았다.

당장 현금을 인출할 만한 카드도 없고, 여권도 없으니 한국으로 돌아갈 비행기 티켓도 살 수 없다. 그럼 난 집에 어떻게 가야 하는 거지? 갑자기 낯선 곳에서 국제 미아가 됐다는 생각에 머리를 열심히 굴리며 방법을 찾고자 했다. 하지만 나는 방법이 아니라 그냥 버스 안에 얌전히 있었어야 했다. 최소한 목적지까지 그냥 얌전하게 갔다면 그것이 더 나았을 것이다.

나는 파우치를 잃어버렸다는 사실에 눈이 뒤집혀서 버스 기사에게 성큼성큼 다가가 대화를 시도했다. 하지만 그는 영어를 전혀 할 줄 몰랐다. 나는 포기하지 않고 급한 대로 구글 번역기를 써서 내 상황을 알렸다. 난 지금 모든 것을 도난당했으니 범인을 찾아야 한다, 버스에 카메라가 설치되어 있느냐 같은 질문이었다. 하지만 한국어를 스페인어로 번역해주는 데 오류가 많았고 결국 나는 손이며 발이며 표정까지 모든 걸 다 동원해서 가방이 털렸으니 이 상황을 확인해볼 만한 카메라를 보고 싶다고 설명했다. 그러자 그가 그제야 조금 알아들었는지 내게 잠시만 기다리라는 사인을 한 다음, 곧이어 갓길에 차를 세웠다. 그리고 손가락으로 창문 밖을 가리켰다.

그의 손가락이 가리키는 곳으로 시선을 돌리니 고속도로에 주차된 경찰차가 보였다. 경찰은 자고로 민중의 지팡이라 하지 않았던가. 경찰 제복을 입은 사람들을 보니 뭔가 든든해지면서 범인을 잡을 수 있을지도 모른다는 한줄기 희망이 보였다. 나는 경찰들에게 내 상황을 알리며 서둘러 버스에 설치된 카메라를 확인해달라고 말했다. 그러나 돌아오는 대답은 "카메라 없어_{NO,} _{Camera}."였다. 왓? 나는 고개를 절레절레 흔들며 말하는 그들을 보고 이게 도대체 무슨 상황인가 싶었다. 경찰 4명이 버스에 올라타 수색을 하긴 했지만, 30초 정도 훑어보는 게 전부였고 오히려 그들은 내게 짐을 가지고 버스에서 내리라고 명령했다.

싸한 기분이 드는 것이… 경찰인데 수상했다. 경찰 1명이 내게 다가오더니 내 주머니를 뒤지며 여분의 지갑이 있냐고 물었고, 없다고 대답하니 현금은 어느 정도 가지고 있냐고 되물었다. 이것은 마치 뒷돈을 요구하는 것 같았다.

"아니 나 지금 다 털렸다고, 개털이라고 몇 번을 말해? 버스에서 도난을 당했고 아무것도 없다고, 지금!!"

이때, 한 경찰이 배낭도 꺼내오라고 말했다. 나 원 참, 버스에 있던 짐을 챙겨 내리라는 것도 모자라 짐칸에 실은 배낭까지 꺼내라고?

"나는 지금 너희들이 왜 이렇게 행동하는지 모르겠어. 내가 왜 모든 짐을 챙겨서 밖으로 나와야 하는 거지? 나는 오늘 갈 길이 멀어. 난 지금 이곳이 어딘지도 모르고 가방이 털려서 피해를 본 사람은 나란 말이야!"

"너는 지금 여권이 없기 때문에 더 이상 이동할 수 없어."

아뿔싸… 그렇다. 여권이나 지갑이 털려 억울한 건 내 사정이고, 여권이 없으니 경찰들이 보기에 나는 불법체류자나 마찬가지였다. 몇 번이고 거세게 항의해보았지만 난 결국 배낭을 꺼낼 수밖에 없었다. 순식간에 불법체류자가 된 나는 버스에 실었던 모든 짐을 내렸고, 그 짐과 함께 이름 모를 차가운 고속도로 땅바닥 위에 내동댕이쳐졌다. 상황도 상황이지만 말이 안 통하니 답답한 것은 물론, 경찰과의 관계마저 더 안 좋아지는 것 같았다. 그야말로 답이 안 나오는 상황이었다.

이럴 때는 도대체 어떻게 해야 하는 건지 답답하던 차에 때마침 카카오톡 음성 통화로 전화가 걸려왔다. 그 전화의 주인공은 쿠바에서 잠시 함께 여행했던 루카스였다. 나는 경찰에게 항의하기 전 찢어진 가방을 보자마자 사진을 찍어 도난당했다는 글과 함께 유튜브 커뮤니티에 업로드했고, 이것을 보고 깜짝 놀란 루카스가 나에게 전화한 것이다. 영어를 못하는 현지 경찰들 때문에 내가 답답해할 것을 알았는지 루카스는 스페인어로 대신 통역해주겠다고 했다. 하지만 경찰들은 루카스와의 통화를 원하지 않았고 나의 모든 사정을 들은 루카스는 다년간 중남미에서 생활해본 사람으로서 조언을 해주었다.

"형, 지금 현금이 얼마나 있어? 20~30만 원 정도 주면 아마 그냥 보내줄 거야. 일단 가지고 있는 현금 다 주면서 한 번만 넘어가자고 말하는 게 좋을 거 같아. 이곳 경찰은 형이 생각하는 그런 경찰이 아니야." 하지만 내게 남은 전 재산은 대략 5만 원 정도, 4명이나 되는 경찰의 마음을 돌리기에는 턱없이 부족한 금액이었다. 무엇보다 그때까지 나는 '내가 피해자인데 왜 뇌물까지 먹여가며 그들의 환심을 사야 해? 억울해!'라는 마음이 들어 그러고 싶지 않았다. 경찰이 하도 단호하게 나와서 짐을 꺼내기야 했지만, 설마 눈앞의 버스가 나를 두고 떠날 거라고도 상상하지 못했다. 어떻게 보면 사태의 심각성을 나만 모르고 있었던 거다.

그런데 문제는 지금부터였다. 경찰이 버스 기사와 이런저런 이야기를 나누자, 기사가 경찰과 악수를 하더니 그대로 버스에 올라타는 것이 아닌가. 나는 출발하려는 버스를 어떻게는 막아보려고 했지만 역부족이었고 결과를 바꿀 수는 없었다. 그리고 경찰은 창문이 철창으로 된, 안에서는 문조차 열리지 않는 범죄자 수송차(경찰차)에 타라고 '명령'했다. 이 역시 온몸으로 거부해봤자 달라질 것은 없었다.

나는 이때까지만 해도 경찰서에 끌려가더라도 간단한 조서 정도 작성하면 풀려날 것이라고 생각했다. 나는 불법체류자가 아니었고, 입출국을 확인할 수 있는 시스템이 있다면 나의 결백을 곧바로 증명할 수 있을 것이라고 믿었기 때문이다. 경찰들이 손가락질을 하며 다가와 더 이상 루카스와 통화할 수 없었고, 다른 방법을 찾지 못한 채 경찰차에 타 어디론가 향했다. 흔들리는 경찰차 안에서 나는 몇 번이나 대사관에 전화해보았지만 통화 신호가 좋지 않아 연결이 쉽지 않았고 몇 번의 시도 끝에 음성으로 업무 번호를 누르라는 메시지를 들었지만, 이곳의 통신 상태는 다른 버튼을 누르게끔 기다려주지 않았다.

내가 할 수 있는 일은 이동할 때마다 다르게 찍히는 구글 지도 GPS를 캡처해 엄마에게 계속 전송하는 일뿐이었다. 그리고 마침내 어딘지 알 수 없는 곳으로 계속 달리던 경찰차는 거대한 창고로 보이는 건물 앞에 도착했고 셔터 문이 열리자 차가 멈췄다. 아무리 봐도 경찰서라고 하기에는 너무나 허름하고 음산했다. 하필이면 3일 전 봤던 인터넷 기사가 떠올랐다. 스페인어를 못한다는 이유로 죄를 짓지도 않았는데 3년간 옥살이한 양모 씨와 어떠한 도움도 주지 않은 대한민국 영사관….

차에서 내려 제일 먼저 한 행동은 경찰의 지시에 따라 신발 끈을 완전히 풀어 가방에 넣는 거였다. 신발 끈까지 풀자 정말로 범죄자가 된 것 같았다. 좁은 통로를 통과해 작은 문을 열고 들어가니 가로, 세로 10미터 정도 되는 돔 형태의 건물이 나왔고 로비 바닥에 수많은 불법체류자들이 누워 있었다. 주위를 둘러보니 엄청나게 큰 자물쇠로 잠긴 유치장 4개가 보였고, 그 안에는 소리를 지르며 통유리로 된 창문을 때리거나 쇠창살을 주먹으로 내려치는 사람들이 있었다. 그 순간, 정신이 번쩍 들었고 조서를 쓰기는커녕 바로 유치장에 감금되는 게 아닐까 싶었다. 동양인이라고는 나뿐인데, 이 낯선 멕시코 유치장에 혼자 갇힐 생각을 하니 그야말로 눈앞이 깜깜했다.

다행히 유치장이 아닌 컴퓨터 몇 대가 있는 작은 사무실로 먼저 향했고, 그곳에서 내가 가지고 있던 물건을 전부 압수당했다. 그 과정에서 휴대전화 벨이 울렸고, 번호를 보니 덜컹거리는 차 안에서 수십 번도 넘게 걸었던 그 번호, 바로 한국 대사관이었다. 이곳에서 빠져나갈 마지막 기회라고 생각해 나는 황급히 전화를 받아 상황 설명도 없이, 일방적으로 내 말만 쏟아냈다.

"여보세요? 저 지금 이상한 데 잡혀왔고요!! 어딘지도 모르겠어요!! 스페인어 하실 줄 알죠!!? 직원이랑 통화 한 번만 해주세요!! 뭐가 뭔지 모르겠어요!!"

"네, 대충 이야기 들었는데 직원 바꿔주시죠! 제가 이야기하겠습니다."

그 중저음의 목소리가 어찌나 믿음직스럽던지, 그 상황에 작게나마 미소가 지어졌다. 난 당당하게 내 앞에 있던 경찰에게 전화를 건넸다. 하지만 그 경찰은 무심하게 내 전화기를 받더니 그대로 '종료' 버튼을 눌렀다. 그러고 나서 한 치의 망설임도 없이 전원을 끄더니 테이프로 칭칭 감았다. 그 모습을 본 순간 나는 이곳에 오래 있게 될 것 같다는 예감이 들었다.

나의 모든 것을 빼앗은 경찰은 날 사무실 밖으로 밀치더니 문을 걸어 잠갔다. 나는 4개의 유치장이 있는 건물 로비에 던져졌고, 순간 아프리카 초원의 얼룩말이 된 것 같았다. 그런 내가 궁금했는지 슬금슬금 몰려드는 치타 같은 사람들. 그러더니 어느

나라 사람인지부터 시작해서 왜 오게 됐는지 등을 물었다. 이곳에 갇힌 사람들은 예상대로 불법체류자가 맞았다. 이렇게 나는 97명의 불법체류자들과 시간을 보내게 되었는데 내가 97명이라고 확신할 수 있었던 것은 복도 끝에 걸려 있는 범죄자들 이름 가장 밑에 내 이름이 적혀 있었기 때문이다. 얼굴에 문신을 한 사람, 덩치가 큰 사람, 상처가 많은 사람… 선입견 탓에 무섭게만 보였는데, 막상 대화를 해보니 생각보다 사람들이 따뜻하고 친절했다. 그러다 중미 사람들과는 조금 다른 외모의 사람을 발견하게 됐고 그와 대화하던 중 놀라운 사실을 알게 됐다.

"난 멕시코 여행을 왔는데 입국 심사를 받을 때 도장을 안 찍어준 거야. 난 그 사실을 몰랐어. 그리고 여행을 마치고 출국하려는데 갑자기 입국 도장이 없다는 이유로 잡혀서 이곳에 왔지!"

나와 마찬가지로 억울하게 잡혀온 사람이었다. 그의 국적은 미국이었는데, 그 사람이 비밀을 하나 알려주겠다면서 말해준 바로는 이곳 사람들은 정말 놀랍게도 일을 안 한다는 것이었다. 이 친구도 나처럼 처음 들어왔을 때는 금방 풀려날 거라고 생각했는데, 그렇지 않았고 내가 물어본 열 몇 명의 사람들 사정만 들어도 최소 10일 이상 머물고 있었다. 그중 가장 오래 있는 사람은 한 달째 갇혀 있다고 했다. 그야말로 절망적인 상황이었다. 반면 희망적인 정보도 하나 알게 되었는데 하루에 단 한 번, 3분간 전화할 수 있는 기회가 있다는 사실이었다. 그때 나를 적극적으로 도와줄 수 있는 사람과 통화하는 것만이 내가 이곳을 최대한 빨리 벗어날 수 있는 방법처럼 보였다.

시간이 좀 흐르자 경찰이 1명 나오더니 전화기가 있는 방으로 나를 불렀다. 그러고 나서 내 휴대전화를 사용할 수 있는 시간을 짧게 준다고 했다. 하루에 단 한 번, 3분간 할 수 있는 통화. 엄마? 루카스? 대사관? 엄마와 루카스는 무조건 전화를 받을 테지만 대사관은 받지 않을 확률이 높다. 아니야, 그렇게 끊어졌으니 대사관에서도 분명 내 전화를 기다리고 있을 거야. 나는 노심초사하는 마음으로 대사관에 전화를 걸었고 제발 받아달라고 마음속으로 간절히 외치는 찰나, 통화가 연결됐다.

"여보세요!? 신규상 씨죠?! 아 저희가 지금 신규상 씨 위치 파악이 안 돼서 출발 지점부터 도착지까지 모든 검문소에 전화를 했어요! 조금 전에 위치 파악됐고요! 저희 쪽에서 공문을 보낼 거예요! 걱정하지 마시고 금방 나갈 거예요!! 걱정하지 마세요!!! 오늘 무조건 나갑니다."

3분은 쏜살같이 지나갔고 대사관 직원 분의 이야기에 든든해진 나는 편안한 마음으로 통화를 끝내고 자리로 돌아갔다. 그러자 조금 친해진 불법체류자가 잘 해결됐냐고 물었고, 대사관에서 금방 나가게 해주겠다고, 오늘이라도 나갈 것 같다고 대답하자 그가 크게 웃으며 말했다. "미안하지만 당일에 나가는 사람은 없어. 절대 오늘 못 나갈 거야. 기대하지 말라고."

자신만만했던 나의 태도와는 달리 아무런 소식 없이 5시간이 흘렀고, 나는 영혼까지 털리는 것 같았다. 다시 한 번 전화를 해 보겠다고, 기회를 달라고 경찰에게도 말해보았으나 그는 단호하게 내 부탁을 거절했다.

오후 2시 반쯤 되니, 갈아서 만든 소고기 볶음이 식사로 나왔다. 범죄자들과 나란히 앉아 포크로 고기를 찍어 입에 넣으니 달콤하면서 짭짤한 소스가 기분 좋게 목구멍으로 넘어갔다. 그리고 혀에 감기는 소고기의 풍미. 스트레스를 많이 받아 그런가, 허기가 져서 그런가…. 아이러니하게도 멕시코에서 먹은 음식 중 손에 꼽힐 정도로 맛있었다. 유치장을 멕시코 맛집이라고 생각하니 헛웃음이 나왔다. 드디어 내가 미친 걸까….

금방 나갈 수 있을 거란 기대와는 달리 저녁 7시 반이 됐다. 빵과 햄을 곁들인 두 번째 식사를 마치니 친해진 한 친구가 자신의 방을 보여주고 싶다며 나를 어디론가 데려갔다. 그가 데려간 곳은 조금 더 강력 범죄자들이 머물고 있는 곳인지 보초를 서는 사람에게 얘기를 해야 철창 자물쇠를 열어줬다. 철문을 열고 방에 들어가자, 담배 냄새가 진동을 했다. 분명 모든 소지품을 압수당했는데 담배 냄새라니…. 그리고 그는 나를 화장실로 데려가 종류별로 진열된 담배를 내게 팔려고 했다. 나는 어떻게 담배가 있냐고 물었고 그는 밖에서 보초를 서는 경비원을 가리키며 "마이 프렌드."라고 대답했다. 이것이 사회 속 작은 사회인가….

멕시코 유치장에서 연락하려고 휴지에 적어둔 대사관 전화번호.
이게 내 유일한 희망의 끈이었다.

유치장 안에서 적었던 낙서들.
"세계 일주가 이런 걸까?? NO!!!!"
내가 점점 미쳐가고 있는 게 아닐까 싶었던 그 순간들의 기록.

애석하게도 시간은 계속 흘러 밤 9시가 되었고, 나를 위해 움직여주던 대사관 직원들의 연장 근무도 한계가 있을 거라고 생각했다. 아무래도 오늘은 나갈 수 없을 것 같았고, 어디에서 자는 게 가장 안전할지 둘러보면서도 한편으로는 그런 상황을 인정하고 싶지 않은 마음도 덩달아 들었다. 그렇게 밤 10시가 되었고, 나는 최대한 구석에 누워 혹시 내일도 아무런 연락이 없으면, 모레도, 글피도… 그러다가 갑자기 시스템이 바뀌어 더 이상 전화할 기회마저 사라지는 건 아닐까 온갖 걱정을 했다. 그렇게 여러 가지 생각을 하다 보니 스르르 눈이 감겼다.

"꼬레아노!! 꼬레아노!! 꼬레아노!!"

언제 잠이 들었는지도 모르는 사이, 누군가 날 깨우는 소리에 잠이 깼다. 시계를 보니 밤 12시였다. 나를 부른 유치장 직원은 그제야 내 신분에 문제가 없다며 나가도 좋다고 했다. 멕시코는 고작 내 신분을 알아내려고 12시간이나 썼다. 그 직원은 지금 바로 나가도 좋지만 시간이 너무 늦어 위험하니 일단 자고 내일 나가는 게 어떻겠느냐고 물었다.

아니, 저기요, 제가 미쳤습니까. 어떻게 내일까지 이곳에 있겠습니까. 탈출할 수 있다고 하니 나는 단 1초도 이곳에 머물고 싶지 않았다. 그래서 그 길로 배낭과 가방, 맡겨둔 모든 소지품을 주머니에 넣고 건물을 나왔다. 그런데 내가 걱정이 되었는지 자고 가라던 직원이 따라 나와서는 여기가 정말 위험해서 자기가 택시를 잡아주고 호텔 근처로 데려다주라고 기사님께 말해주겠다고 했다.

그렇게 그의 도움을 받아 근처 숙소로 향했고, 하루 이틀 쓸 현금만 넣어두었던 지갑에서 숙박료를 지불하자 5만 원이었던 전 재산이 순식간에 2만 원이 됐다. 객실 열쇠를 받아 숙소 계단을 오르는데 그제야 긴장이 풀리는지 바람 빠진 풍선처럼 다리에 힘이 풀려 계단을 제대로 올라갈 수 없었다. 그렇게 나는 12시간 만에 멕시코 유치장에서 탈출할 수 있었고, 묘한 냄새가 나는 자그마한 방에 들어와 휴대전화부터 켰다.

띠링, 띠링, 띠링! 쏟아지는 카톡들…. 한국에서 12시간 동안 마음을 졸이며 내 소식을 기다리고 있었을 엄마와 아빠 그리고 루카스에게 제일 먼저 소식을 전했다.

그리고 정신을 차린 다음 12시간 동안 내내 궁금했던 것부터 해결하기로 했다. 일단 나는 총 1장의 신용카드와 2장의 체크카드를 가지고 있었다. 파란색 파우치에 체크카드 하나, 앞으로 메고 다니던 가방 속 깊은 주머니에 나머지 체크카드를 넣어두었다. 그리고 나의 유일한 신용카드는 분실에 대비해 배낭 안 비밀의 주머니에 넣어놨다. 여행 중 자주 쓰던 카드 하나를 제외하고 다른 카드는 거의 꺼낸 적이 없기 때문에 가방 안에 여분의 카드가 있어야 했다. 이것이 나의 유일한 희망이기도 했으니까.

먼저 앞으로 메고 다니던 가방에 달린 모든 주머니를 뒤졌다.

하지만 이때 난 충격적인 사실을 또 하나 알게 됐다. 동남아 여행 중 아이폰이 바다에 빠져 고장이 나서 이걸 앞으로 메는 가방 안 작은 주머니에 넣어두었는데, 그게 지금 보니 없었다. 카드 하나를 이 아이폰과 같이 두었으니 당연히 없고…. 그렇다면 내 가방을 칼로 찢어 파란색 파우치를 가져간 도둑은 내 가방의 모든 주머니를 뒤질 정도로 여유가 있었다는 건가. 이미 고장 난 아이폰이야 없어졌다고 아까울 건 없었지만 체크카드 2개를 다 털렸다는 사실에 머리가 지끈거렸다. '하, 이거 정말 큰일이네….'

빨라진 나의 손이 이번에는 배낭 안에 비밀스럽게 달린 주머니의 지퍼를 열었다. 내 기억이 맞는다면 이곳에 신용카드가 있어야 한다. 조심스럽게 지퍼를 열자 선명하게 보이는 파란색 우리은행 신용카드. 오… 있다!!! 하늘이 무너져도 솟아날 구멍은 있구나. 살면서 이렇게 신용카드가 반가울 줄은 몰랐다. 감사합니다. 진짜 감사합니다.

루카스, 한국 대사관, 내 유튜브 구독자들, 엄마의 도움이 없었다면 나는 결코 12시간 만에 그곳에서 나오지 못했을 것이다. 수십 명, 많게는 수백 명의 사람들이 나를 진심으로 걱정해주고 내 문제를 해결해주려고 함께 노력해줬다. 나는 그 모든 사람에게 나의 안녕을 이야기해주고 침대에 다이빙하듯 털썩 누워 눈을 껌벅이며 이런저런 생각을 했다. 앞으로의 여행은 어떻게 해야 할지, 고마운 사람들에게 어떻게 은혜를 갚아야 할지, 나는 왜 지금 이런 곳에 누워 있는 건지 등등. 고되고 힘들었다는 생각이 강하게 들 때쯤 나는 지쳐 잠이 들었다.

다음 날 신용카드로 17시간 동안 타고 갈 버스 티켓을 구입해 멕시코시티로 이동했다. 원래는 소도시들을 둘러보며 멕시코시티로 넘어가려고 했으나, 여권이 없는 상황에서 또 불미스러운 일을 만들고 싶지 않았다. 나는 소도시 대신 곧바로 멕시코 대한민국 대사관을 찾아 여권을 재발급받고, 날 유치장에서 꺼내준 1등 공신 박성훈 경찰 영사님을 만나 감사 인사를 했다.

그리고 유튜브 채널 커뮤니티를 이용해 한국에서 멕시코시티로 여행할 계획이 있는 한국 사람을 찾았다. 때마침 3일 후에 멕시코 여행을 계획한 분이 있어 그분의 도움으로 엄마의 체크카드를 전달받을 수 있었다. 참 끝까지 많은 사람들의 도움을 받은 여행이었다.

그리고 앞으로 남은 2주 동안 멕시코를 다니며 해야 할 일이 하나 생겼다. 바로 '싫어진 멕시코 다시 사랑하게 만들기.' 멕시코 여행을 마치고 떠날 땐 "두 번 다시 경험하고 싶지 않은 일이 있었지만 그래도 참, 좋았다."라고 말하고 싶었기 때문이다. 내가 여행한 모든 국가가 좋은 기억으로 마무리되길 바라니까. 물론 반드시 그렇게 되겠지만.

나와 연락이 끊기자 대신 대사관에 전화해 내 상황을 알려준 루카스.

내가 SNS 피드에 올린 사진과 업로드 시간, 한국에 있던 내 가족에게까지 전화해 내가 엄마에게 보냈던 사진의 GPS를 추적해서 내 위치를 파악하는 것은 물론, 나를 빼내기 위해 멕시코 고위 간부에게 식사 대접까지 약속하며 고생해주신 대한민국 대사관 박성훈 경찰 영사님.

여행 커뮤니티 '여행에 미치다'에 내 상황을 제보해 대신 도움을 청해준 유튜브 구독자님들….

덕분에 저 살았습니다. 무사히 빠져나와 여행할 수 있었던 건 다 여러분 덕분이었어요!

감사합니다!!

서커스와
한국 비보이의 만남

내가 멕시코에 한 달이나 머물게 된 이유가 있었다. 사실, 멕시코에 오기 전 인스타그램 메시지가 하나 왔는데 멕시코시티에서 프로 서커스를 하는 여성분이 평소 힙합과 비보이를 좋아해 나와 함께 공연을 만들고 싶다는 내용이었다. 하지만 내가 멕시코시티에 도착했을 땐, 그녀가 스위스로 해외 공연을 나가게 되어 공연을 하려면 멕시코 여행 일정을 늘려야 했다. 20년을 넘게 춤을 추면서 서커스 하는 사람과 합작 공연을 만들어본 적은 없었기에 꽤 흥미로운 제안이었고, 게다가 그녀는 꽤 오랫동안 멕시코시티에 머물며 프로 서커스단 공연을 해왔으니 연습실과 거리 공연에 대한 지식도 풍부할 것이다. 뭔가 재미있는 일이 일어날 것 같은 예감에 나로서는 거절할 이유가 없었다.

그녀를 만나기로 한 날, 나는 그녀가 공연하고 있는 서커스장으로 찾아갔다. 5분 정도 지났을까. 가슴까지 내려오는 긴 갈색 머리와 오묘한 회색빛 눈동자를 가진 아리따운 여성이 버선발로 뛰어나왔다.

"안녕! 만나서 반가워. 나는 폴린이라고 해."

멕시코 사람인 줄로만 알았던 그녀는 알고 보니 스위스 국적을 가진 여성이었고, 멕시코에서 가장 유명한 서커스단에 입단해 이곳에서 몇 년간 공연하며 살고 있다고 말했다. 상냥한 말투와 나의 말 한 마디 한 마디에 기분 좋은 미소를 지어주던 폴린을 보니 잠깐 해본 대화만으로도 깊은 내공과 순수한 마음을 지닌 사람이란 걸 알 수 있었다.

폴린은 7살 때부터 무용과 서커스를 시작했고, 여러 분야의 사람들과 함께 새로운 작업을 하는 것을 좋아한다고 말했다. 그리고 최근에는 멕시코 비보이와 둘이서만 공연한 적도 있다고 했다. 서커스와의 협업은 처음이라 내심 어떻게 해야 하는지 감이 오지 않았는데 비보이와 작업한 적이 있다고 하니, 듣던 중 반가운 소리였다. 폴린은 먼저 서로 테크닉을 보여주며 맞는 동작이 있는지 찾아보자고 제안했고, 나는 흔쾌히 양말을 벗어 던지고 스트레칭을 시작했다. 그러고 나서 그녀의 동작을 보는데, 와⋯ 그녀의 떡 벌어진 어깨를 보고 보통이 아닐 거란 예상은 했지만, 스트레칭을 하는 순간부터 나는 깜짝 놀랐다.

내 말에 귀를 기울여주고
열심히 공연 연습에 임해주었던 폴린.

폴린은 가볍게 스트레칭을 한 다음 브릿지 자세를 취했는데 몸을 거꾸로 뒤집어 손과 발은 바닥에, 배는 천장을 향한 상태에서 양손으로 발목을 잡을 정도로 유연했다.

그녀에 대한 나의 기대감은 점점 더 커졌고 텀블링을 할 수 있냐는 나의 질문에 웃으며 잘 못한다던 그녀는 앞돌기를 연속 3회전이나 했다. 폴린은 쑥스러운 듯 긴 머리칼을 쓸어내리며 텀블링은 자신의 주특기가 아니라며 훌라후프를 꺼내 들더니 짧은 훌라후프 퍼포먼스를 보여주었다. 훌라후프를 높은 천장까지 던진 다음 가벼운 테크닉을 구사하고 물 흐르듯 자연스럽게 받아내는 것은 물론, 발바닥으로 훌라후프를 돌리며 물구나무서기를 하고 마지막엔 10개가 넘는 훌라후프를 온몸으로 돌리며 피날레를 장식했다. 이 정도면 거의 국가대표 체조선수 저리 가라인데. 나의 두 눈에는 하트가 박히고 입은 딱 벌어져 어느새 물개 박수를 치며 폴린의 주특기를 감상하고 있었다.

그녀는 짧게 시연했지만 그것만 봐도 그녀가 얼마나 완벽을 추구하는 프로인가를 느낄 수 있었다. 어려운 테크닉을 구사하면서도 웃음을 잃지 않았고 자잘한 실수 한 번 없었다. 그걸 보니 우리가 함께할 공연이 더욱 기대됐다. 폴린과 함께하면 과연 어떤 무대가 나올까? 그리고 또 나는 얼마나 많이 배우고 느낄 수 있을까? 멕시코에서 폴린을 기다리느라 3주를 더 보낸 건 무조건 잘한 일이라는 생각이 들었다.

우리가 생각한 공연의 시간은 약 10분. 그리고 3번 정도 만나 연습하며 맞춰볼 것. 역시나 터무니없이 짧은 시간이었지만, 의심이 들지는 않았다. 내가 보는 폴린이 그랬고, 폴린이 보는 내가 그랬다. 그녀가 어떤 공연을 만들고 싶냐고 묻자, 나는 인상 깊었던 한 장면을 떠올리며 분위기를 설명했다.

"예전에 대형 마트로 쇼핑하러 간 적이 있었어. 이것저것을 둘러보다 애완동물을 파는 코너에 가게 되었는데, 작은 새장에 너무 예쁜 황금빛 새 한 마리를 보게 됐어. 내가 다가가니 그 새도 나를 바라봤는데 그때, 그 새가 이렇게 말하는 것 같은 거야. '너무 슬퍼, 나는 날개가 있는데 하늘을 날아보지 못했어.' 나는 22년 동안 비보잉만 하며 달려왔어. 세계 대회에서 우승하겠다는 일념 하나로 말이지. 그런데 그때 내가 바라보고 있던 작은 새가 마치 나처럼 느껴지는 거야. 세계 대회에서 우승도 하고 명성도 꽤 쌓았는데 오히려 새장에 갇혀버린 기분이라고 할까? 나는 많은 것을 도전해보고 싶고 새로운 경험을 계속해서 하고 싶은 사람일 수도 있는데 22년 동안 새장에 갇혀, 작은 세상 속에서만 살아왔던 게 아니었을까? 네가 나에게 훌라후프 시연을 보여줬을 때, 동작을 마치고 훌라후프를 바닥에 내려놓으면서 훌라후프로 그린 작은 원의 모습이 마트에서 봤던 새장을 떠올리게 했어. 아 물론, 나는 지금 새장에서 나와 훨훨 날아다니고 있는 중이야! 세상이 이렇게 넓다는 걸 두 눈으로 보면서 믿기지 않는 아름다운 풍경을 만끽하고 있으니까. 영화 '쇼생크 탈출'을 보면 이런 말이 나와. '새장 안에 갇혀서는 살 수 없는 새들이 있다. 그러기에는 그 새의 깃털이 너무나 찬란하다.' 이번 공연의 주제로 이 메시지를 표현해보는 건 어때?"

나의 장황한 설명에도 폴린은 박수를 치며 좋은 아이디어라고 말해줬고 우리는 그렇게 연습의 첫 단추를 꿰었다. 우리는 바닥에 2개의 훌라후프를 나란히 내려놓고 작은 동그라미 속에 들어가 앉았다. 마트에서 본 작은 새의 동작을 상상하며 고개를 이리저리 움직이기도, 가끔 작은 날갯짓을 하며 푸드득 거리기도 했다. 우리는 그렇게 각자가 느낀 새장에 갇힌 작은 새를 온몸으로 표현하는 방법을 연습했고, 서로의 움직임이 더없이 격렬해질 때 강하게 훌라후프 밖으로 점프했다.

마치 새장 밖으로 뛰쳐나오듯이.

수백 명의 관중 앞에서
자유를 춤추다

공연 당일, 공연할 장소에 도착해보니 사람들이 제법 많았다. 폴린이 이곳은 멕시코시티 중심부에 위치한 예술 극장 중심으로 많은 버스커들이 모여 거리 공연을 진행하는 곳이라고 했는데 왜 그들이 이곳에 모이는지 알 것 같았다. 틈새가 거의 보이지 않는 거대 대리석이 깔린 질 좋은 바닥, 새로운 사람들이 끊임없이 유입되는 어마어마한 유동 인구, 우리 공연에 완벽한 백그라운드가 될 것 같은 유럽의 궁전을 재현해놓은 듯한 예술 극장까지. 수많은 버스커들이 군침을 흘릴 만한 장소였다.

하지만 다른 문제가 생겼다. 현장에 도착해 폴린의 비보이 친구에게 미리 부탁해놓은 블루투스 스피커를 보니 출력이 작아 보여도 너무 작아 보였던 것. 평소에 비보이들이 길거리에서 연습할 때 사용하는 것이라고 얘기를 들어 충분할 것이라고 생각했는데, 미리 확인하지 않은 나의 실수였다.

"폴린, 우리 여기 말고 조금 조용한 쪽으로 이동해보는 거 어때? 그런 곳이 있을까?"

"브루스, 여기가 별로 마음에 안 드는구나? 그래! 저쪽으로 가면 조금 조용한 곳이 있어. 가보자!!"

그렇게 우리는 예술 극장에서 발걸음을 옮겨 조금 조용한 공원 쪽으로 향했다. 그런데 저 멀리서 수많은 관객들이 동그랗게 모여 무언가를 지켜보고 있었다. 설마?

나는 단숨에 달려가 수많은 관객들 사이를 비집고 까치발을 들어 사람들이 넋 놓고 바라보고 있는 곳을 응시했다. 무대 한가운데 거대한 스피커를 둔 채 공연하고 있는 광대들이었다. 폴린에게 물어보니 여기는 광대 공연이 매일매일 열려서 이미 유명해진 터라 항상 관객이 붐빈다고 했다.

"폴린, 우리 여기서 공연하자! 가능할까?"

폴린은 광대들이 공연을 잠깐 쉴 때 찾아가 나에 대해 자세히 소개했고, 딱 10분만 장소와 스피커를 빌려줄 수 있냐고 물었다. 그러나 광대들에게는 이곳이 생업의 공간이자 삶의 터전이었기 때문에 쉬운 결정이 아니었다. 결국 모든 광대와 공연의 최종 결정권자까지 모여 회의를 했고, 결정이 나기까지 1시간이 넘게 걸렸다. 내일은 멕시코를 떠나야 해서 시간이 없는데⋯ 그만 포

기하고 다른 장소로 옮기려고 하던 찰나, 리더로 보이는 한 광대
가 다가오며 말했다.

"세계 일주 중인 한국 비보이라고? 음… 사실 이곳을 누군가
에게 빌려주는 건 처음 있는 일인데, 나도 궁금하니까 딱 10분만
장소와 스피커를 빌려줄게. 어디 한 번 해봐!"

드디어 공연할 수 있는 모든 조건을 갖췄다. 미리 깔아놓은 판
안에 들어가 공연한다는 것은 정말 많은 장점이 있다. 일단 첫째
로 이미 충분하고 넘칠 만한 관객들이 모여 있으니 관객을 모집
할 시간이 필요 없다는 것이다. 둘째로는 빵빵한 오디오 출력 덕
을 보며 제대로 된 공연을 할 수 있다는 것, 셋째로는 공연을 진
행할 때 우리를 소개해줄 진행자(광대)가 있다는 것이다. 뭔가,
제대로 된 무대와 수많은 관객들 앞에서 우리의 공연을 선보인
다고 생각하니 벌써부터 긴장이 됐다.

우리는 공원 바닥에 앉아 스트레칭을 하며 오늘 공연의 동작
순서를 되짚었다. 그리고 마인드 컨트롤을 하며 시간을 보냈다.
약 2시간 즈음이 흐르자, 한 광대가 헐레벌떡 달려와 말했다.

"바모스VAMOS!"*

우리는 자리에서 벌떡 일어나 서로의 눈을 보며 악수를 청하
고 주먹 인사를 했다. 가끔은 잘하자는 응원보다 서로를 믿고 있

---

* "가자!"라는 뜻이다.

다는 작은 행동 하나가 더 자극이 되고 힘이 될 때가 있다. 벌써부터 기대에 찬 수많은 관객을 비집고 들어가 마치 제3의 세계로 가는 듯 넓은 무대에 발을 내디뎠다. 무대 가운데에 있던 광대는 마치 자신들의 일원을 맞이하는 것처럼 "예! 브루스리!"라고 외쳤고 사람들은 박수를 치기 시작했다. 솔직히 말해 공연할 때 긴장을 잘 하지 않는 편인데 이때만큼은 가슴이 벌렁거리는 소리가 관객에게까지 들릴 것 같았다.

두근, 두근, 두근. 무대 뒤편에 2개의 훌라후프를 새장인 듯 놓아두고 깊은숨을 들이마셨다가 내뱉는 순간, 광대가 내 팔목을 잡아 무대의 중앙으로 끌고 갔다. 그러고 나서 알아들을 수 없는 스페인어로 관객에게 몇 마디 던지자, 사람들이 박장대소했는데, 이것이 슬로우 비디오처럼 움직였다. 정신을 차려보니 내 손에는 마이크가 쥐어져 있었고 나는 사람들이 하는 말 중 듣고 외웠던 표현 중에 떠오르는 것을 무작정 말해버리고 말았다.

"올라! 세르베사 우나마스 뽀르빠뽀르Hola! cerveza uno más por favor."*

내가 아는 가장 긴 문장의 스페인어를 내뱉자 사람들은 자지러졌고, 내 긴장을 풀어주기라도 하듯 두 손바닥을 있는 힘껏 쳐서 응원해주었다.

---

* 풀이하자면 "안녕, 맥주 하나 더 부탁합니다." 정도의 뜻이 되겠다.

폴린과 나는 각자 훌라후프 안에 들어가 서로의 눈을 확인하는 것으로 우리의 공연이 시작됐음을 알렸다. 뻐꾹! 우리가 준비한 첫 번째 곡은 단조로운 가야금 소리에 중간중간 뻐꾸기 울음소리가 들어간 음악이었고 내가 오래전 마주했던, 폴린이 상상하는 외로운 작은 새를 각자의 방법으로 표현했다.

우리는 새장을 벗어나려고 하다가도 결국 다시 돌아오고, 날갯짓을 하지만 새장이 너무 작아서 날 수 없는 그런 새의 모습을 보여주고 싶었다. 가끔은 스트레스를 너무 받은 동물들이 보여주는 정신적 질환의 행동인 제자리를 계속 도는 모습이나 아무렇지 않은 듯 거꾸로 물구나무서는 동작들로 꾸렸다. 2마리의 작은 새는 그 어떤 자유도 갖지 못한 채, 각자 할 수 있는 최대한의 격정적인 몸부림을 해보였고, 젖 먹던 힘까지 짜내 가장 높이 뛰어올라 새장을 탈출해 바닥에 쓰러졌다.

흘러나오던 가야금의 현이 끊어지며 음악이 멈추자 가까스로 탈출에 성공한 2마리의 새는 본인들이 쓰러져 있는 세상의 냄새를 맡고, 주위를 둘러보며, 공기를 마시고, 서로를 바라봤다. 그렇게 서로가 새장 안에 갇힌 작은 새였다는 것을 까맣게 잊은 채 서로에게 조심스레 다가가 머리부터 발끝까지 꿈틀거리며 서로에게 깊이 공감했다. 아니, 서로를 끌어주고, 서로를 잡아주고, 서로를 안아주고, 서로를 들어주며 당신의 아픔에 깊이 공감하고 싶었지만 결국 나약한 작은 새 한 마리로 돌아간 나라는 사람은 다시 바닥에 털썩하고 쓰러지고 말았다. 결국, 나는 다시 혼자 남게 됐다.

이어 빠르고 강렬한 바이올린 연주로 시작되는 나의 솔로 파트 구간에서는 작은 새의 마지막 날갯짓을 표현하고 싶었다. 음악에 맞춰 어깨로 물구나무를 서고 제자리에서 내가 할 수 있는 가장 빠른 속도로 회전하기 시작했다. 그러다 벌떡 일어나 주위의 상황을 살피고 나의 주특기인 에어트랙을 들어가기 전, 한 손으로 회전하는 텀블링을 선보였는데 바닥이 미끄러워 중심을 놓치고 말았고 단단한 돌바닥에 발뒤꿈치를 강하게 부딪치고 말았다.

순간, 번개가 번쩍! 하는 것 같았다. 재빨리 일어나 무의식적으로 그동안 연습한 다른 동작들을 이어 나갔지만 내 발뒤꿈치의 통증은 처음 포르투갈 호카 곶에서 다쳤을 때보다 더 심각하다는 것을 알 수 있었다. 등 뒤에서 식은땀이 줄줄 흐르고 있었고, 좀처럼 나의 춤과 공연에 집중하기가 어려웠다. 다리가 잘려나간 듯한 통증에 이를 악물고 가까스로 나의 모든 솔로 동작을 마친 다음 원래의 동작인 일어났다 쓰러지길 반복하며 작은 새의 마지막을 표현했고, 그대로 바닥에 쓰러져 누웠다.

곧이어 폴린의 솔로 파트 퍼포먼스가 시작됐고, 나는 무대 가장자리에 누워 조금의 미동도 없이 그녀의 안무가 끝나기만을 기다렸다(나는 발뒤꿈치의 격렬한 통증을 참으며 이 부분에 미동도 없는 죽음을 표현한 동작을 넣기로 한 건 참 잘한 일이란 생각이 들었다).

폴린과 내가 진지한 태도로 공연에 임한 만큼
집중해서 공연을 즐겨준 관객들.

만약 발뒤꿈치를 필연적으로 사용해야만 하는 동작들이 많이 남아 있었다면 절대로 할 수 없었을 것이다. 쓰러져 있는(사실은 발뒤꿈치가 아파서 죽으려고 하는) 작은 새를 바라보던 폴린은 조용히 우리가 탈출한 새장으로 걸음을 옮겼다. 그리고 나서 조심스레 새장을 들고 속박과 감옥 같았던 훌라후프에 자유라는 희망의 기운을 불어넣기 시작했다. 훌라후프를 던지고, 다시 잡고, 돌리고. 당연한 이야기지만 프로페셔널 서커스 단원인 폴린은 단 한 치의 오차도 없이 완벽한 훌라후프 공연을 선보였다.

공연은 막바지를 향해 달려가고 있었고, 폴린은 기다렸다는 듯이 15개의 훌라후프를 들어 온몸으로 회전시켰다. 사람들은 깜짝 놀라 박수갈채를 보냈고, 그 소리가 점차 줄어들자 그녀의 몸짓 역시 서서히 멈췄다. 관객석을 가만히 바라보는 폴린, 마지막 남은 원심력으로 힘겹게 돌아가던 15개 훌라후프는 곧 회전력을 잃어 바닥으로 후드득 떨어졌고 그녀의 양발을 중심으로 15개의 훌라후프가 다시 작은 원을 만들었다. 쓰러져 있던 작은 새인 나는 조용히 일어나 흐르는 강물을 거슬러 올라가는 연어처럼 폴린이 만들어낸 작은 원으로 되돌아갔고 2마리의 작은 새는 찬란한 날개를 펼쳐 포옹하듯 서로를 감싸 안았다.

그렇게 공연은 끝났고, 약간의 정적이 흐른 뒤 관객들의 환호성이 터져 나왔다. 사람들의 뜨거운 박수와 여전히 뜨거운 나의 발뒤꿈치. 공연을 성공적으로 마쳤기 때문에 너무 행복해서 나의 아픈 발뒤꿈치 따위는 잊어버리고 싶었지만 그렇지 못한 현실이 너무나 싫었다. 폴린과 손을 잡고 90도로 관객들에게 인사를 하니 몇 명이 쏜살같이 뛰어나와 우리에게 와락 안겼다.

사람들과 사진을 찍고, 악수를 하며 마무리를 하고는 무대 밖으로 나와 공연을 함께해준 폴린과 가로등 아래 벤치에 나란히 앉았다.

"폴린, 너무 고마워. 난 정말 너에게 많은 영감을 받았고 함께 공연할 수 있어서 너무 신났어. 다음에는 한국에서 이 공연을 할 수 있었으면 좋겠어. 내가 한국으로 돌아가서 자리를 만들어볼게! 폴린은 오늘 공연 어땠어?"

"오늘 공연은 당연히 좋았지만 난 사실 3일간 너와 연습한 시간이 너무 좋았어. 새로운 것을 하려면 창작해야 한다는 것을 깨달았고, 사물에 대해 나와 다르게 생각하는 사람이 있다는 걸 경험할 수 있어서 너무 좋았어. 쉽지는 않았지만 우리가 생각한 모든 것을 공연으로 옮긴 것도 좋았고 반응도 좋았잖아? 음… 최고의 하루야!"

"멕시코에서 널 만난 건 나의 큰 행운이자, 운명이었어. 너무 고마워."

유튜브 채널 '비보이의 세계일주 [브루스리 TV]'
멕시코 거리에서 깜짝 공연을 해봤는데 박수갈채가 나왔어요
/ 한국 비보이&멕시코 서커스 춤 버스킹 풀버전

우리는 마지막으로 뜨겁게 포옹했다. 폴린이 나에게 보낸 하나의 메시지, 멕시코에서의 기다림, 3일간의 연습 그리고 공연까지, 그야말로 모든 것이 좋았다.

우리가 공연을 통해 금전적으로 얻은 것은 아무것도 없었다. 댄서라는 이유로 알지 못하는 지구 반대편의 사람을 스스로 선택해 만났고, 음악을 선정하고, 장소를 찾으며, 거리에서 공연을 했다.
그러니까 우리는 금전적으로 얻은 것은 없지만, 돈으로 살 수 없는 것을 얻었다. 앞으로도 이런 일들을 많이 해보고 싶다. 보이진 않지만 느낄 수 있는 일들을.

거꾸로 보는 세상에 내가 있었다

행방불명된
엘살바도르 비보이 말로

세계에서 가장 위험한 나라로 손꼽히는 엘살바도르에서 비보잉 대회의 심사 위원으로 참석해달라는 섭외 문의가 들어왔다. 멕시코 유치장 사건이 터지고 얼마 지나지 않은 터라 고민을 많이 했지만 이번 대회가 특별한 의미를 지닌 행사라 승낙했고, 나를 섭외한 주최자 크리스토는 엘살바도르에서의 내 모든 동선을 안전하게 관리해주겠다며 나를 안심시켰다.

이 대회의 특별한 의미라고 하면 대회 포스터만 봐도 알 수 있다. 포스터에는 'King Of The Cities'라는 그라피티가 크게 적혀 있고 정체를 알 수 없는 수염을 기른 비보이 한 명이 대문짝만하게 그려져 있다. 보통 대회 포스터에 들어갈 만한 전설적인 비보이라면 그 외모를 알 법도 한데 전혀 감이 잡히지 않아 누구냐고 물었고, 머뭇머뭇하던 크리스토는 믿을 수 없는 이야기를 해주었다. 포스터에 그려진 사람은 바로 엘살바도르 비보이의 중요한 인물이었던 비보이 '밀로'. 그는 진정으로 힙합을 사랑하고 공부도 많이 해서 엘살바도르 비보이나 비걸들에게 정신적 지주 같은 사람이었다. 2016년에는 더 많은 사람을 만나고 새로운 힙합을 연구하고자 중미 전역을 돌아다니며 비보이들과 힙합퍼들을 만났다고 한다.

그러나 2016년 3월, 가족뿐만 아니라 평소에 친했던 친구들도 더 이상 밀로와 연락이 닿질 않았다. 며칠 동안 연락이 두절되자 사태의 심각성을 느낀 사람들이 밀로의 실종 신고를 했고, 힙합 커뮤니티는 물론 미국 전역에 있는 오리지널 1세대 비보이들, 심지어는 각 지역의 갱단들에게도 연락해 밀로를 찾으려 수소문했다. 하지만 그의 행방을 알 수 없었고, 약 3년이 지난 지금까지도 밀로와 연락한 사람은 없었다고 한다.

그저, 들리는 소문에 의하면 갱단이 주최한 한 힙합 행사에 갔다가 그가 입은 옷과 장신구, 그의 몸에 새겨진 문신들이 그 행사를 주최한 갱단이 싫어하는 타 갱단의 느낌과 비슷하다고 하여 그를 납치한 다음 살해했다는 것인데, 이 역시 확인된 바는 없다. 그래서 그때부터 대회 포스터에 밀로의 모습을 그려 넣었다고 한다. 혹시라도 그를 찾을 수 있지 않을까 하는 마음과 우리는 너를 영원히 잊지 않겠다는 의미에서 말이다.

그런 의미를 알고 나서인지 나는 조금 더 적극적인 자세로 임하고 싶었지만 대회를 심사하는 날까지도 다친 나의 다리는 전혀 회복되지 않았고 이후 엘살바도르 생방송 출연과 많은 중미의 비보이들 앞에서 심사 위원 쇼케이스까지 하면서 다리 통증은 뒤꿈치를 넘어 발목까지 전이되었다. 게다가 대회 다음 날 40명의 비보이와 비걸 앞에서 수업까지 마치니, 그제야 나의 발목과 발뒤꿈치 상태의 현실을 깨닫기 시작했다.

처음 다리를 다친 포르투갈 호카 곶, 그 후로 약 3개월의 시간이 흘렀다. 부상과 통증이 3개월간 지속되는 것도 무서운 일인데 나는 점점 더 악화되고 있었으니 비보이로서의 몸 관리를 떠나 여행자로서의 남은 일정을 소화하지 못하면 어쩌나, 한 사람으로서 일상생활마저 못하게 되면 어쩌나 걱정이 들었다. 이번 여행의 종착지인 브라질까지 무사히 가려면 나는 이 부상을 여기에서 반드시 청산해야 한다. 그래서 결심했다. 다리가 완전히 나을 때까지 다시는 춤추지 않겠다고.

'신나는 음악과 현지 비보이들을 만나면 같은 실수를 무조건 반복할 테니 아예 비보이들을 만나지 말자, 절대로. 난 이제 비보이가 아니라 그냥 배낭여행자만 할 거야.'

나는 엘살바도르에 머무는 동안 최대한 밖에 나가지 않으려고 노력했다. 부상도 부상이지만, 처음 올 때부터 여행객 혼자서 돌아다니기는 위험한 곳이라는 걸 알고 있어서다. 하지만 식사를 해야 해서 어쩔 수 없이 나가야만 했고, 크리스토가 동행해주는 날에는 혼자 돌아다니기 무서워서 못 갔던 마트, 시장, 관광할 만한 이곳저곳을 돌아다닐 수 있었기 때문에 이 기회까지 놓칠 수는 없었다.

그런데 크리스토와 함께 다니면서 느낀 건 아무리 생각해도 이곳이 예상한 것만큼 위험하지는 않다는 것이었다. 자정이 넘어서도 공원에는 사람들로 늘 붐볐고, 심지어 어린아이들도 다 나와 아파트 놀이터를 뛰어다니듯 깔깔거리며 놀고 있었다. 나는 위험해서 제대로 돌아다닐 수 없다고 들었던 엘살바도르와 내가 본 풍경이 사뭇 달라 크리스토에게 설명해달라고 부탁했다.

"브루스, 불과 5년 전만 해도 이곳은 정말 지옥이었어. 밤낮 가리지 않고 모든 곳이 위험했지. 우리는 동네에 있는 작은 공원에서 연습했는데 항상 위험에 노출되어 있었어. 한번은 연습하던 중 총소리가 나서 모두 혼비백산하며 도망쳤고 나는 벽 뒤에 숨어 총을 쏘는 사람들을 지켜볼 수밖에 없었지. 정말 말도 안 되는 상황이었어."

"그런데 지금은 어떻게…?"

"우리는 힘이 있는 젊은 대통령을 뽑았어. 그리고 그 대통령은 범죄와의 전쟁을 선포했지. 예전에는 갱이 곧 국력이었고 그들이 나라를 쥐락펴락했다면, 대통령이 뽑히고 나서는 그가 위험을 무릅쓰고 모든 고위 간부들을 교도소에 넣기 시작했어. 그리고 그들을 독방에 가둔 다음 모든 갱단의 정보를 파헤쳤지. 지금도 여전히 진행 중이지만 그 이후로 확실히 안전해지고 좋아졌어. 물론 아직 완벽히 안전하다고는 할 수 없지만 말야. 내가 당당하게 말할 수 있는 건 예전의 엘살바도르는 더 이상 존재하지 않는다는 거야. 얼마 남지 않은 갱단들이 숨어서 사는 위험한 지역에 가지만 않으면 충분히 안전한 생활을 할 수 있어. 요즘은 살인도 일어나지 않고. 그렇기 때문에 내가 너를 부를 수 있었던 거야. 엘살바도르는 확실히 노력하고 있고 변화하고 있어."

내가 이번 여행으로 알 수 있었던 건, 엘살바도르는 평화를 위해 지속적으로 변화를 시도하고 있고 국민들이나 여행자가 더 이상 불안해하지 않는 나라를 만들기 위해 끈질기게 노력을 하고 있다는 거다. 세상에서 가장 위험한 나라라는 수식어가 붙은 엘살바도르. 부디 많은 사람들이 노력하는 것처럼 반드시 달라지기를. 내가 이곳에 오지 않았다면 이들의 이런 작은 날갯짓도 볼 수 없었겠지.

그렇다고 해서 나는 엘살바도르가
안전한 나라라고 이야기하고 싶지는 않다.
여행자들에게 추천하고 싶지도 않고.
일주일 동안 이곳에서 내가 보고 느낀 건 빙산의 일각일 뿐이니까.

20년 간 춤은 나의 친구였고 배틀은 나의 선생님이었다. 대회에서 우승하는 건 친구와 선생님에게는 물론, 내가 노력한 시간들을 증명할 수 있는 기회였고 그 달콤함은 나를 또 춤추게 하는 원동력이 되었다.

하지만 아이러니하게도 우승의 달콤함이 지속되는 시간은 점점 짧아지고 있었다. 우승컵이 많아지면 많아질수록 묘한 불안감이 밀려왔다. 이대로라면 춤이 싫어질 것이 분명했다. 그래서 내가 추던 춤의 방향성을 조금씩 바꿔보기로 결심하고 마음이 잘 맞는 친구들과 현대무용 작품을 만들기 시작했다. 언젠가부터 나에게 불안감을 주는 배틀과 공연의 틀을 벗어나 하고 싶은 움직임을 담은 춤을 마음껏 추고 싶었다. 하지만 그것도, 그리 오래가지 못했다.

그러다 때마침 평소에 알고 지내던 무대감독님에게 연락이 와서 뮤지컬에 출연해보는 것이 어떻겠느냐는 제안을 받았다. 예전 같으면 연습과 공연에 지장을 주는 장기 공연은 거절했겠지만 나에게는 춤을 사랑할 다른 방법이 필요했다. 그래서 뮤지컬 '보디가드'라는 작품으로 100회 이상 공연을 했다. 뮤지컬뿐만 아니라 새로운 영감을 얻을 수 있는 일이라면, 내 춤을 새롭게 생산할 수 있는 일이라면 뭐든지 가리지 않고 시도하고 노력했다. 하지만 역시나 소용없었다. 다시 춤을 사랑하게 되기는커녕 어디서부터 잘못됐는지 어디서부터 꼬여버린 건지 나의 본질을 의심하는 행위로까지 변질되어버렸다.

어렸을 때부터 나의 가치관은 춤을 추며 만들어졌고 상대를 이기는 방법에만 몰두했으니, 경쟁에서 벗어나고 싶다는 생각이 들었을 때는 이미 너무 멀리 왔다고 생각했다. 그러다 문득 영화배우이자 철학에도 조예가 깊었던 브루스 리가 인터뷰에서 한 말이 떠올랐다.

"새로운 물을 받기 위해서는 잔을 비워야 해. 그리고 어떤 형태에 갇혀 있지 말고 흐르는 물이 되보렴."

6장

삶을 더욱 풍성하게 해준 여행

행복으로 꽉 채워준 춤

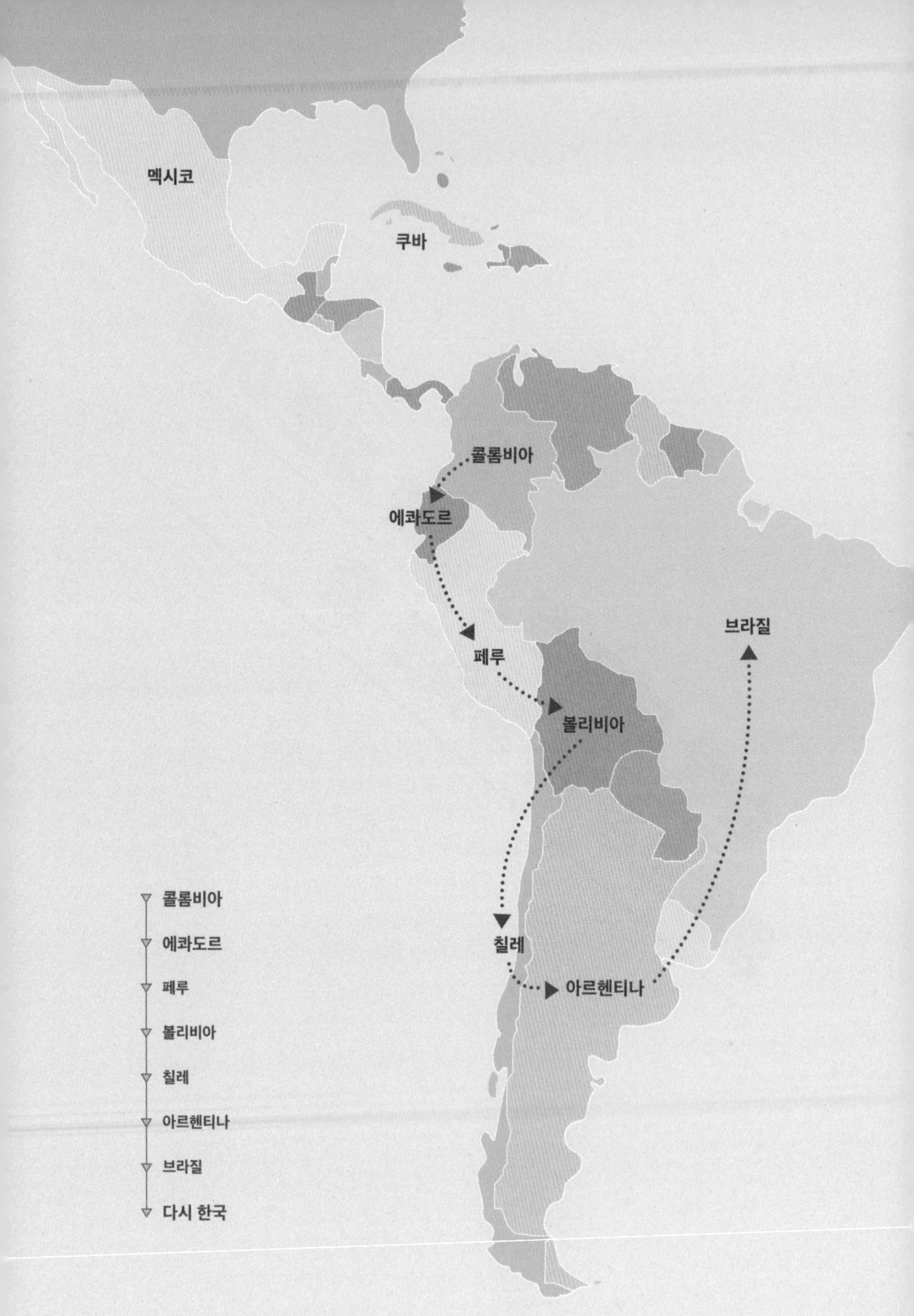

멕시코

쿠바

콜롬비아

에콰도르

페루

볼리비아

브라질

칠레

아르헨티나

콜롬비아
에콰도르
페루
볼리비아
칠레
아르헨티나
브라질
다시 한국

해진 모자에 담긴
어느 예술가의 마음

에콰도르

세계 일주를 하는 동안 첫 번째 크리스마스는 발리의 어느 한 시골에서 보냈었는데, 두 번째 크리스마스는 에콰도르의 수도인 키토에서 맞이하게 됐다. 게다가 크리스마스 선물처럼 KTV 국민방송의 제안으로 '세계 일주를 하고 있는 한국 비보이'라는 콘셉트로 특별한 촬영도 하게 됐다. 영상의 주요 흐름은 이랬다. "여러분들의 새해 꿈은 무엇인가요? 자신의 재주를 이어가고 꿈도 이룬다면 금상첨화겠죠. 세계 여행을 하면서 자신이 사랑하는 춤을 추고 한국을 알리는 비보이가 있습니다. 1년 넘게 이어지고 있는 브루스리의 여행 이야기를 에콰도르에서 국민 기자가 담았습니다." 카메라를 들고 키토의 광장, 성당, 관광지를 돌며 그 나라의 문화를 내가 설명해주고, 한적한 곳에 앉아 기자님과 인터뷰를 하고, 여행을 다니며 춤을 췄던 내 모습을 영상 자료로 소개하는 식이었다. 사실 부상이 완쾌되지 않은 터라 촬영하면서 춤을 춰야 할까 봐 고민했는데, 촬영할 때 직접 춤을 추지 않고 영상 자료로 내보내도 된다는 말에 흔쾌히 승낙했다.

오전부터 기자님을 만나 여러 장소에서 인터뷰를 하고, 기자님의 손짓에 맞춰 예쁜 배경에 긴장한 얼굴을 하고 로봇처럼 걸었다. 어쨌거나 그때까지만 해도 다리가 나을 때까지 춤추지 않겠다는 다짐을 잘 지키고 있었다. 그런데 댄서의 향기를 강하게 풍기는 한 남자가 갑자기 나를 붙잡아 세우더니 말을 걸었다.

"너 한국인이야?"

"어, 맞아, 나 한국인이야."

뜬금없이 한국인이냐니…. 길거리에서 처음 만난 외국인은 내 대답에 양손으로 머리를 쥐어뜯으며 "오 마이 갓!"을 연신 외쳤다. 그러고 나서 흥분된 목소리로 내가 비보이 브루스리인지 다시 물었다. 춤을 추지도 않았고, 공연장에서 만난 것도 아닌데 현지 사람이 어떻게 날 알아보는 걸까. 도무지 말이 안 된다고 생각했는데, 그의 표정이나 행동을 보니 나만큼이나 그도 같은 생각을 하고 있는 것 같았다.

만난 지 1분 만에 그는 가방에서 헬멧을 꺼내 머리에 쓰더니 틈이 넓은 타일이 깔려 있고 기울어지기까지 한 바닥에서 갑자기 헤드스핀을 선보였다. 나는 두 눈을 부릅뜨고 그 모습을 바라봤다. 2바퀴 돌다가 꽈당, 다시 해본다며 4바퀴를 돌더니 꽈당! 아무리 봐도 헤드스핀을 할 만한 바닥이 아닌데 그는 멈추지 않았다. 그러다가 몇 번 시도해봐도 안 되겠는지 멋쩍게 웃더니 내게 5분만 기다려달라고 말하고는 어디론가 쏜살같이 뛰어갔다. 그리고 잠시 후 어깨에 스피커를 멘 그는 7~8명의 비보이 무리와 함께 달려왔다. 그는 내가 있던 곳에서 5분 정도 떨어진 거리에 있는 공원에서 친구들과 매일 비보잉 연습을 하는데 그곳으로 가던 길에 나를 만나게 된 것이고, 연습하던 곳까지 한걸음에 달려가 비보이 친구들을 데려온 것이다.

비보이들이 모이자 갑자기 번갯불에 콩 구워 먹듯 길거리 사이퍼가 시작됐다. 비보이들이 춤을 선보이자 지나가던 사람들이 걸음을 멈추고 구경하기 시작했고, 사이퍼 같기도, 버스킹 공연 같기도 한 열정적인 무대가 계속됐다. 나는 그때까지도 호응만할 뿐 몸을 전혀 움직이지 않았는데, 그런 나를 향해 비보이들은 계속 손짓하며 함께 춤추길 권했다.

"브루스리, 컴온!"

몇 번 거절하자 신나서 자기 친구들까지 다 데려온 비보이 친구의 얼굴에 실망감이 가득했다. 그 얼굴을 본 순간 참아야 하느니라…는 무슨, 이 친구들도 나와 함께 춤추고 자기 춤을 보여주고 싶어서 부상당할 위험을 감수하면서까지 고르지 못한 바닥에 몸을 던져 춤을 추는데 나만 가만히 있는 것이 미안했다. 그때 문득 기자님의 오프닝 멘트가 떠올랐다. 세계 여행을 하면서 내가 사랑하는 춤을 추고 한국을 알려왔는데, 이 친구들 앞에서 춤추지 않는 게 더 이상했다. '에라 모르겠다.' 그 순간 최대한 건지 않고 춤까지 추지 않겠다던 결심이, 내 몸과 마음을 결박했던 밧줄이 탁! 하고 끊어졌다. 나는 그들이 벌인 춤판에 뛰어들었고 우린 한 시간 동안 서로 관찰하고 공감하며 미친 듯이 춤을 춰댔다. 물론 그 시간이 지나고 나서 난 발뒤꿈치를 바닥에 대지 못했고 지키지 못할 다짐을 머릿속으로 되뇌었다.

사실 이 친구들은 에콰도르가 아닌 베네수엘라 비보이들이었다. 그런데 왜 이곳에서 춤을 추고 있을까. 그들에게 듣기로는 베네수엘라는 화폐가치가 곤두박질쳐서 경제활동을 하느니 차라리 국경을 넘어 불법체류자를 자청하는 것이 낫고, 그런 사람이 340만 명에 이를 정도로 심각한 상황에 처해 있었다. 한 달 동안 하루도 쉬지 않고 일해도 월급이 2달러 수준이라 실제 다른 국가로 넘어가 돈을 벌어서 가족들에게 보내는 사람들도 있다고 했다. 생계조차 제대로 챙길 수 없는 곳에서 춤이 가당키나 했을까. 그럼에도 춤이 추고 싶어 가족을 두고 타지에 와 가난한 예술인이 되기를 자청한 그 마음은 또 어떨까. 그들의 이야기를 듣는 내내 자유롭게 세계 일주를 하며 춤추는 나와 너무나 대비되는 상황에 가슴이 먹먹해졌다. 어떤 말로도 내가 그들을 위로할 수 없을 것 같았다.

하지만 그들은 나보다 훨씬 씩씩했다. 매일 거리 공연을 해서 돈을 벌면 집에도 보내주고 아시아에 가서 비보잉도 배우고 싶다고 당차게 말하는 그들을 보며, 내가 섣불리 그들을 안타깝게 본 것이 아닌가 싶었다. 우리는 악수를 하고 어깨를 부딪치는 것으로 서로의 미래를 응원했고, 처음 나를 발견한 그 친구는 자리를 옮기려는 내 손을 덥석 잡더니 자신이 쓰고 있던 모자를 벗어 내게 건넸다. 그러나 모자 윗면에 검은색 양파망 같은 재질의 천을 한 땀 한 땀 기워놓은 걸 본 순간 차마 받을 수가 없었다. 헤드 스핀을 더 잘하고 싶은 그의 간절한 마음이 느껴져서다.

"하하!! 친구! 나는 앞으로 여행할 곳이 많이 남았어! 내 가방은 이미 꽉 차서 새로운 물건을 넣을 자리가 없다고! 오늘은 마음만 고맙게 받을게! 한국에 꼭 오면 좋겠다! 다음에 만나게 되면 그때 줘!"

마음속으로 너희를 응원할게.
지금보다 더 좋은 날들만 가득할 거니까 포기하지 않았으면 좋겠어.
배낭에 네가 오늘 내가 주려던 마음을 담을 공간을 마련해둘게.
우리가 또 어디에서 만날지 모르는 일이니까.

평범한 일상도 특별하게 만드는
갈라파고스의 마법

　키토에서 크리스마스를 보내고 지구상의 마지막 남은 천혜라고도 불리는 갈라파고스 섬에서 새해를 맞이했다. 벌써 세계 일주를 시작하고 2번째 맞이하는 새해다. 갈라파고스에서의 일상은 평범하면서도 유달리 특별했다. 자연경관이나 동식물을 들여다본다는 게 어떻게 보면 단순할 수 있지만 갈라파고스의 마법에 빠지는 순간, 이보다 더 신비로운 곳은 없다는 걸 알게 된다.

　그 신비로움을 깨달았던 때가 언제냐면, 수영을 마치고 혼자 테이블에 앉아 따스한 햇살을 맞이하고 있던 날이었다. 양손으로 한쪽 무릎을 감싸 안고 바닷가를 보며 한껏 멍 때리고 있었는데 멀리서 푸드득! 하는 날갯소리와 함께 작은 핀치 새 한 마리가 내 손 위에 앉았다. 손 위에 잠자리가 앉은 경험은 많았지만,

새가 앉은 것은 처음이라 깜짝 놀랐다. 기분이 너무 신기하고 오묘해 그대로 숨을 멈추고 새를 들여다봤다. 불과 20센티미터 거리에 있는 작은 새의 깃털을 감상하고 눈동자를 맞추며, 새의 다소 거친 발바닥의 촉감을 온몸으로 느꼈다.

나는 미동도 하지 않으려고 최대한 노력했지만, 나도 모르는 사이 살짝 겁을 먹긴 했나보다. 그러자 그 작은 새는 아무렇지 않다는 듯, 겁먹지 말라는 듯, 내 손등에서 손목으로, 손목에서 다시 팔을 타고 천천히 걸어 올라왔다. 태어나서 처음 느껴보는 촉감 때문인지 온몸에 전율이 흘렀다. 작은 새는 어느새 나의 어깨까지 올라왔고, 내 몸에서 더는 오를 곳이 없었는지 갑자기 발바닥에 힘을 주더니 발돋움을 하여 하늘을 향해 날아올랐다. 불과 1~2분 남짓한 아주 짧은 시간이었지만 그때 나와 작은 새를 제외한 온 세상의 시간이 정지된 것만 같았다.

또 한 번은 바닷가 길을 따라 놓인 쉼터 의자에 누워 꿀잠을 자고 있던 바다사자를 봤을 때였다. 갈라파고스에는 바닷가 길을 따라 쉼터들이 줄지어 놓여 있는데, 걷다가 지친 사람들이 쉴수 있게 만들어놓은 정자나 의자 같았다. 하지만 이 쉼터의 진짜 주인은 따로 있었다. 코로나19 전 금요일 새벽 5시 홍대 지하철역에서나 볼 법한 만취한 사람처럼, 축 늘어져 고개를 떨구고는 꿀잠을 자는 바다사자였다. 가끔 운 좋게 바다사자의 옆 좌석이 비어 조용히 앉으려고 하면, 여지없이 알아챈다.

그네를 타고 세상의 끝으로
날아오르는 그 기분이란.

일상을 더 아름답게 볼 수 있게 해준 에콰도르,
그곳의 자연 풍경들.

언제 깼는지 눈을 부릅뜨고 "으헝!" 하고 외치는데, 그 소리가 무서워 엉덩이를 들썩거리게 된다. 이쯤 되니 사람들이 쉴 수 있게 만들어놓은 정자와 의자라고 생각한 내가 바보 같았다. 그뿐만 아니라 수영을 마치고 곱게 닫힌 탈의실 문을 열다가 소리를 질렀던 적도 많았다. 정자나 의자로는 부족했는지 탈의실 안에도 바다사자 몇 마리가 삼삼오오 모여 누워 있는 걸을 자주 목격했기 때문이다. 도대체 곱게 닫힌 탈의실 문은 또 어떻게 연 것일까.

마지막으로 갈라파고스 군도의 섬 중 하나인 산타크루스 섬에 갔을 때 생선 가판대 풍경을 보고 또 한 번 이곳의 신비로움을 느꼈다. 산타크루스 섬 시내 중앙에 위치한 작은 가판대에서는 매일 새벽 어부들이 갓 잡아 올린 참치와 다양한 생선들을 판다. 정해진 수량이나 생선의 종류는 없고 그날 잡힌 물고기와 갑각류를 판매하는 식이라서 물건을 사려면 이른 오전에 가야 한다. 졸린 눈을 비비며 일찍 움직여야 한다는 수고가 따르지만 생참치를 부위 상관없이 1킬로그램에 한국 돈 4,000원이면 살 수 있기 때문에 무조건 가는 게 이익이다. 낚시를 마친 어부는 참치와 다양한 해산물이 담긴 아이스박스를 가판대로 가져와 손질을 하는데, 그때 눈치 빠른 여행자들이 가판대 앞에 줄을 만들고 하품을 참으며 기다린다.

그런데 싱싱한 생선 냄새를 맡고 모인 동물들은 사람과는 달리 인내심이 부족해보였다. 음식에는 도통 관심이 없어 보이는 이구아나 가족을 빼고는 5~6마리의 펠리컨, 이름 모를 작은 새 여러 마리까지 어부가 칼질을 끝내고 고개를 뒤로 돌릴 때마다 잽싸게 테이블로 올라가 내장과 껍질을 훔치려고 노력했다. 심지어는 먼저 테이블에 올라가려고 바닥에 있던 새들끼리 부리를 부딪치며 싸워댔고, 시간이 흐르면 흐를수록 새가 더 많이 모여드는 바람에 이곳이 생선 가판대가 아니라 수십 마리의 다양한 새들이 공연을 펼치려고 준비하는 무대처럼 보였다.

쉽게 볼 수 없는 진귀한 광경에 나는 그만 넋이 나간 채로 그 모습을 지켜보고 있었는데, 그때 어부 아저씨의 특이한 행동이 포착됐다. 해산물을 손질하면서 껍질은 새들 쪽으로 던져주고 내장 부위는 가판대 아래에 툭 하고 던지는 게 아닌가. 처음에는 가판대 안 아래쪽으로 내장을 버리는 전용 쓰레기통이 있겠거니 했는데, 내장을 버릴 때마다 그곳을 보며 미세하게 웃는 아저씨의 모습 때문에 문득 궁금증이 일었다. 나는 참지 못하고 대기하던 줄에서 어부 아저씨 등 뒤쪽으로 자리를 옮겨 비스듬히 서서 가판대 안쪽을 바라보았고 아저씨의 시선이 머무는 아래쪽을 바라보는 순간, 그가 무엇을 보고 웃었는지 비로소 알게 됐다. 아기 바다사자 한 마리가 아저씨 양발 사이에 들어가 아저씨를 올려다보고 있는데, 마치 그 눈빛이 영화 '슈렉'에 나온 고양이의 애절한 눈빛과 닮아 있었다. 칼질하는 아저씨 손만 바라보는 그 모습이 얼마나 예쁘고 사랑스럽던지 서둘러 휴대전화를 꺼내 그 순간을 담았다. 이 3가지 장면 외에도 갈라파고스에 있는 동안 평범한 일상의 순간들을 특별하게 바꿔준 아름답고 신비로운 자연의 모습은 정말 무궁무진했다.

걷는 놈 위에 뛰는 놈 있고 뛰는 놈 위에 나는 놈 있다고.
가판대 위에서는 새들끼리 팽팽한 접전을 펼치고 있는데
이렇게 혼자서 편안히 내장을 받아먹고 있었다니.
하지면 녀석의 귀여운 모습에 마음을 뺏길 수밖에 없었다.

하늘을 밟고 선
'우유니 사막'

볼리비아

갈라파고스 여행을 마친 나는 페루의 쿠스코를 거쳐 볼리비아의 라파스, 우유니 지역으로 이동했다. 우유니 지역에는 사람들에게 많이 알려진 '우유니 사막'이 있는데, 세계 최대 규모의 소금 사막이기도 하다. 원래는 지각변동으로 솟아올랐던 바다가 빙하기를 거쳐 2만 년 전에 녹기 시작하면서 이 지역에 거대한 호수가 만들어졌는데, 비가 적고 건조한 기후로 인해 긴 세월 동안 물은 모두 증발하고 소금 결정만 남아 소금 사막이 된 것이다. 추산되는 소금의 양만 최소 100억 톤에 이르며, 그 소금 두께는 최소 1미터에서 최대 120미터에 달한다고 한다.

하지만 우유니 소금 사막이 유명해진 진짜 이유는 그 풍경이 장관이기 때문이다. 해발고도 3,660여 미터 고지대에 위치하고 있어 소금 결정 바닥이 푸른 하늘, 구름과 매우 가깝게 맞닿아 있는 것처럼 느껴지는데, 강렬한 햇살을 받아 이 하늘과 구름이 소금 결정 바닥에 반사되면 사막 한가운데에 서 있는 사람이 느끼기에 마치 하늘 위를 걷고 있는 듯하다. 그런 탓에 이곳을 방문한 사람들이 저마다 감탄을 내지르며 인생 샷을 찍었고, 이것이 SNS에 돌고 돌아 여행을 별로 좋아하지 않는 사람도 한 번은 가보고 싶은 곳으로 손꼽을 정도다.

나 역시 사전 조사를 통해 기대를 꽤 하고 갔는데, 막상 우유니 마을에 도착해보니 내가 기대한 느낌이 전혀 아니었다. 마을은 사막과 또 다를 수 있지만, 그렇다고 해도 전 세계적으로 유명한 관광지가 있는 동네치고는 너무나도 볼품없어 보였다(물론 나는 이런 분위기를 애정하지만). 식당과 투어샵도 많은 관광객을 소화하기에는 벅찰 정도로 그 수가 적었다.

마지막 여행지까지 소화하려면 시간이 별로 없었던 나는 조금이라도 더 많이, 효율적으로 우유니 소금 사막을 즐기기 위해 선택과 집중을 해야 했다. 소금 사막을 둘러보는 여러 가지 투어 상품이 준비돼 있었는데 이 중에서 뭘 가고 뭘 빼야 할지 몰랐기 때문에 나는 먼저 다녀온 선배 여행자들에게 묻고 다녔다. 하지만 그들의 대답은 한결같았다.

"알려드릴 수가 없어요. 시간대마다 모두 다른 아름다움을 갖고 있거든요."

'그렇다면 우유니에서는 잠을 줄이자.'

고르고 골라 내가 하고 싶었던 투어는 총 3가지였다. 일출을
감상하는 '스타 선라이즈'와 오후에 출발해 노을과 갓 태어난 별
들을 감상하는 '선셋 스타라이트' 투어, 우유니 소금 호텔, 작은
시장, 기차 무덤을 구경하고 소금 사막에서 노을을 맞이하는 '데
이 투어'. 첫 번째로 '데이 투어'를 하기로 결정한 나는 약속 시간
에 맞춰 투어샵을 방문했다.

한국인들에게 꽤 유명한 샵들로만 골라 예약을 진행했더니
정말 많은 한국인 여행자들이 투어 차량을 기다리고 있었다. 보
통 5~8명 정도가 한 팀이 되고 모두 오늘 처음 본 여행자들이었
지만 문제가 되는 사람은 아무도 없어 보였다. 저 멀리 믿음직한
투어 가이드가 거대한 비닐에 마구잡이로 가져온 고무장화를 신
는 것조차 즐거웠으니 말이다.

장기 여행을 해보니 여행할 때 만난 사람들과는 이상하리만큼
빠르게 친해진다. 특히나 남미 지역에서 만난 대부분의 여행자들
이 마음 열기 고수들이라 그런지 어색함을 더 빨리 털어버리는
것 같다. 함께 투어를 떠나게 된 우리는 한껏 들떠 우유니 사막으
로 향하는 자동차 안에서 신나는 음악을 틀고, 유행하는 춤을 추
고, 각자 여행 스타일을 이야기하며, 어린아이들처럼 놀았다.

그렇게 지프가 얼마나 달렸을까. 창밖을 내다보니 새하얀 눈
이 펑펑 내린 것 같은, 소복하게 소금이 쌓인 광활한 소금 사막

이 천천히 보이기 시작했다. 우리의 믿음직스러운 투어 가이드는 물기 하나 없는 메마른 소금 사막을 1시간 정도 더 달려 물이 찰랑찰랑하게 차 마치 호수처럼 보이는 우기의 소금 사막을 찾아냈고, 그곳에 차를 세웠다.

차에서 내려 검은색 장화를 신은 발이 사막에 닿자 '철렁' 하고 하늘이 일렁인다. 나는 분명 바닥에 발을 내려놓았는데 하늘을 아름답게 수놓은 구름의 모양이 바뀌는 듯했다. 투어할 때는 날씨 운도 따라줘야 하는데, 운도 우리 편이었다. 내가 바라본 우유니의 하늘은 왜 하늘색이 파란색과 구분돼야 하는지 친절하게 설명이라도 해주는 듯 맑고 따뜻한 색을 뿜어내며 길게 펼쳐져 있었다. 또 하늘색만으로는 아쉬워하는 사람들에게 보답이라도 하듯 작고 큰 구름들이 둥실둥실 떠다니고 있었다.

하지만 여기에서 끝난다면 우유니가 아니다. 첨벙첨벙 소리를 내며 나는 그저 앞만 보고 냅다 달리기 시작했다. 내가 타고 온 지프, 일행들과 떨어져 나 혼자만 이곳에 남은 기분을 만끽하고 싶었기 때문이다. 지프와 한참 떨어졌다고 느낄 만큼 우유니 사막을 달리던 나는 멈춰 서서 눈을 감았다가 떴다.

'와… 이런 곳이… 정말 세상에 존재하는 구나….'

이곳의 하늘은 그 존재만으로도 완벽하다고 생각했는데 뜀박질을 멈추고 시선을 아래로 떨구자 바닥에 그 하늘을 똑 닮은 또 하나의 하늘이 펼쳐져 있었다. 그 닮음 새가 지금 내가 두 발을 딛고 선 곳이 하늘인지, 내 시선을 따라 위를 올려다본 곳이 하늘인지 분간이 되지 않을 정도였다. 하늘과 하늘 사이에 있는 끝없이 펼쳐진 지평선을 따라가 보니 경계선은 더욱 희미해져 마치 하늘색 블랙홀이 있다면 저곳이겠거니 싶었다.

"황홀하다."

살면서 황홀이라는 단어를 몇 번이나 써봤을까? 지금 내가 작은 목소리로 읊조린 황홀이라는 단어가 가장 잘 어울리는 곳이 바로 이 우유니 사막이라는 생각이 들었다. 나는 사막 한가운데에서, 아니 하늘과 하늘 그 중간 지점에 서서 나의 모든 시선과 마음을 한순간에 뺏겨버린 채 영원히 끝나지 않을 것 같은 하늘색 블랙홀을 멍하니 바라보았다. 그때 함께 투어를 온 동생의 목소리가 들렸다.

"형! 여기서는 에어트랙 안 해요!?"

그제야 정신을 차리고 나는 소금 사막의 바닥을 살폈다. 하지만 바닥에 손을 대보니 마치 굴 껍데기 표면을 만지는 것처럼 날카로웠다. 에어트랙을 하려면 손으로 바닥을 짚어야 하는데, 이런 상태라면 맨손으로는 무리다. 이 멋진 풍경을 배경으로 에어트랙을 할 수 없다는 사실에 나도 모르게 표정이 어두워지는 그때 동생이 자신에게 장갑이 있다며 내게 자신의 장갑을 건넸다. 남미 여행 중 갈라파고스만큼이나 기대한 장소 중 한 곳이라 나는 장갑을 끼고 이곳에서 에어트랙을 할 수 있다는 사실에 가슴이 벅차올랐다. 카메라는 동생에게 맡기고 내가 에어트랙을 하는 도중 카메라를 180도 회전해 세상에 하나밖에 없는 우유니 인생 영상을 만들 계획이었다.

"자! 간다! 하나, 둘, 셋!"

장화에 남은 물기를 털어내며 손을 바닥에 대고 다리를 높게 들었다. 그렇게 1바퀴를 먼저 도는데, 그만 나도 모르게 바닥으로 꽈당 넘어지고 말았다. 아마 동생이 빌려준 장갑이 털장갑이라 순식간에 물을 흡수해버려서 평소 팔 무게보다 2배는 더 무거워서 그랬던 것 같다. 그 사실을 모르고 평소와 같은 힘으로 시도하니 팔이 무너져 그대로 얼굴이 바닥에 파묻혔다. 거기다가 엎친 데 덮친 격으로 파묻힌 순간 입안으로 소금이 들어와 생전 처음 가장 짠맛을 경험해야 했다. 우유니 소금 사막의 염도가 얼마나 높은지 혓바닥이 다 찌릿했다.

"형… 괜찮아요? 여기 바닷물 염도보다 5배 높다던데…."

하지만 제아무리 염도가 높다고 해도 내 열정을 막을 순 없었다. 나는 그 후로도 몇 번이나 더 시도했다. 하지만 시도하면 시도할수록 털장갑은 더 무거워졌고, 그 때문에 3바퀴 이상을 돌수 없었다. 실패를 거듭할수록 두 눈이 새빨개지고, 온몸은 소금 범벅이 됐으며, 끈적거리는 것을 넘어서 극심한 가려움증이 몰려왔다.

소금기를 가득 머금은 장갑과 옷 때문에 더 춤을 추는 건 말도 안 되는 일이었다.
그렇지만 말도 안 되는 풍경을 앞에 두고 그냥 있을 순 없지 않나.
덕분에 다시없을 인생 샷을 건졌다.

에어트랙도 뜻대로 안 되고 몸도 만신창이가 되어 괴로운 내 마음을 아는지 모르는지, 하늘은 어느새 노을이 지고 있었다. 그동안 예쁜 노을을 많이 봤다고 생각했는데, 이렇게 하늘과 바닥이 동시에 물드는 광경은 처음이었다.

온 세상이 보랏빛에서 다시 분홍빛으로 물들고 있었고, 하늘을 보고서 우리 일행은 서둘러 준비한 동작들을 취하며 사진과 영상을 찍었다. 시간이 조금 흐르자 노을은 황금빛으로 물들며 정점을 찍었다. 낮에 본 우유니를 '황홀'이라고 표현한다면 온 세상이 황금빛으로 물든 우유니에는 '낭만'이라는 단어가 어울릴 것 같았다. 그 모습을 나만 보고 있자니 너무 아까울 따름이었다. 내가 사랑하고 아끼는 사람들도 함께 봤으면 좋았을 텐데…. 소문난 잔칫집에 먹을 것 없다고 하지만 여기는 잔칫집에 왔더니 마치 미슐랭 뷔페가 펼쳐진 느낌이었다.

거꾸로 보는 세상에 내가 있었다

며칠 후, '스타 선라이즈' 투어에 갔다. 영하로 내려간 추운 날씨에 벌벌 떨며 차에서 내렸는데, 고개를 드니 내가 ABC 정상에 갈 때 봤던 그런 하늘이 있더라. 오묘한 빛깔을 내고 있는 은하수와 수없이 많은 별들이 하늘에 가득했다. 히말라야에도 없는 모습이 우유니에는 있었다. 우유니의 바닥은 하늘을 비추는 거울이었으니까. 바닥에 우주가 있더라.

한국에서의 일상이
보고 싶고 그립다

　그동안 여행을 하면서 전 세계 예술가들을 만나 춤을 추고 공연을 하며 목적 없이 춤을 사랑하던 그 마음을 조금씩 찾기 시작했다. 또 아름다운 자연 풍광을 눈에 담으며 감동을 느낀 날도 많았다. 하지만 그럼에도 1년 이상 여행을 한다는 건 결코 쉬운 일이 아니었다. 처음 여행을 하려고 집을 떠나올 때 느낀 춤에 대한 권태기만큼이나 어느 순간 '여행 권태기'가 찾아왔고, 이는 내가 계획한 여행의 종지부를 찍어야 한다는 마음으로 무작정 버텼기 때문인지도 모르겠다.

　그토록 원했던 세계 일주를 하면서 세상에서 가장 행복한 사람이라 해도 과언이 아니었지만 인간은 망각의 동물임과 동시에 적응의 동물인지라 여행이 곧 일상이 되어버린 순간 그런 감흥과 기쁨은 어느새 뒷전이 되었다. 무엇보다 여행을 하고 숙소로 돌아와 밀린 영상들을 하루에 8~10시간씩 편집하다보니, 그 일들이 점점 버거워진 것도 한몫한 듯했다. 그렇다, 나는 알게 모르게 많이 지쳐 있었다. 운이 좋게도 1년이 넘는 시간 동안 한국에서 안 좋은 소식 하나 들리지 않았는데, 숙소에서 맥주를 마시며 몇 시간 동안 한국 음악을 듣다가 펑펑 눈물 흘리는 일이 잦아졌다. 여행을 하면서 현지 음식보다는 점점 더 한식당을 찾게 되었고, 내 일이 아니라는 듯, 관심도 없었던 한국 뉴스 기사들을 찾아보는 것이 하루의 일과가 되었다. 혼자 걷는 거리, 혼자 보는 풍경, 혼자 눕는 침대, 혼자 먹는 밥… 내가 그토록 설레고, 하고 싶었고, 그리웠고, 좋아했던 혼자만의 시간이 극도로 외롭게 느껴졌다.

그러다가 우유니 사막에 갔다. 하지만 불안했다. 그 아름답다고 소문이 난 우유니 사막을 보고도 아무런 감흥을 느끼지 못할까 봐. 그래서 앞으로 남은 여행의 의미까지 잃어버리게 될까 봐 말이다. 사실 우유니 사막을 본다는 것에 기대가 컸다기보다 내가 우유니 사막을 마주했을 때의 감정이 너무 궁금했다. 그래서 이틀 동안 쪽잠을 자면서 투어를 무려 3번이나 나갔다. 그래야 내가 살 것 같았다. 물론 사는 내내 기억에 남을 아름다운 광경을 보았지만, 우려하던 대로 나의 외로움이나 권태기를 완벽히 날려버릴 정도는 아니었다.

이제 서서히 여행의 끝이 보이기 시작했고 귀국 날짜도 마음 속으로 정했는데, 잘해낼 수 있을까. 이제 남은 곳이라고는 거쳐 가는 몇몇 국가를 제외하고 세상의 끝이라 불리는 우수아이아가 있는 아르헨티나, 나의 피날레 무대인 리우 카니발이 열리는 브라질만이 남았다. 나는 늘 그래왔던 것처럼 역시나 잘해낼 것이다. 하지만 솔직히 많이 외롭고 한국에서의 그 지긋지긋했던 나의 일상이 너무나도 보고 싶고 그립다….

배낭의
세계 일주

칠레

원래 여행 일정대로라면 칠레와 아르헨티나의 시골 마을을 둘러보며 남쪽 끝으로 하염없이 이동하고 있어야 했다. 하지만 브라질 일정으로 인해 나에게 남은 시간은 고작 2주뿐이었다. 사실 칠레와 아르헨티나는 배낭여행자들이 트레킹을 하려고 가는 곳이라 해도 과언이 아닐 정도로 유명한 트레킹 코스들이 많다. 그중 하나가 우리에게 아웃도어 브랜드로도 친숙한 칠레의 '파타고니아' 트레킹 코스인데, 그중에서도 '토레스 델 파이네' 국립공원을 둘러보는 트레킹 코스가 유명하다. 이 국립공원은 세계 10대 절경 중 하나이자 죽기 전에 꼭 가봐야 할 곳 10선에 선정될 정도로 아름답다고 정평이 난 곳이다. 하루에 사계절을 다 겪는 곳이라는 말까지 있을 정도로 변화무쌍한 날씨와 만년설이

녹아 만들어진 호수, 기암절벽 아래로 흘러내리는 계곡과 시원한 폭포를 볼 수 있고 일출 무렵 정상에 도착할 수 있다.

파타코니아 트레킹 코스 중 또 다른 코스인 피츠로이 트레킹의 경우 새벽 2시쯤 출발해 4~5시간 야간 산행을 한 다음 정상 부근에 있는 호수에 도착해 일출과 함께 시뻘겋게 불타오르는 고구마 같은 봉우리를 감상하는 코스인데, 그래서 불타는 고구마 트레킹이라고도 불린다. 물론 쉽다고 말할 수는 없었지만 당일치기로 충분히 마무리할 수 있는 산행이었고, 남들보다 천천히, 누구보다 조심하면 문제가 없을 것 같았다. 아직 다리가 아프니 파타고니아는 피츠로이로 만족하기로 하고 나는 칠레의 푼타 아레나스로 향하는 비행기표를 구입했다.

그런데… 일이 이렇게 꼬여버릴 줄은 상상도 하지 못했다….

배낭을 찾습니다

이름: 브루스리 배낭

특이사항: 배낭 앞쪽에 엉성한 바느질로 태극기와 여러 나라의 국기를 작게 만들어 기움.

칠레 아르투로 메리노 베니테스 국제공항(이하 산티아고 공항) 새벽 3시 44분. 짐으로 가득 찬 배낭을 앞뒤로 둘러메고 공항 입

구에 들어섰을 때 나는 그만 망연자실한 채 입을 떡 벌리고 말았다. 이 많은 사람들이 줄을 서서 기다리고 있다는 게 정말 현실이란 말인가. 새벽 비행기라 안심하고 평소보다 느긋하게 출발한 내 실수다. 내가 들어선 공항에는 그동안 내가 갔던 공항 중 가장 많은 인파가 몰려 있다고 해도 과언이 아닐 정도로 사람이 많았다. 비행기 탑승 시간까지 1시간 정도밖에 안 남았는데….

남미 여행을 해본 사람은 알겠지만, 이곳 일 처리 속도라면 도무지 탑승 시간을 맞출 수 없을 것 같았다. 가뜩이나 여행할 시간도 부족한데 비행기까지 놓쳐버린다면 남은 일정들은 맥반석 오징어다리처럼 꼬여버릴 것이 분명했다. 꽉 막힌 올림픽대로에 선 사람처럼 불안한 마음으로 배낭을 움켜쥐었다. 손에 땀이 흥건했지만 그런 건 중요하지 않았다. 늦장 부리던 날 탓하는 것도 역시 아무 의미가 없었다. 우려하던 대로 결국 나는 43번 게이트 앞에서 문을 닫는 승무원을 바라볼 수밖에 없었고, 코앞에서 비행기를 놓치고 말았다. 파이널 콜 시간 전에 도착해 기다리고 있었다고 항의했지만 그녀는 단호하게 더는 태울 수 없다고 대답할 뿐이었다. 승객이 앞에서 기다리는데 시간이 다 되었다고 승객을 태우지 않는 항공사는 처음 봤다.

하지만 이건 시작에 불과했다. 이 작은 나비의 날갯짓이 거대한 태풍을 몰고 오리라는 걸 이때만 해도 알지 못했다. 나는 이미 배낭을 수하물로 부쳤기 때문에 서둘러 밖으로 나가 비행기를 놓친 나의 사정에 대해 데스크에 설명했고, 친절한 직원은 10시간 뒤에 출발하는 새로운 비행기표를 주면서 1시간 후에 배낭을 꺼내놓을 테니 찾으러 오라고 했다. 그때만 해도 나는 다행이다 싶었다.

'비행기표도 재발권해주고 좋네. 식당에서 밥 먹고 1시간 후에 배낭 받아서 근처에 쉴 곳을 찾아보면 되겠다.'

그렇게 생각한 나는 1시간이 지나자 나에게 대답해준 직원을 찾아가 다시 한 번 내가 처한 상황에 대해 설명했다. 비행기를 놓쳤는데 1시간 후에 찾으러 오라고 해서 왔다고, 그러니 배낭을 돌려달라고. 그런데 직원은 가방이 도착하지 않아 30분 후에 다시 오라고 했다. 뭔가 께름칙했지만 한 번 더 믿어보기로 했고, 그때부터 일은 된통 꼬이기 시작했다. 다시 30분 후에도, 그다음 30분 후에도 또다시 30분 후에도… 나는 직원에게 같은 말을 들어야 했다. 한 편의 타임 슬립 영화의 주인공이 된 듯 같은 질문을 하고 같은 대답을 들으며 무려 5번을 왔다 갔다 했고, 시간을 보니 벌써 4시간이 지나 있었다.

비행기를 놓친 건 내 잘못이지만 아니 무슨 장난하는 것도 아니고 배낭 하나 가져오는데 이렇게 시간이 오래 걸릴 수가 있나 싶었다. 나는 슬슬 열이 오르기 시작했다. 1시간 후에 다시 오라는 직원의 말을 더는 신뢰할 수 없었고, 나는 약간 짜증 섞인 말투로 5시부터 지금까지 헛걸음을 몇 번이나 했는 줄 아느냐며 따져 물었다. 직원은 그제야 자기를 따라오라며 날 어디론가 데려갔다.

내가 도착한 곳은 항공사 사무실이었다. 그녀는 잠시만 기다리라고 하더니 나를 문밖에 세워둔 채로 사무실 안으로 혼자 들어가 버렸다. 그리고 나는 그 자리에서 다시 1시간을 기다려야 했다. 처음에는 곧 나올 줄 알고 문 앞에서 기다렸는데, 20분이 넘어가자 바닥에 주저앉아 기다렸고, 50분이 지나가자 날 잊은 건가라는 생각마저 들었다. 잠시만 기다리라고 하고 1시간을 기다리게 하는 비상식적인 행동이 도무지 이해가 되지 않았다. 아무튼 나는 그보다 한참 더 지나서야 다소 계급이 높아 보이는 한 남자를 만날 수 있었고, 그 남자의 당당한 태도에 고개를 내저을 수밖에 없었다.

"음, 지금 확인해보니 당신 배낭은 푼타아레나스(나의 목적지)로 갔어요. 우리가 미처 배낭을 빼지 못한 모양입니다."

사과 한마디 없이, 배낭을 빼지도 못했으면서 이제야 배낭의 목적지를 확인해주는 그들을 이해할 수 없었다. 나는 속이 부글부글 끓었다. 오전 5시부터 지금까지 아무 데도 가지 못하고 차가운 바닥에 앉아 기다리다 몇 번이나 직원의 말만 믿고 찾아왔다 돌아가길 반복했는데, 이제와 배낭이 출발했다는 이야기를 들으니 열이 안 받겠나. 강한 빡침이 정수리 끝까지 도달했다는 게 스스로 느껴졌지만 어차피 이들에게 화를 내봐야 얻을 수 있는 건 아무것도 없다는 것 또한 알겠다. 그저 내가 할 수 있는 일이라고는 사무실 앞에 대문짝만하게 적힌 항공사 이름을 기억하고 다시는 이용하지 않겠다고 다짐하는 것뿐이었다. 나는 이제 더는 그들의 말을 믿을 수 없었기에 다시 한 번 배낭의 위치를 확인하고자 물었다.

"푼타아레나스에 내 배낭이 있는 건 확실한가요? 내가 도착하면 배낭이 날 기다리고 있는 거죠?"

"맞아요. 도착해서 평소처럼 짐을 찾으면 됩니다. 당신이 도착할 시간에 맞춰 컨베이어 벨트에 배낭이 올라와 있을 거예요."

미안하다는 말이라도 한번 해줬으면 억울하지나 않을 텐데 끝까지 당당하게만 구는 그들의 모습에 기가 차고 코가 찼다. 영어라도 유창했으면 조곤조곤하게 한마디 해줬을 텐데 그렇지 못해 참 아쉬웠다. 그렇게 나는 한참을 실랑이를 벌이다가 재발급받은 오후 2시 비행기를 타고 푼타아레나스 프레시덴테 카를로스 이바녜스 델 캄포 국제공항(이하 푼타아레나스 공항)에 도착했다. 그리고 배낭이 나오는 컨베이어 벨트 앞에 서서 내 배낭을 찾기 위해 토끼 눈을 하고 쳐다봤다. '킬리 배낭'이라고 적혀 있는 레인 커버의 배낭, 이제 제발 우리 좀 만나자….

하지만 벨트가 더는 움직이지 않을 때까지 서 있었는데도 내 배낭은 만날 수 없었다. 나는 안내 데스크를 찾아가 다시 한 번 내 상황을 직원에게 설명했고, 그 담당자의 대답에 나는 혹시 지금 이거 몰래카메라가 아닌가 싶은 생각까지 들었다.

"음, 당신 짐은 확인해보니 지금 이키케에 있는 걸요?"

나는 나의 두 귀를 의심했다. 이건 또 무슨 소리란 말인가. 내가 출발한 지역은 칠레의 산티아고 공항이고 지금 이곳은 푼타 아레나스인데, 왜 배낭은 이키케에 있지? 이키케라면 산티아고에 가기 전 내가 사막의 노을을 보려고 하루 동안 머문 곳인데, 왜 배낭만 그곳에…? 나는 정말 직원에게 왜 배낭만 그곳에 가 있는 건지, 이거 혹시 몰래카메라 아닌지 물었다.

"음, 글쎄요. 그 이유까진 알 수 없고요. 단지 수하물 번호를 확인해보니 그 수하물의 위치가 이키케에 있다는 것 정도만 확인할 수 있네요."

이건 마치 김포에서 제주행 비행기를 탔는데 나의 배낭만 부산에 가 있는 것과 같은 상황이다. 그녀는 자신은 그저 짐을 확인해주는 직원일 뿐이라 설명한 다음 1시간 30분 후에 자신의 보스가 온다고 했으니 그때 보스랑 대화해보면 좋을 것 같다는 이야기를 전달하고 내 곁을 떠났다. 그렇게 나는 다시 2시간을 더 기다렸고 직원에게 보스는 어디 있느냐고 묻자, 그녀는 잠시 어딘가로 전화를 하더니 '보스는 오늘 못 오게 되었다는' 말도 안 되는 말을 시전했다.

'와… 와! 와!! 와!!!' 정말 뚜껑이 열릴 것만 같았다. 한 번 해보자는 건가?

하지만 직원은 내 빡침은 신경 쓰지 않고 배낭이 내일 오전에 도착할 거라는 말만 남긴 채 다시 사라졌다.

사실 나의 최종 목적지는 푼타아레나스가 아니었다. 나는 이곳에서 푸에르토 나탈레스로, 거기에서 다시 엘 칼라파테로 그리고 또다시 피츠로이가 있는 엘 찰텐까지 무려 3번이나 경유하며 10시간이 넘는 버스를 타야 했다. 그러려면 원래 일정대로 반드시 오전 일찍 출발해야만 당일에 도착할 수 있었고, 그렇기 때문에 새벽 비행기를 타고 이곳에 온 것이다. 비행기를 놓쳤기 때문에 이미 벌써 하루가 날아갔고, 내일 오전에 오기로 한 배낭이 조금이라도 늦게 온다면 가다가 차가 끊길 것이 분명했기에 또 하루를 날리게 되는 셈이었다. 그래서 나는 화를 누그러뜨린 다음 절박하게 내 상황에 대해 다시 한 번 설명했다.

"내일 오전 몇 시에나 배낭이 도착할까요? 저는 내일 정말 엘 찰텐에 도착해야만 해요. 안 그러면 제가 예약한 모든 숙소와 투어비가 다 날아갑니다."

직원은 내일 오전 9시에는 반드시 도착할 거라고 말해주었고, 나는 울며 겨자 먹기로 그 말을 한 번 더 믿을 수밖에 없었다. 다행히 나와 같은 상황에 처한 외국인 커플이 있었는데 그들은 아무것도 없는 내게 돈을 빌려주기도, 숙소를 잡아주기도 했다. 정말이지 이들이 아니었으면 영하의 날씨에 점퍼도 하나 없이 공항에서 노숙할 뻔했다.

다음 날 오전 9시. 오늘은 반드시 엘 찰텐으로 가야 한다. 그래야만 피츠로이 트레킹을 할 수 있다. 하지만 내가 아무리 비장하게 다짐한다고 해도 내 뜻대로 할 수 있는 건 아무것도 없었다. 이 상황에서 내가 할 수 있는 일이라고는 직원이 있던 테이블 위에 내 배낭이 올려져 있기를 간절히 기도하는 것뿐이었다.

그런데 공항 자동문을 열고 들어가는 순간부터 어째 기분이 싸했다. 심지어 공항에 불도 다 꺼져 있었다. 푼타아레나스 공항은 하루에 비행기가 2~3대 정도밖에 운행을 안 하는 시골 마을의 아주 작은 공항이었고 운항하지 않는 시간대에는 직원을 찾아볼 수 없을 정도로 조용하고 한산했다. 아무도 없는 공항에서 불 꺼진 데스크를 바라보며 내가 할 수 있는 건 어제의 약속을 떠올리며 하염없이 기다리는 것뿐이었다.

데스크 앞 차가운 바닥에 털썩 주저앉아 어제 먹다 남은 햄버거 반쪽을 꺼내 물도 없이 입에 욱여넣었다. 그러자 바싹 마른 차가운 빵조각 때문에 목이 메는 건지, 이 답답한 상황이 나의 목을 옭아매는 건지 알 수가 없었다. 군대에서 말년 병장 때는 떨어지는 낙엽도 조심하라고 했는데 여행 막바지에 군대로 치면 병장 계급쯤 된 나는 알 수 없는 배낭의 늪에 제대로 걸려든 것만 같았다. 마음 같아서는 여행이고 뭐고 순간 이동을 해서 한국으로 돌아가고 싶었다.

20분쯤 흘렀나. 형광색 조끼를 입은 항공사 직원이 다가와 나에게 말을 걸었다.

"혹시, 배낭 기다리고 있어요?"

나는 그 말에 대뜸 고개를 끄덕이며 맞다고 했고, 그 직원은 배낭을 가지고 곧 돌아오겠다며 사무실 쪽으로 사라졌다. 배낭을 잃어버리고 처음으로 긍정적인 답변을 들은 것 같았다. 휴대전화를 꺼내 오늘 이동할 버스 시간을 확인해보니 30분 안에 출발하면 밤늦게라도 엘 찰텐에 도착할 수 있을 것 같았다. '됐다.' 나는 여행을 시작할 수 있다는 마음에 좀 들뜨면서도 아직 배낭 실물을 보진 않았으니 끝까지 긴장을 늦추지 말자고 스스로를 다독였다.

시간이 조금 흘렀을까. 내 배낭을 들고 나와야 하는 직원에 손에는 아무것도 들려 있지 않았다. 그리고 내게 뚜벅뚜벅 걸어온 직원은 미안하단 표정을 짓고는 다시 한 번 내가 믿기 힘든 말을 꺼냈다. 내 배낭이 없다고. 그래서 다시 확인해보니까 산티아고에 있다고. 난 그 말을 듣고 믿을 수도, 어떤 대답을 할 수도 없었다. 그러는 동안 직원은 저녁 7시 반에 오는 비행기 편에 내 가방을 꼭 실어서 오겠다고 덧붙였다.

이쯤 되니 내 배낭은 이미 분실됐는데 항공사에서 그 사실을 밝힐 수 없어 계속 내게 거짓말을 하고 있을지도 모른다는 생각이 들었다. 무엇보다 이것으로 피츠로이 트레킹은 갈 수 없다는 것이 확정됐다. 오늘이라도 출발한다면 밤늦게 엘 찰텐에 도착할 것이고 나는 잠시 휴식을 취한 다음 바로 트레킹을 갔다 다시 이곳으로 돌아오는, 그야말로 강행군이라도 진행하려고 했지만 그 가능성마저 날아가 버렸다. 처음으로 내게 미안하다고 말해 준 직원이었지만, 나는 이미 지쳐 있었고 참고 참았던 마음이 그만 폭발해버리고 말았다.

"망쳐버린 나의 여행을 보상해줘. 이건 보상을 받아야 해. 더는 못 참겠다고."

하지만 계속 항의해봤자 돌아오는 답변은 보상해줄 수 없다는 것이었고, 나는 날려버린 시간과 돈, 피츠로이에서의 트레킹이 눈물 나게 아쉬웠다. 직원은 그런 내게 진심으로 미안해하며 오늘 저녁 7시 30분에는 무조건 배낭을 받을 수 있도록 매 시간마다 확인하겠다고 단단히 약속을 했다.

오후 7시 30분, 이쯤 되니 나는 이제 배낭에 대한 어떤 기대도 없었고, 만약 이번에도 배낭을 찾지 못한다면 그냥 포기하기로 마음먹었다. 그냥 값싼 브랜드에서 옷 몇 벌을 구입한 다음 단벌 신사로 남은 내 여행을 마무리하는 것이 정신 건강에 훨씬 좋을 것 같았다. 그렇게 시간이 지나 몇 번을 들락날락했는지 셀 수 없는 자동문이 내 앞에서 또 열리고 꼴도 보기 싫은 항공사 데스크로 발걸음을 옮기고 있는데, 점점 가까워지는 데스크 위에 익숙한 검은색 배낭이 올려진 게 보였다.

"앗! 내 배낭이다!"

멀리서 봐도 한눈에 알아볼 수 있는 자식 같은 배낭을 드디어 찾았다. 사람이 참 간사한 게 배낭을 발견하니 하늘로 날아갈 것 같이 기분이 좋아지고, 무겁던 발걸음이 순식간에 깃털같이 가벼워졌다. 어제 나와 약속했던 직원은 웃으며 다가와 기뻐 날뛰는 나를 보며 엄지손가락을 치켜들었다. 그러면서 자신이 정말 매 시간마다 확인했고, 잃어버린 물건이 없었으면 좋겠다고 말해주었다. 나는 잃어버린 게 있어도 좋다고 했고, 배낭을 찾았다는 내용의 확인서에 서명한 다음 기분 좋게 직원과 인사하며 나왔다.

"배낭이 이렇게 가벼웠었나?"

나는 택시를 타고 숙소 근처의 대형 마트로 향했다. 오늘은 배낭을 찾은 기념비적인 날이기 때문에 나만의 파티를 해야겠다고 생각했다. 카트를 끌고 빛깔 좋은 두툼한 고기를 고르고 새송이 버섯, 아스파라거스를 담는데, 자꾸 입꼬리가 올라갔다. 분명 3시간 전까지만 해도 원망으로 가득 찼었는데… 이제 주변 사람은 물론 세상이 다 아름다워 보였다.

배낭과 피츠로이를 맞바꾼 나는 꿩 대신 닭이라는 마음으로 아르헨티나 엘 칼라파테 지역의 페리토 모레노 빙하 트레킹을 했다. 그중 가장 재미있었던 것은 함께 트레킹 하느라 고생한 동료들과 빙하를 깎아 채취한 얼음을 넣은 위스키 한 잔을 나눠 마시는 것이었다. 평소 위스키를 싫어하는데 이곳에 오기까지의 걸음을 생각하니 쓰디쓴 위스키의 향이 달콤하게 느껴지는 것이 그 어떤 술보다 맛있었다.

아르헨티나 페리토 모레노 빙하 위스키 한 잔.
위스키를 싫어하는 내 입맛까지 사로잡을 정도라면… 말 다했다.

마지막에 다다른
세계 여행

브라질

페리토 모레노 빙하 트레킹을 마치고 대망의 브라질로 이동했다. 세계 일주를 준비하며 내 방 벽면을 가득 채웠던 세계지도에 가게 될 국가마다 스티커를 붙여놓았는데 드디어 마지막 별 스티커를 붙여놓은 그 나라에 도착한 것이다. 그때 브라질에 스티커를 붙이며 "무사히 여기까지."라고 나지막이 중얼거렸었는데. 평소 같으면 한껏 들뜬 마음으로 카메라를 뱅뱅 돌리며 발랄하게 걸었겠지만, 브라질에 도착하고 나서는 왠지 한 발 한 발이 너무 소중하고 아쉬웠다.

브라질에 온 다음 날 버스를 타고 이구아수 폭포까지 왔다. 웅장한 아름다움이 가슴속 깊이 박혀버릴 게 분명한 이구아수 폭포를 마주한다는 것은 계획했던 나의 세계 여행이 모두 끝난다는 것과 같은 의미이기도 했다. 소문대로 이구아수 폭포는 정말, 정말로 대단했다. 독일의 르하인팔(라인) 폭포도, 에콰도르의 악마의 폭포(엘 파일론 델 디아블로 폭포)도, 그 유명한 라오스의 꽝시 폭포도, 아니 내가 여태껏 봐왔던 그 어떤 폭포도 이구아수 폭포 앞에서는 명함을 내밀기 어려운 수준이었다. 이곳이야말로 세계 일주 중 보았던 신비로운 자연경관 중에서 압도하는 힘만으로는 단연 1위라는 생각이 들었다.

특히 '악마의 목구멍'에서는 내 눈앞에 떨어지는 어마어마한 물줄기와 수량에 이게 정말 현실인지 가늠이 안 되었다. 떨어지는 폭포에 반응하는 바닥의 울림과 성난 짐승의 포효 같았던 기괴한 소리에 나도 모르게 뒷걸음질을 쳤다. 내가 상상할 수 있는 가장 큰 폭포가 꿈에 나온다 해도 이것보다 압도적이진 않을 것 같다. 몇 장의 사진과 동영상을 찍으며 바닥에 부딪혀 튕겨져 올라오는 물방울이 나의 머리와 온몸을 흥건하게 적셨을 때쯤, 난 이제 돌아가야 할 시간이 다가왔다는 것을 깨달았다.

하지만 이상하게 발걸음이 잘 떨어지지 않았다. 보통은 사람이 많은 관광지에서는 누구보다 진하고 빠르게 즐기며, 재빨리 자리를 뜨는 타입인데 오랜만에 기억난 옛 연인을 생각하듯 하염없이 마른 한숨이 푹푹 나온다. 그래서 숙소로 돌아가는 길에는 나의 발걸음을 최대한 아끼기로 했다. 내가 걷는 걸음의 보폭이 이렇게 넓은지 오늘 처음 느꼈다. 발의 보폭을 1미터에서 50센티미터로 줄이고, 50센티미터에서 다시 20센티미터로, 20센티미터에서 다시 10센티미터로 줄였다. 구글 지도에 표시해놓은 숙소 위치가 가까워지면 가까워질수록 나의 보폭은 계속해서 짧아지고 있었다. 멈추는 것은 의미가 없다는 것을 알기에 난 그렇게 찔끔찔끔 걷고 있었다. 숙소로 돌아가는 길이 이렇게 아쉬워서야….

　숙소로 돌아온 나는 아무것도 하지 않은 채로 침대에 벌러덩 몸을 던졌다. 철재로 만든 2층 침대의 바닥, 고개를 돌리니 신나서 내팽개쳐져 있는 다른 여행자들의 배낭이 눈에 들어온다. 난 이제 더 이상 베드버그가 나오는 숙소에 자지 않아도 되고, 500원을 깎으려 20분간 말씨름을 하지 않아도, 복대 지갑에 여권과 각종 카드를 넣고 잠자리에 들지 않아도 된다. 어디를 갈지, 무엇을 먹을지, 무엇을 탈지, 불안전한 치안에 눈치를 보며 벌벌 떨지 않아도 그리고 내가 사랑한, 아니 사랑했던 여행을 더 이상 하지 않아도 된다.

　슬프다, 서운하다, 시원하다, 기쁘다, 아쉽다… 떠오르는 모든 감정의 단어들을 꺼내 봐도 구겨 신은 신발처럼 불편하게만 느껴진다. 이 기분은 정말 어떻게 표현해야 할까…. 나도 처음이라 잘 모르지만, 묘하다…. 그래, 이 표현이 제일 잘 맞는 것 같다.

카니발 축제에서 공연을 하라고!?

밤늦은 시각, 브라질 상파울루에 도착한 나는 택시를 타고 한국 문화원에서 알려준 호텔로 이동했다. 밤 11시, 호텔 정문에 도착하니 정장을 말끔하게 차려입은 덩치 좋은 직원 한 명이 손수 택시 문을 열고는 기다렸다는 듯이 나의 무거운 배낭을 대신해서 짊어졌다. 너무 오랜만에 받아보는 고급 서비스에 당황해 그가 들고 있던 배낭을 빼앗아보려 했지만 그는 배낭을 넘겨주는 대신 인자한 웃음으로 날 맞아주었다. 고개를 들어 건물을 바라보니 20층은 족히 넘을 것 같은 화려한 건물과 호텔 이름 옆에 나란히 놓인 4개의 별이 난생처음 보는 것처럼 생소했다.

호텔 로비로 들어가니 드레스와 정장을 곱게 차려입은 커플들이 한쪽 테이블에서 와인을 마시고 있었는데, 구멍 난 청바지와

1년을 넘게 입어 꼬질꼬질해진 회색 반팔 티셔츠 차림의 내 모습을 보니 그들과 대비되면서 저 무리에는 섞이지 못할 것 같다는, 어떤 이질감이 느껴졌다.

"신규상이라는 이름으로 예약된 방이 있을까요?"

완벽한 영어 실력의 말끔한 직원은 타자기를 몇 번 두드리더니, "2주 동안 예약되어 있으시네요. 매일 조식은 지하에 있는 뷔페를 이용하시면 됩니다. 계시는 동안 편안한 시간 보내세요!"라고 친절하게 대답해주었다.

나는 감사하다는 인사와 함께 내가 2주 동안 머물게 될 객실로 이동했다. 엘리베이터 10층 버튼을 누르고 벽면에 붙어 있는 호텔 안내도를 차근차근 읽기 시작했다. 사우나, 헬스장, 수영장, 뷔페, 미팅룸, 세탁소…. 부대시설이 잘되어 있었다. 이런 데는 하루 묵는 비용이 얼마나 할까. 10층에 도착한 나는 방 번호를 찾아 넓은 복도를 뚜벅뚜벅 걸었다. 그러자 까맣게 잊고 있었던 고급 호텔 복도의 냄새가 내 숨을 따라 코로 들어오면서 갬블러 크루 멤버들과 비보이 공연을 다니던 과거의 기억이 떠올랐다.

서울시 대표 비보이단을 무려 6년이나 함께해온 갬블러 크루는 정부 행사는 물론이고 수많은 기업 행사까지 참 많은 해외 공연을 다녔는데, 그럴 때마다 항상 우리는 그 나라, 그 지역 최고급 호텔에서 머물고는 했다. 체크인을 하고 본인의 방을 찾아 복도를 걸을 때면 항상 같은 냄새가 나는 것이 좋으면서도 신기하다는 생각이 들었다. 갬블러 크루 활동을 15년 넘게 하며 수없이 맡아본 익숙한 냄새였지만 나 홀로 세계 일주를 하면서 이 냄새를 다시 맡게 될 줄은 몰랐다.

방문을 열고 카드키를 꽂자 환하게 불이 들어왔고 나는 제일 먼저 화장실로 직행했다. 욕조를 확인한 나는 바닥에 배낭을 집어 던지고 푹신한 침대를 향해 다이빙을 했다. 아무것도 들리지 않는 고요한 방 안에서 천장이란 하얀색 스케치북에 내가 이곳에 오면서 상상하고 구상한 모든 계획을 천천히 적어보았다.

1. 카니발 축제에 걸맞게 모두가 신나는 작품을 만들 것.
2. 음악은 삼바 노래를 쓰되 브라질의 흑인 노예들과 한국의 아픈 역사에서 느껴지는 공통의 감정, '한'을 담아 하나가 될 것.
3. 의상은 하얀색을 입을 것.
4. 시간이 없으니 최대한 집중할 것.
5. 언제 다시 만날 수 있을지 모르는 일이니 가능한 많은 것들을 남겨두고 갈 것.

사실 브라질에 2주나 일찍 온 데는 이유가 있었다. 2020년 11월 21일, 가슴이 뛰지 않으려야 뛰지 않을 수가 없는 깜짝 놀랄 만한 메시지가 당도했다. 바로 주브라질 한국 문화원에서 온 연락이었는데, 2월 말에 브라질에서 열릴 카니발 축제에서 브라질 비보이 친구들과 함께 거리 공연을 기획해보자는 것이었다.

순간 가슴이 쿵쾅대며 마음속에서는 대지진이 일어났다. 그 동안 댄서들을 만나 길 위에서 많은 퍼포먼스를 펼쳤지만 이렇게 공식적인 단체에서 먼저 제안이 들어올 줄은 몰랐다. 게다가 세계 일주 마지막 여행지인 브라질이라니. 그것도 카니발 기간에 공연을 하게 되는 기회까지 주어진다니. 그동안 나와 함께해준 많은 댄서와 거리에서 쏟았던 녹진거리는 땀과 열정이 떠올랐다. 인도 바라나시에서 인생의 새로운 의미로 삼은 '나눔의 춤'이 뿌리를 내리고 가지를 뻗어 마침내 여행 막바지에 작은 열매로 결실을 맺는 것만 같았다.

안 할 이유가 없었기 때문에 호기롭게 무조건 하겠다고 대답했지만, 날짜를 계산해보니 여행할 수 있는 날이 얼마 없었다. 제안을 받을 당시 남은 여행 국가들의 리스트를 보니, 페루, 볼리비아, 칠레, 아르헨티나, 브라질 정도가 남았다. 그때부터 시간 따위는 구애받지 않는 여유롭던 여행자에서 한순간에 조급한 여행자로 바뀌었다. 시간을 효과적으로 활용하려면 많은 것을 수정해야 했다. 일단 남은 여행 루트는 '버스 육로 이동'에서 '비행기 이동'으로 전면 수정했다. 고즈넉한 소도시 여행에서 전형적인 관광지에 도장 찍기 여행으로 태세를 전환했다. 한 국가에서 일주일 이상 머무르지 않을 것이며, 음악 플레이 리스트는 아이유에서 마지막 공연에 쓸 브라질 전통 음악들로 교체했다. 그리고 노트와 펜을 꺼내 앞주머니에 넣은 다음 마지막 공연을 어떤 식으로 꾸릴지 계속 상상하기로 했다.

그렇게 나름대로 촉박한 일정을 소화하고 나서 이 침대 위에 누워 있게 된 것이다. 나는 처음 공연 초청 메시지를 받았던 순간에서 빠져나와 어느새 하얀색 스케치북이 되어준 천장에 눈으로 빼곡히 적은 계획들을 다시금 떠올렸다. 그러자 4성급 호텔에 누워 있는 것이 마냥 즐거운 일만은 아니라는 생각이 들었다. 내가 그동안 했던 나만의 여행 방식이 빛을 발할 때가 왔고 보여줘야 했다. 내일이면 현지 비보이들을 만나게 될 텐데 걱정이 되면서도 너무나도 설렌다. 자, 그럼 세계 일주 마지막 무대를 후회 없이 제대로 즐겨볼까.

비보이의 세계 일주
그 마지막 무대

한국 문화원에서는 내가 오기 한 달 전, 브라질 비보이 협회에 공문을 보냈다. 내용은 이러했다. "한국의 갬블러 크루 비보이 브루스리가 카니발 일정에 맞춰서 브라질에 옵니다. 브루스리는 브라질 비보이들과 함께 공연을 만들고 싶어 하는데 이 활동에 협조해줄 비보이들을 찾습니다. 혹시 가능할까요?"

공문을 보내고 일주일이 흘렀을 때, 브라질 비보이 협회에서는 20명이 넘는 비보이들이 함께하고 싶어 하니 실제 공연할 사람을 뽑을 오디션을 진행하는 것이 어떻겠느냐고 물었고, 한국 문화원은 이 내용을 내게 전달해주었다. 내가 준비하는 공연에 필요한 댄서는 총 7명(나 포함 8명). 하지만 그들의 춤을 보고 함께 공연할 만한 사람들을 골라내는 것은 어딘가 그들을 일방적으로 평가하는 것만 같아 불편했고, 5일간 매일 5시간씩 빠지지 않고 연습에 나올 수 있는 사람들을 우선으로, 그래도 추려지지 않는다면 경력이 많은 비보이들을 우선으로 모집해달라고 요청했다. 그리고 그렇게 해서 비보이 협회에서 선발한 최종 7인을 이제 드디어 만나게 됐다.

브라질 상파울루 시립극장에 들어서자 입구에 걸려 있는 무용 작품 포스터들이 심심찮게 보였다. 극장 복도를 걷고 있자니 이곳에 얼마나 많은 예술가들이 모여 있는지 실감할 수 있었다. 복도에서는 한 흑인 댄서가 이어폰을 꽂은 채 땀을 뻘뻘 흘리며 몸을 흔들고 있었고, 스쳐 지나가는 작은 연습실 문틈 사이로 아프리칸 댄스, 현대무용, 연극, 출처를 알 수 없는 움직임을 연습하고 있는 예술가들이 눈에 들어왔다. 그리고 복도 끝에 위치한 마지막 연습실에 이르자 범상치 않은 복장을 한 7명의 댄서들이 보였다. 수염을 덥수룩하게 기른 사람이 비보이 협회장이었고, 이 7명이 나와 함께 일주일간 뜨겁게 땀을 흘리며 많은 생각을 공유할 친구들이었다.

비보이들과 인사를 나누는데, 그중 1명이 한국에서 열렸던 '세계 대회 R-16 코리아 스파클링, 경기 2008 한국 vs. 브라질' 영상을 보여주며 말을 걸었다.

"이때 기억나, 브루스리? 내 친구들이랑 붙었던 경긴데, 이때의 영상이 브라질 비보이들에게 정말 어마어마하게 영향을 줬어. 갬블러 크루의 파워무브는 정말 아직까지도 많은 비보이들이 흉내 낼 정도라니까!"

그 말을 시작으로 우리는 대화를 나누었고, 몇 년 정도 비보잉을 했냐는 나의 질문에 각자 다양한 경력을 소개해줬다. 막내가 9년 정도이고 18~20년 한 친구도 있었다. 오랫동안 춤을 춰서 머리가 다 벗겨졌다며 웃는데, 잠깐 나눈 대화였지만 이들이 참 장난꾸러기들이라는 것을 알 수 있었다. 나는 그들의 이야기를 들으며 내 소개도 했고, 나의 마지막 여행 국가에서 함께 공연하게 되어 얼마나 큰 행운인지, 또 함께해줘서 고맙다는 말도 잊지 않고 전했다. 그리고 나는 곧 우리가 하게 될 공연에 대해 설명하기 시작했다.

"우리가 그동안 해왔던 비보이 공연과는 다른 공연을 만들어보고 싶어. 기본적으로 축제의 성향에 맞게 밝고, 기분 좋고, 에너지를 줄 수 있는 공연을 만들 테지만 하나 주의해야 할 점이라면 우리가 생각하는 갖춰진 무대가 아니라는 거야. 우리는 차들을 통제한 파울리스타 대로변에서 공연하게 될 거야. 그러니까 우리가 늘 해왔던 것처럼 관객이 있는 곳이 정면이 아니라는 얘기야, 사방에 관객들이 있을 테니까. 그리고 하나 더 기억해줬으면 하는 것이 있는데 우리가 보통 개인기를 무대 중앙에서 하잖아. 이런 편견이 없었으면 좋겠어. 어떤 순간에는 구석에서 개인기를 할 수도 있고 또 서로에게 보이지 않는 곳에서도 개인기를 할 수도 있지. 관객들이 무대 중앙만 보고 있다는 생각은 버려줬으면 해. 그리고 공연 시간은 총 15분 정도가 될 거야."

나는 간단하게 설명한 다음 서로의 실력을 가늠하기 위해 다양한 음악의 장르에 맞춰 다 함께 춤을 춰보자고 제안했다. 그리고 나는 이들에게 가장 익숙한 비보이 음악을 재생했고, 그들은 음악이 재생되자마자 격렬한 비보잉을 보여주기 시작했다. 평균 10년이 넘는 그들의 댄서 경력이 단번에 이해가 될 정도로 높은 테크닉과 화려한 플로우들을 선보였고 그들의 신체 구석구석이 바닥에 부딪히는 소리가 점점 커질 때쯤, 나는 아주 느린 멜로디의 음악으로 전환했다.

갑자기 느려지는 음악에 그들의 움직임 역시 마치 슬로우 비디오를 재생하듯 느려지기 시작했고 강한 드럼 비트에 들리지 않았던 그들의 작은 움직임의 소리가 연습실을 가득 메웠다. 그렇게 25분쯤 지났을까, 연습실 불을 모두 꺼버리고 칠흑 같은 어둠으로 변해버린 그들만의 세상으로 춤을 추며 다가가기 시작했다. 35분 경과, 비보잉 음악, 재즈, 삼바, 한국 발라드, 영화 OST, 명상 음악 등 미리 만들어놓은 플레이 리스트의 한 곡 한 곡이 넘어갈 때마다 그들의 숨소리가 내 귀에 가까이 느껴졌다. 45분 경과, 우리의 눈앞에는 아무것도 보이지 않았지만 우리가 만들어내는 작은 소리에 의지하며 서로를 느끼기 시작했고 서로가 어느 곳에서 움직임을 만들어내고 있는지 어렴풋이 예상할 수 있게 됐다. 1시간 경과, 체력의 한계는 다가오고 나의 의지와는 상관없이 몸을 좌우로 흔들고 있었다. 그리고 지금 이 공간에는 소리와 나밖에 없다는 착각이 들었다. 그렇게 우리는 어둠 속에서 1시간 동안 쉬지 않고 춤을 췄고 음악을 끄며 불을 켜니 땀으로 온몸이 젖은 우리가 서로를 보며 환하게 웃고 있었다.

나는 처음 만난 댄서들이 제일 빨리 친해지는 방법은 서로의 호흡을 느끼며 춤을 추는 것이라 생각했다. 그렇게 우리는 1시간가량 춤을 추고 호흡하며 서로를 알 수 있었고, 이제는 공연 준비에 필요한 이야기를 해보기로 했다.

"내 생각에는 삼바와 힙합은 되게 비슷한 점이 있는 거 같아. 아프리카 흑인들이 이곳에 넘어와서 강제로 노동 착취를 당하면서도 그들은 포기하지 않았고 스스로 즐거움과 재미를 찾고 자유를 외치는 방식으로 새로운 문화를 만들었잖아. 지금의 카니발은 완벽한 축제의 의미일지도 모르겠지만 아픈 시작이 있었다는 점을 잊지 않았으면 좋겠어. 그래서 나는 갇혀 있고, 절제되고, 구속된 의미에서부터 자유를 외치는 과정을 이번 공연에 표현하고 싶어. 그게 카니발 축제가 존재하는 이유이기도 하니까."

"한국과 브라질에 대한 연계성은 없는 거야?"

"사실 한국은 전쟁을 많이 했고 나라도 뺏겨봤어. 나와 여기 있는 브라질 비보이들과의 연계성이라 한다면 문화적인 결합보다는 역사로부터 우리에게 잠재되어 있는 마음들의 결합이었으면 좋겠어. 국가적인 결합보다는 아픈 과거에 대한 마음인 거지. 한국에서는 그런 마음을 '한'이라고 불러."

수건으로 땀을 닦아내며 이번 공연의 주제에 대해 부랴부랴 떠드는 나의 얼굴을 빤히 쳐다보는 그들을 바라보니 1시간 전과는 사뭇 다른 진지함이 묻어나는 듯했다. 1시간 동안 어둠 속에서 만들어낸 우리의 거친 숨소리는, 서로에 대한 믿음으로 바뀌어버렸다는 것을 느낄 수 있었다. 오늘부터 나는 온전히 이들을 믿을 것이고, 그들도 나를 믿어줄 것이라고 확신했다.

첫날 연습에 다 함께 할 수 있는 퍼포먼스의 메인 안무를 만들고 헤어졌는데, 연습 2일 차에 공연 멤버 1명이 배달 일을 하다 접촉 사고가 나는 바람에 갑작스럽게 공연을 함께하지 못하게 되었다. 그래서 그 친구를 대신할 새로운 멤버가 왔고 그에게 미리 짜놓은 단체 동작들을 알려주느라 많은 시간을 허비할 수밖에 없었다.

그런데 같은 날 다른 비보이 친구 1명이 연습 시간으로 약속한 5시간 중 무려 2시간을 지각했다. 연습 3일 차가 되자 어제 2시간을 지각한 그 비보이 친구는 연습 막바지에 나타났으며 또 다른 비보이 1명은 아예 나오지도 않았다. 이제 이틀이라는 시간밖에 남지 않았는데 공연에 올릴 3곡 중 1곡도 제대로 완성하지 못한, 그야말로 최악의 상황이었다.

하지만 내가 더 힘이 빠졌던 것은 이들에겐 별로 심각한 일이 아니라는 점이었다. 미안하다는 말이나 핑계조차 대지 않은 채 당당하게 지각하는 사람과 장난만 치고 있는 댄서들도 모두 힘 빠지게 만들었다. 사실 나는 전에도 외국의 많은 비보이를 만나며 이런 분위기를 종종 느낀 적이 있었는데 이들은 진심으로 이 행동들이 왜 잘못된 것인지 인지하지 못하는 것 같았다.

한국에서는 협업할 때 단 1분도 지각이 용납되지 않는 분위기라면 이곳은 늘 물 흘러가는 대로, 늦으면 늦는 대로, 문제가 있으면 문제가 있는 대로, 전체 분위기가 그러니 이것에 대해 뭐라고 하는 사람이 없어 보였다. 어찌 됐든 나와 함께해주는 고마운 댄서들이라 생각해 스멀스멀 올라오는 화를 참고, 자리에 없는 멤버들을 상상해가며 퍼포먼스를 만들고 있었는데, 계속해서 이건 좀 아닌 것 같다는 생각이 들었다. 그런 와중에 연습을 마칠 때까지 나타나지 않는 한 친구가 있어서 궁금하고 걱정되는 마음에 비보이 협회장에서 그 친구에게 무슨 일이 있는지 물었다. 그러자 더 가관인 대답이 돌아왔다. '어젯밤에' '갑자기' 안 하겠다고 '통보'를 해왔다는 것이다.

정말 귀를 의심할 수밖에 없는 황당한 답변이었다. 일이 생겨 못 나온 것이 아니라 한 마디의 말도 없이 협회장에게 불참 의사를 전달했고, 같이 합을 맞추던 나는 그 말을 전해 들었다. 게다가 더 화가 났던 이유는 내가 물어보지 않았으면 이 사실을 알 수 없었다는 사실이다. 없는 멤버를 상상해가며 퍼포먼스를 만들고 있었던 나를 지켜보면서도 협회장은 아무런 말이 없었다.

나는 황급히 댄서들을 모아 앞으로 연습할 수 있는 시간을 조율했고 이야기를 하다 보니 더 가관이었다. 이들의 말을 정리해 보면 다 함께 연습할 수 있는 시간은 공연 전 단 1시간뿐이었다. 우리의 완성도는 50퍼센트도 안 된 상황인데 말이다. 참던 화가 폭발해 속으로 삼켰던 말을 내뱉었다.

"좋아, 나 그냥 안 할게. 더 이상은 못하겠어. 17년을 함께해온 갬블러 크루 멤버들이 와도 1시간 안에 공연을 만들 수 없어. 그런데 우리는 만난 지 3일밖에 되지 않았지. 이게 가능할 거라고 생각해? 나 그냥 포기할게."

목소리는 점점 격양되었고, 나는 그 자리를 박차고 일어났다. 나는 밖으로 나가 구석진 자리에 주저앉은 채 머리를 감싸 쥐고는 한국 문화원에 전화를 했다. 수화기 너머로 나의 허심탄회한 하소연을 가만히 듣고 있던 한국 문화원 공연 담당자가 깊은 한숨을 내뱉었다. 전화를 끊은 나는 그 자리에서 심호흡을 여러 차례 했다. 뜨겁게 열이 올랐던 나의 머리는 심호흡이 더해질 때마다 조금씩 온도가 낮아지고 있었고 그렇게 격한 고뇌의 시간이 지나자 언제 그랬냐는 듯 평정심을 조금씩 찾게 됐다. 그리고 나 스스로에게도 다시 질문했다. 이렇게 다 포기해도 정말 괜찮은지.

'아니야, 나의 세계 일주를 이렇게 마무리할 수는 없어.'

476일간의 나의 세계 일주 이야기를 쓰다 만 문장으로 끝낼 수는 없다는 이기적인 마음이 제일 먼저 불쑥하고 튀어나왔다. 내가 살아야겠다고 마음먹으니 꺼져 있던 정신 승리의 스위치 버튼이 탁! 하고 켜졌다. 그리고 친구들을 이해하기 위해 이유를 찾게 됐다. '그래, 저 친구들은 늘 이렇게 살아왔던 거야. 나와 함께하기 위해 누군가는 자기 시간을 포기하고 또 누군가는 몇 시간을 투자해 이곳에 와 매일매일 최선을 다해줬잖아. 몇 사람의 문제 때문에 그들의 노력이 수포로 돌아가서는 안 돼. 그리고 결정적으로 이들은 몰라서 이러는 거야. 문화가 다른 것이라고 생각하자.' 틀린 게 아니라 다른 것이라고 생각하니 그렇게까지 화가 날 이유가 없었다.

나는 마음을 가다듬고 다시 연습실에 들어가 내가 생각한 폭탄 발언을 내뱉었다.

"첫 번째 곡만 맞춰서 하고 나머지 2곡은 프리 스타일로 진행하자. 이게 최선의 방법이야."

공연을 하면서 프리 스타일로 한다는 것은 앵콜과도 같은 개념으로 자신의 개인기들을 1명씩 선보이는 방식을 이야기하는 것인데 공연의 3분의 2를 프리 스타일로 한다는 것은 사실, 공연 준비가 제대로 안 됐다고 말하는 것과 같은 의미이기도 했다. 하지만 나는 이렇게 해서라도 포기하고 싶지 않았다. 한순간에 심각해진 댄서들이 각자 이야기를 빠르게 하기 시작했다. 그들의 표정을 보아 하니 이제야 사태의 심각성을 파악한 듯싶었다. 나는 댄서 인생에서 용납하기 어려운 선택을 했고 이들의 답을 기다리는 방법밖에 없었다. 그러자 한참 동안 시끄럽게 회의를 하고 이야기를 마친 댄서 1명이 입을 열었다.

"브루스리, 내일 모든 사람이 5시에 오기로 했어. 연습 종료 시간은 정하지 않아도 돼. 완성이 될 때까지 하는 걸로 하자. 그리고 내일모레 연습 마지막 날 역시 네가 정해준 시간에 모두 나올 거야. 이날 역시 종료 시간은 생각하지 마. 그리고 미안해, 브루스리!"

울먹거리며 나의 심정을 토로한 것이 마음에 걸렸는지 댄서들은 모든 일정을 자체적으로 조율하고 연습 시간에 늦지 않고 나와주겠다고 말했다. 따지고 싶은 몇 가지가 떠올랐지만 하지 않기로 했다. 난 그들이 입을 모아 "미안해."라고 말한 것이 어떤 의미인지 알고 있었기 때문이다.

그리고 실제로 2일간 많은 변화가 있었다. 오전부터 연습하기로 한 날에는 누가 먼저랄 것 없이 연습실에 오고 있는 셀카를 찍어 단체 채팅방에 올렸고, 지각하는 사람도 없었다. 비보이 협회장은 매일 거대한 배달통을 들고 연습실에 왔는데 그 안에는 손수 만든 샌드위치와 바나나, 음료수들이 가득 들어 있었다. 나는 이 변화가 감사하기도 하고 놀라웠다. 요청하지도 않은 그들의 작은 행동이 이번 공연을 대하는 마음과 기대를 대변해주는 것 같았고 친구들이 열과 성을 다해 집중해준 덕에 공연에 올릴 3곡의 마무리까지 무리 없이 완성할 수 있었다. 의상부터 소품, 음악과 우리의 춤. 모든 준비가 철저하게 되어 있었고 화려한 무대 위에서 관객들과 시선을 맞추기만 하면 되었다.

하지만 공연 당일 오전, 또 다른 사건이 터지고 말았다.

"네!? 차도를 안 막는다고요!!?"

분명 공연 전날 시청과 연락했을 때만 해도 변동 없이 진행된다고 했는데 공연 당일 오전 갑자기 차도를 막지 않겠다는 기사가 뜬 것이다. 우리가 공연을 하려고 했던 곳은 한국 문화원 앞 파울리스타 대로변. 이곳은 매주 일요일, 차 없는 문화의 거리로 바뀌며 수많은 장르의 예술가들이 거리 공연을 하느라 엄청난 인파가 모이기로 유명한 명실상부 축제의 거리인데 카니발 시즌에 맞춰 교통 체증이 심각할 것이라 예상한 정부에서 갑작스레 통제를 하지 않겠다고 발표한 것이다.

아무도 예상하지 못한 일이 발생하고 말았다. 공연하기로 예정되어 있었던 차도에 나가보니 사람들로 가득 차 있어야 할 곳에 얄미운 자동차들만 휭 소리를 내며 지나다녔다. 예상했던 유동 인구가 10분의 1, 아니 100분의 1로 줄어든 상황. 우리는 긴 회의 끝에 한국 문화원 앞 차도가 아닌 인도에서 공연을 강행하기로 결정했고, 기대했던 카니발 축제의 열기를 만끽하기엔 조금 부족한 감이 없지 않아 있었다. 하지만 우리에게는 며칠 후 메인 광장에서 한 번 더 공연할 기회가 마련되어 있었고, 이 예기치 못한 상황에 대해서는 아쉬움보다 며칠 후에 있을 공연에 대한 더 큰 기대감과 기다림의 계기가 되었다고 생각하기로 했다.

많은 우여곡절이 있었지만 약속의 시간은 다가왔고 드디어 공연 5분 전, 나는 친구들을 불러 모았다.

"자, 우리 다 모여 볼까? 드디어 시간이 왔어. 그동안 나의 투정을 받아줘서 고맙고, 힘든 연습 스케줄을 버텨줘서 너무 고마워. 이제 그동안 우리가 흘린 땀방울에 대해 보상받을 시간이야. 무대에 올라가는 순간 아무것도 생각하지 말고 이 순간을 즐겨보자. 그냥 무조건 즐겨! 알았지? 하나, 둘, 셋 하면 브라질! 코리아! 으아아악이라고 외치는 거야. 아 유 레디?"

"브루스리 잠깐만! 마지막으로 할 얘기가 있어. 음 뭐랄까… 네가 브라질에 온 건 우리에게 크나큰 선물이었어. 너와 함께 연습하고 무대에 선다는 것 모두 믿기지 않는 일의 연속이었어. 그냥 정말, 정말 진심으로 고마워. 진심으로."

공연 2분 남았습니다.

공연 시간을 알리는 안내 멘트가 나오고, 턱 끝까지 하고 싶은 말이 차올랐지만 일단 공연을 무사히 마치는 것이 더 중요했다. 친구들과의 회포는 나중에 풀기로 하고 나는 그 대신 친구들의 눈을 진지하게 한 번씩 바라보았다.

"자! 좋아! 다 같이 외치고 가는 거야. 원! 투!! 쓰리!!! 브라질!! 코리아!! 으아아악!!"

우리는 위아래 전부 새하얀 옷으로 맞춰 입고 떨리는 심장박동을 느끼며 한국 문화원 앞 대로변으로 향했다. 미리 설치되어 있던 디제이 부스는 재생하고 있던 음악을 껐고 생각보다 많은 관중들이 우리의 등장을 기다리고 있었다.

그렇게 공연이 시작되자 우리는 느린 걸음으로 걷기 시작했다. 누군가는 빛을 처음 본 사람처럼, 누군가는 발의 무거운 무게를 느끼는 것처럼, 각자가 표현하고 싶은 절제의 이미지를 상상하며 계속 걸었다. 그러다가 첫 번째 음악이 흘러나오자 모두 걸음을 멈추고 각자가 선 방향을 응시했다. 스피커에서는 의식을 진행하는 듯한 원주민의 목소리와 그와 같은 리듬의 북소리가 더해져 울려 퍼졌고, 그 소리에 맞춰 우리는 다 함께 가슴을 튕겼다.

격렬해지는 목소리와 커져가는 북소리에 맞춰 누군가는 어깨를, 누군가는 다리를, 누군가는 얼굴을, 누군가는 허리를 튕겨내는 등 튕기는 위치를 바꿨다. 내가 서 있는 이 자리에서 최대한 움직일 수 있는 관절을 찾아 마치 무언가에 튕겨져 나가는 형태의 동작들을 계속해서 보여줬다. 이 동작은 구속과 속박을 의미하는 것이기도 했다.

공연 전 마지막으로 눈을 맞추며 이야기하는 우리.
이제 진짜 다 왔다, 애들아. 믿는다, 우리를.

그러다 기타 선율의 멜로디로 바뀌자 우리는 다시 걷기 시작했으며 미리 만들어놓은 3가지 패턴의 스텝들을 동시에 반복했다. 그러다 타이밍에 맞춰 1명씩 무리에서 떨어져 나와 개인기를 선보였다. 다 함께 진행한 단순하고 일률적인 동작은 흑인 노예들의 강제 노동을 표현하는 것이었고, 무리에서 떨어져 나와 춤을 추고 있는 댄서를 통해 자유를 갈구하는 마음을 보여주고 싶었다.

그러다 갑자기 바뀌는 빠른 음악에 댄서들 모두 강하게 하늘을 향해 점프를 했다가 바닥에 엎드리며 똑같은 모양의 풋워크를 격정적으로 밟아댔다. 원주민이 소리치는 소리에 맞춰 다 함께 필사적으로 점프를 한 다음 1명을 제외한 모든 댄서들이 바닥에 몸을 내동댕이쳤다.

고개를 들어 쓰러져 있는 사람들을 바라보는 1명의 댄서가 서 있고, 이내 두 번째 음악이 흘러나왔다. 서 있던 1명의 댄서는 음악에 맞춰 춤을 추며 쓰러져 있는 사람들 사이사이로 움직이기 시작했고 바닥의 진동과 그 사람의 에너지를 느낀 댄서들은 보답이라도 하듯 그 움직임에 반응했다. 이들은 마치 무언가를 주고받듯 서로의 움직임을 번갈아가며 교환했고, 파티장의 문을 활짝 열었을 때 흘러나올 법한 기분 좋은 음악이 나올 때쯤에는 모두가 함께 박수를 치고 팔짱을 끼며 서로 축하하는 분위기를 만들었다.

우리는 무대의 가장자리에 일렬로 줄을 서서 브라질 전통 춤을 추며 기차놀이를 시작했고 난 미리 준비해놓은 형형색색의 안경과 파티 소품들을 챙겨 사람들의 손을 잡고 카니발 축제라는 기차에 사람들을 탑승시켰다. 7명을 태운 작은 기차는 얼마 지나지 않아 수십 명을 태운 대형 열차로 변신했고 무대 중앙에서 댄서와 관객들의 구분 없이 사람들이 마구 몸을 흔들기 시작했다. 이 파트를 구상하며 사람들이 창피해하며 무대로 안 나오면 어쩌나 걱정했는데 오히려 음악이 끝나감에도 자리로 돌아가려고 하지 않아 사람들이 왜 이곳을 정열의 브라질이라 부르는지 새삼 깨달을 수 있었다.

어느덧 공연은 막바지로 치닫고 있었고 준비한 마지막 음악이 흘러나오자 단체 군무를 시작으로 서로가 가장 자신 있는 테크닉의 향연을 펼쳐보였다. 나는 에어트랙 호핑(에어트랙의 변형 기술)을 쳤고, 텀블링에 자신 있는 사람은 텀블링을, 프리즈에 자신 있는 사람은 프리즈 콤비네이션을 선사하며 관객들을 흥분의 도가니로 몰아넣었다. 마지막 파트에서 표현하고 싶었던 것은 '자유의 폭발'이었다. 점점 더 격렬해지는 음악은 끝을 향해 달렸고 우리는 처음에 했던 단체 군무를 다시 이어서 했다.

이때 친구들의 표정은 정말 잊을 수가 없다. 팔을 휘두르고 얼굴이 흔들릴 때마다 간신히 붙어 있던 그들의 땀방울이 중력을 거스르고 하늘로 튕겨져 올라가는 것이 느리게 보이며, 춤을 추며 해맑게 웃고 있는 그들의 표정에 'Freedom' 말 그대로 자유라 쓰여 있는 것 같았다. 그리고 마지막 두둥 탁! 소리에 맞춰 단체로 프리즈를 하면서 공연은 끝났다.

관객들 사이에서 어마어마한 호응과 박수갈채, 휘파람 소리가 터져 나왔다. 우리는 무대 중앙에 나란히 서서 고개를 숙이며 감사 인사를 전했고 우여곡절이 많았던 5일간의 시간들이 결코 후회하지 않을 시간이었음을 확신했다.

그리고 무대 뒤로 자리를 옮긴 우리는 참았던 숨을 몰아 내쉬며 다 함께 어깨동무를 하고 방방 뛰었다. 짧다면 짧고 길다면 길었던 5일, 그리고 함께 땀을 흘린 25시간. 공연자의 입장에서 박수갈채를 받고 무대에서 내려온다는 것은 더없이 행복한 일이기도 하지만 우리가 함께 고생했던 기억들이 지나간 추억으로 바뀌어 사뭇 아쉬운 순간이기도 했다. 공연도 무사히 마쳤으니 나는 공연 전 한 비보이 친구의 말에 턱 끝까지 올라왔던 나의 진심을 건넸다.

"길고 길었던 세계 일주의 마지막을 너희들과 함께할 수 있어서 너무 좋았어. 우리가 처음 만나 어둠 속에서 춤을 추며 서로를 느낄 수 있었던 것처럼, 난 너희들을 만나 내가 살아 있음을

유튜브 채널 '비보이의 세계일주 [브루스리 TV]'
한국비보이가 "정열의 나라" 브라질에서 거리 댄스 버스킹을 한다면?

느낄 수 있었어. 나라는 사람이 너희들에게 선물 같은 존재라고 했지? 너희들은 나에게 선물을 준비하는 마음이 뭔지 알려준 존재야. 이곳에서 공연을 하자고 제안받은 그날부터 가슴이 뛰기 시작했으니까. 너희가 내게 보여준 예쁜 마음은 잘 간직해서 한국까지 가져갈게. 진심으로 고마워. 아차! 그리고 오늘의 퍼포먼스는 비보이 협회에 선물로 줄게. 필요하다면 언제든지 사용해도 좋아! 우리 마지막으로 파이팅이나 한 번 할까?"

"하나, 둘, 셋! 브라질!! 한국!! 우와아아아!!!"

비보이 친구들과 함께 카니발 축제를 즐기다!

카니발 축제 비하인드 스토리

다음 날엔 비행기를 타고 브라질 북부 지역인 '살바도르'에 갔다. 흑인 노예들의 슬픈 역사가 시작되었던 가슴 아픈 지역으로 많은 이가 기억하고 있겠지만, 사실 이곳은 노예들의 자유에 대한 갈망이 폭발한 곳으로, 그 갈망이 브라질 전통 무술인 카포에이라와 삼바 음악을 낳았고, 우리가 브라질 카니발 축제를 논할 때면 리우데자네이루에서 매년 열리는 '카니발 퍼레이드'를 떠올리겠지만 사실 카니발 축제의 시초 역시 이곳이었다.

내가 이곳에서 본 카니발 축제는 충격 그 자체였는데, 며칠에 걸쳐 24시간 동안 시끄럽게 북을 치는 수십 개의 퍼레이드는 골목골목을 헤집고 다녔고 살바도르 메인 광장엔 발 디딜 틈이 없을 정도로 수많은 인파들이 춤을 추고, 카포에이라를 하고, 연주를 하며 저마다의 방식으로 카니발을 표현했다. 그중 가장 눈이 바삐 움직였던 것은 사람들의 패션이었는데, 온전한 자유를 표방하는 카니발 기간에는 성 또한 자유로워진다는 것을 표현하고 싶었는지 남자는 짧은 미니스커트와 10센티미터가 넘는 높은 힐을 신고, 여자들은 입었다기보다 가렸다는 표현이 맞을 정도로 아슬아슬하게 입은 모습을 흔히 목격할 수 있었다.

나는 이곳에서 10명의 살바도르 비보이들을 만나 프리 스타일로 이루어진 거리 퍼레이드를 만들었는데 2퍼센트 부족했던 상파울루에서의 카니발 축제와는 다르게, 다소 거친 브라질 문화가 만든 거대한 파도를 타고 현란한 서핑을 즐기는 기분마저 들었다. 나에게 카니발 축제는 살바도르였고, 살바도르는 카니발 그 자체였다.

그리고 다시 상파울루에 돌아왔을 때, 귀국까지 단 3일을 남겨두고 있었다. 상파울루 메인 광장에서 마지막 퍼포먼스를 하기로 예정되어 있었지만 하지 못한 채 친구들과 작별 인사를 나누고 호텔 방에 널브러져 있던 모든 짐을 배낭에 넣기 시작했다.

476일 40개국 11,208시간에
종지부를 찍다

돌고 돌아
다시, 한국

귀국 당일, 2주간 호텔에 널브러져 있던 모든 짐을 배낭을 넣고 평생 꺼내지 않을 것 같았던 한국 집 열쇠와 한국에서 사용했던 유심칩을 꺼내 들었다. 세계 일주를 하며 나는 종종 이런 생각을 했었다. '한국으로 돌아가는 마지막 날, 내 기분은 어떨까?' 나는 여행의 마지막 날이 되어서야 이 질문에 답을 할 수 있게 됐다. 일단 기분이 이상했다. 내가 한국에 간다고?

나의 모든 것이 있던 한국은 476일 만에 내게 조금은 낯선 곳이 되어 있었다. 당장이라도 다음에 도착할 나라의 정보를 찾고 공항에서 시내로 나가는 가장 합리적인 대중교통 번호를 검색해야 할 것 같은 기분이라고나 할까. 누군가 만약 슬프거나 아쉽지는 않냐고 질문한다면 나는 단번에 아니라고 대답할 것이다. 남부럽지 않은 여행을 했고, 좋은 사람들을 만났고, 가슴으로 느꼈으며, 최선을 다했다. 최선을 다해 진심으로 사랑했던 오래된 애인이 헤어지자고 말하면 담담하게 이별을 받아들일 수 있는 것처럼 난 그렇게 후회 없이 여행했다.

세계 일주를 처음 시작한 인도네시아 발리에서 나에 대한 선물이라며 흥청망청 놀아보기도 했고 동남아를 시작으로 나의 인생의 의미를 알게 해준 인도, 그리고 네팔, 이집트, 아프리카와 급작스러웠지만 일본까지 차례로 다녀왔다. 포르투갈 호카 곶에선 뒤꿈치를 다쳤고, 최고의 노을을 선물받은 쿠바를 지나 멕시코 유치장에 갇혀도 봤고, 세계에서 가장 위험하다는 중남미 지역 그리고 꿈에 그리던 갈라파고스에 갔고, 여행 권태기를 잠시 잊게 해준 아름다웠던 우유니 사막을 보았다. 내가 여행을 하는 건지, 배낭이 여행을 하는 건지 착각이 들 정도로 지치고 아찔했던 아르헨티나에서의 배낭 분실 사건, 한 발 한 발이 소중하고 아쉬웠던 내 마지막 여행지 브라질에서 이구아수 폭포와 카니발 축제까지 경험했다.

참, 세계의 댄서들도 많이 만났다. 함께 땀을 흘리며 연습도 하고, 내가 한 경험들을 알려주기도 하고, 대회의 심사 위원, 길거리 공연, 방송 출연까지 해보고. 그들이 있는 곳으로 향하는 버스에서 음악을 듣고, 머리를 굴리며 노트와 아이폰에 필기하던 나는 그 누구보다 설렜다.

세계 최고가 되겠다는 일념 하나로 지금까지 달려온 어린 시절의 브루스리. 출구는 보이지 않고 눈앞에 짙은 안개가 가득 긴 인생에서 탈출하고자 발버둥 치듯 떠났던 세계 일주. 그래, 여행을 마치는 지금 다시 한 번 나 자신에게 묻고 싶다.

"여전히 이루고 싶은 것이 없니?"

인천공항에 도착해 그리웠던 한국의 풍경을 창문으로 내다봤을 때 제일 먼저 든 생각은 도시 전체가 '회색빛' 같다는 것이었다. 예전엔 분명 화려한 도시라고 생각했는데 오랜만에 본 대한민국은 이상하게도 무채색 도시라는 단어가 어울리는 것 같았다. 그리고 듣던 대로 모든 공항 직원들이 마스크를 착용하고 있었는데 스릴러 영화의 한 장면 같은 그들의 외형보다 더 무섭게 다가온 것은 로봇 같은 사람들의 말투였다.

버스를 타러 밖으로 나오니 가장 먼저 눈에 들어온 것은 행선지가 적힌 수십 개의 간판들이었는데 모든 글이 한글로 적혀 있다는 사실을 신기해하는 내가 더 신기했고, 한글을 보는 것만으로도 이미 집에 도착한 것 같은 묘한 안정감이 찾아왔다.

그리고 집으로 향하는 골목에 들어서니 떡볶이 집이었던 가게가 배터리 수리 가게로 바뀌었다. 동네에 횟집이 없어서 참 아쉬웠는데, 넓은 수조 속에 팔팔한 활어들이 헤엄치는 횟집도 2개나 생겼다.

반지하로 향하는 은색 대문이 보이고, 딱 열 발자국만 더 가면 따듯한 온기가 가득한 우리 집이 기다리고 있다. 하지만 나는 곧장 집으로 들어가지 않고 내가 출발한 그 대문 앞에 배낭을 내려놓은 다음 카메라와 삼각대를 꺼냈다. 나의 세계 일주 에어트랙 컬렉션의 마지막 장소, 나의 시작이었던 집으로 향하는 대문을 옆에 두고 좁은 찻길 가운데에 서서 어깨를 두어 번 돌린 다음 여행의 마지막 에어트랙을 기록했다.

476일, 40개국, 11,208시간.

나를 있게 해준 보금자리로 되돌아오며 나의 여행에도 진짜 마침표를 찍었다. 476일 전, 수없이 만졌던 집 대문 손잡이를 잡고 힘을 주려 하니, 기다렸다는 듯이 문이 벌컥 열리며 아들이 오기만을 기다렸던 엄마가 환한 미소로 나를 반겨줬다.

"엄마, 나 무사히 잘 다녀왔어!"

세계 일주를 떠났던 그해, 마지막 세계 대회에서 우승 트로피를 하늘 위로 번쩍 들어 올린 그날, 솔직히 말하면 별로 기쁘지 않았다. 대회를 마치고 숙소로 돌아가는 길에 어쩌면 나는 멤버들과 다른 생각을 하고 있었는지도 모르겠다. 기쁘다기보다는 뭐랄까. 끝이 없는 도로 위를 계속 달리고만 있는 기분이랄까.

세계 일주는 바로 그런 고민의 시작점이자 내 삶의 답을 찾고자 하는 나름의 방법이었다.

'그래 1년만, 딱 1년만 다녀오자.' 인생에서 가장 아픈 시기를 보내고 있었으므로 짧게 며칠 다녀오는 여행은 강력한 투여약이 되지 않을 것 같았다. 1년을 다녀오자고 결심했지만 막상 여행 준비만 2년을 했다. 정확히 말하자면 마음의 준비를 하는 것이 절반 이상이었다. 비보잉의 특성상 며칠만 쉬어도 예민한 감각이 무뎌져 기술의 성공률이 현저하게 떨어진다. 그러니까 1년을 여행한다는 건 전속력으로 달리던 러닝머신 위에서 멈춰 선다는 것과 같다는 걸 누구보다 잘 알고 있었다. 하지만 나는 오랜 시간 앞만 보고 달렸던 그 발걸음을 스스로 멈추기로 했다.

그 후로 매일같이 울었다. 은퇴식에 선 선수들이 왜 그렇게 우는지 이해하지 못했는데 이제야 조금 알 것 같다. 슬프지는 않은데 눈물샘이 고장 난 느낌이었다.

병원에 입원하는 기분으로 세계 일주를 결심했지만 시간이 흐르자, 새로운 계획들을 세우게 됐다.

1. 인생에 2번은 없을 세계 일주니까 모든 여행 영상을 유튜브에 기록하기.
2. 1년만 춤을 추지 않고 다르게 살아보기.
3. 영감을 받을 수 있는 모든 체험, 새로운 경험은 망설이지 않고 해보기.
4. 기대하지 말고, 생각하지 말고, 판단하지 말고, 있는 그대로만 보고 오기.

세계 일주는 나의 춤을 사랑하기 위한 마지막 수단과 방법이었다.

그리고 내 비보이 이름의 실제 주인공 브루스 리가 한 명언처럼 물이 되어 보기로 했다. 그렇게 나는 인생의 전부였던 '춤'을 잠시 쉬어가기로 했다.

에필로그

댄서로서, 춤추는 여행자로서
뚜벅뚜벅 이 인생을 걸어 나가야지

코로나가 장기화되어 마스크를 착용하지 않은 사람들이 오히려 어색하게 느껴질 때쯤, 찬란했던 그날의 여행들이 다시 떠올랐다. 처음 만난 사람들과 반갑다며 악수를 하고, 좁은 골목에서 모르는 사람들과 부대끼며 음식을 나눠 먹고, 수많은 아티스트와 춤추며 땀을 흘리고, 좁은 방에 삼삼오오 모여 침 튀기며 여행 이야기를 나누고…. 그런 날이 다시 올 수 있을까. 생각할수록 한여름 밤의 꿈같은 여행이 아니었나 싶다.

처음 배낭을 메고 집을 나설 때 이런 생각을 했었다. 다시 이 문을 열게 되는 순간, 많은 것이 달라져 있지 않아도 괜찮다고. 자욱한 안갯길을 걷는 것 같아 도망치듯 세계 일주를 떠났지만 그렇다고 해서 인생의 드라마틱한 변화를 기대하는 것은 욕심이라고. 하지만 476일 동안 새로운 것들을 보고, 느끼고, 도전하며 상상 이상의 많은 자극과 영감을 받았고 내면 깊은 곳에서부터 작은 변화가 시작되었음을 실감할 수 있었다. 그 변화 중 하나가 빠른 인터넷, 편리한 대중교통, 전화 한 통이면 오는 배달 음식, 밤늦게 어두운 골목을 마음 놓고 지나가는 일 등 당연하다고 여겼던 한국에서의 일상이 소중해지면서 아주 사소한 것에도 감사할 줄 알게 되었다는 점이다. 그리고 내 인생의 전부였던(여전히 전부인), 소중한 나의 춤. 경쟁이란 수식어를 떼어놓고 나눔이란 수식어를 붙이게 되었으니 그걸로 됐다. 더는 춤의 의미를 찾아 헤매지 않아도 되니 이것이야말로 세계 일주를 통해 얻은 최고의 수확이다.

그간 인스타그램과 유튜브를 통해 세계 일주를 고민하는 많은 분에게 메시지와 댓글, 메일을 받았다. 그들 중 절반 이상이 내게 물었다. "세계 일주를 하면 저도 달라질 수 있을까요? 어떤 것을 느끼고 올 수 있을까요?" 그때마다 나는 이렇게 답했다. "여행이 경험하게 해줄 수는 있지만, 나라는 사람 자체를 달라지게 할 수는 없어요. 변화의 출발은 본인의 마음가짐입니다. 아무것도 하지 않으면 아무 일도 일어나지 않으니까 도전해보세요. 다만 원하는 걸 얻지 못했다고 해서 속상해하지 마세요. 나를 변화하게 할 계기는 꼭 세계 일주가 아니어도 괜찮습니다."

미흡한 글솜씨이지만 한 자 한 자 열심히 써 내려간 이 여행기를 시간을 내어 읽어주신 독자 분들에게 감사하다. 또 이 책을 낼 수 있게 도와주신 많은 분에게도 다시 한번 감사의 인사를 전한다. 하루빨리 꼴도 보기 싫은 바이러스가 종식되어 여행길에 오를 수 있기를. 만나고 싶은 친구들이 너무나 많다. 그들이, 그들과 함께 보낸 시간이 너무 그립다.

2021년 11월, 코로나 이후 다시 떠난 세계 여행

11월 폴란드에서 열리는 1on1 세계 대회 예선전과 12월 초 프랑스 파리에서 열리는 국가별 팀 배틀 섭외가 들어왔다. 내가 참여하는 대회는 아니었지만 2가지 이슈는 여행을 떠나지 못해 심한 갈증을 느끼던 날 설레게 했다. 비행기 티켓의 구매 버튼을 누를 때 왜 이렇게 손끝, 발끝이 찌릿하던지. 그러고 나서 곧 폴란드에 도착한 나는 눈앞에 보이는 실상에 적잖은 충격을 받을 수밖에 없었다.

'여기는 코로나 바이러스가 없는 거야?'

유명한 쇼핑 거리에서도, 근처 해변에서도, 오랜만에 찾은 비보이 대회장에서도 마스크를 쓴 사람을 찾아볼 수 없었다. 유럽은 이미 위드 코로나를 인정하는 분위기였다. 순간 우리가 그토록 바라던 코로나 종식의 순간을 미리 보는 것 같아 나도 모르게 울컥했다. 하지만 나는 한국에서 늘 하던 것처럼 자체적으로 방역을 철저히 하며 마스크를 쓰고 다녔다.

그리고 폴란드, 체코, 이탈리아를 거쳐 프랑스로 이동하던 중 새로운 변이 바이러스인 오미크론이 세계를 위협했고 우리 팀은 오랜 회의 끝에 프랑스에서 열리는 세계 대회에 나가는 걸 포기하기로 결정했다. 이번 여행의 피날레라 생각했던 세계 대회에 나가지 않는다니 상실감이 컸지만, 이것을 이겨내고자 나는 귀국행 티켓을 취소하고 여행 일정을 두 달로 늘렸다.

몰타라는 작은 섬나라에서 현지 비보이 친구들과 연습하기도, 포르투갈의 비보이 친구들을 만나 즉흥 거리 공연을 하기도 했다. 역시나 거꾸로 보는 세상은 내 마음의 안정제였다. 한번은 12월에도 한여름 같았던 스페인의 테네리페 섬에서 렌트카를 빌려 이곳저곳을 돌아다녔다. 무거운 배낭을 트렁크에 싣고 자유롭게 돌아다니니 이번엔 새로운 여행의 욕구가 단전에서 올라왔다.

'날이 따듯해지면 내 차를 배에 실어 러시아로 보낸 후 유라시아 횡단에 도전해볼까? 내 차를 타고 포르투갈 호카 곶까지 가는 기분은 어떨까? 자동차로 더는 갈 수 없는 곳까지 가보는 거지! 그리고 더 많은 댄서를 찾아가는 거야! 잠깐, 그런데 내 차는 경차잖아… 경차로 횡단했다는 이야기는 들어보지 못했는데….'

에이 모르겠다, 그냥 내년 이맘때에는 내 차로 유럽 어딘가를 떠돌면 좋겠다는 생각이 들었다.

거꾸로 보는 세상에 내가 있었다

초판 1쇄 인쇄 2022년 1월 14일
초판 1쇄 발행 2022년 1월 26일

글 신규상

편집인 이기웅
책임편집 양수인
편집 주소림, 안희주, 김혜영, 한의진
디자인 어나더페이퍼
책임마케팅 정재훈, 김서연, 김예진, 김지원, 박시온, 류지현, 문수민
마케팅 유인철
경영지원 김희애, 최선화
제작 제이오

펴낸이 유귀선
펴낸곳 ㈜바이포엠
출판등록 제2020-000145호(2020년 6월 10일)
주소 서울시 강남구 테헤란로 332, 에이치제이타워 20층
이메일 odr@studioodr.com

ⓒ 신규상
ISBN 979-11-91043-56-3 (03810)

스튜디오오드리는 ㈜바이포엠의 출판브랜드입니다.